Série noire à Carnac

JEAN-MARC PERRET

Série noire à Carnac

ÉDITIONS DU PALÉMON
ZI de Kernevez - 11B rue Röntgen - 29 000 Quimper

DU MÊME AUTEUR

n° 1 - Les diaboliques de Saint-Goustan
n° 2 - Ria mortelle
n° 3 - Toile de sang à Auray
n° 4 - Les secrets de La Trinité
n° 5 - Série noire à Carnac
n° 6 - Terminus Saint-Malo
n° 7 - Le fugitif de Brocéliande

Retrouvez tous nos ouvrages sur www.palemon.fr.

CE LIVRE EST UN ROMAN.
Toute ressemblance avec des personnes, des noms propres, des lieux privés, des noms de firmes, des situations existant ou ayant existé, ne saurait être que le fait du hasard.

Prologue

Rennes

« Contestables si elles sont arbitraires », en douze lettres. La solution, qui, au passage, fit resurgir des souvenirs déplaisants, s'imposa sur-le-champ. Il inscrivit le mot ARRESTATIONS dans les cases appropriées. Marc Renard aimait les mots croisés, mais surtout pas ceux que l'on torche en cinq minutes en prenant son petit-déjeuner. Non, plutôt les ardus, ceux qui font plisser le front, grimacer, jurer après le tortionnaire qui les a composés. Il est vrai que son job lui accordait pas mal de moments de latence et qu'il fallait bien meubler les temps morts qui constituaient une part de son quotidien. Il leva les yeux de son journal. Son instinct l'avertit que la pause était terminée. À l'instant, les deux tourtereaux quittaient l'hôtel, de l'autre côté de la rue. Il sortit de son Astra et prit son téléphone dans la poche de sa veste.

Il porta l'appareil à son oreille, semblant engager une conversation, puis appuya à plusieurs reprises sur son portable. Il revint s'asseoir dans sa voiture. Les photos étaient parfaites. Le couple franchissait le seuil de l'hôtel dont on apercevait nettement l'enseigne en arrière-plan. Ces derniers clichés, ajoutés à ceux réalisés au restaurant quelques heures plus tôt, ne laisseraient aucun doute à son client sur l'infidélité de sa femme. Mission accomplie.

Marc Renard mit le contact et démarra, jetant un dernier coup d'œil dans son rétro au couple qui s'éloignait. En riant, la femme écartait la main de son compagnon qui essayait de lui caresser les fesses.

C'était encore l'heure creuse. D'une conduite nerveuse, il abandonna rapidement la zone industrielle et rejoignit la route de Châteaugiron en direction du centre-ville. Son bureau n'était qu'à une vingtaine de minutes, rue Dupont-des-Loges. Par chance, il trouva une place devant l'agence qu'il dirigeait avec son associée. « *Agence Renard, diligence et discrétion* » annonçait la plaque fixée au mur.

Assise à son bureau, Alexia Ropart tapotait sur le clavier de son ordinateur. Alex et lui avaient suivi le même cursus universitaire jusqu'à la maîtrise de droit. Les aléas de la vie les avaient séparés, mais ils s'étaient retrouvés au hasard d'une soirée, trois ans auparavant, alors qu'ils venaient tous deux de dépasser la trentaine et que Marc Renard ouvrait son agence d'enquêteur privé. Alex s'ennuyait ferme au sein d'un cabinet d'avocats d'affaires où on ne lui confiait que les dossiers mineurs et elle aspirait à changer d'air. Marc lui ayant proposé de s'associer avec lui, elle avait demandé un temps de réflexion. Quarante-huit heures plus tard, elle l'appelait pour lui annoncer qu'elle était d'accord.

Ainsi fut créée l'agence dont Renard possédait la majorité des parts. Ils se partageaient les tâches. Le travail sur le terrain était du domaine de Marc, Alex assurant plutôt les études sur dossier et la gestion administrative. Ils occupaient le même bureau, tous deux possédant un appartement à l'extérieur. Marc conservait la deuxième pièce de l'agence comme éventuelle garçonnière.

— Alors, et cette enquête de moralité ? demanda Marc Renard en se penchant sur l'ordinateur d'Alexia.

— Ils peuvent embaucher leur contrôleur de gestion les yeux fermés. Ce type ne fume pas, ne boit pas, ne joue pas et se montre d'une fidélité conjugale à toute épreuve.

— À leur place, je me méfierais. Un type aussi parfait, ça cache forcément quelque chose !

Alex lui tira la langue.

— Du nouveau pendant mon absence ?

— Tu as reçu un coup de téléphone d'un certain Ian Ségalo. Il appelait du Morbihan, de Plouharnel plus exactement.

— Ségalo ? Ian Ségalo ? Que me veut-il ?

— C'est à toi seul que ce monsieur souhaitait parler. Je lui ai dit que tu rappellerais. Voici son numéro.

Alex tendit un Post-it à Marc. Les sourcils froncés, il y jeta un coup d'œil.

— Je le rappellerai. Ian était, ou plutôt est un de mes bons copains. Mais d'abord, priorité à mon affaire en cours.

Renard se dirigea vers son bureau et alluma son ordinateur. Il entreprit de transférer les photos de son téléphone portable vers le PC. Il avait pris douze clichés de Leslie Jaquet et de son amant, David Leray. Des photos explicites quant à la nature de leur relation. Le lendemain, il les apporterait à Arnaud Jaquet, le mari trompé. C'en serait terminé des fredaines de la belle Leslie. Renard eut une grimace involontaire. Il s'efforçait d'exclure tout sentimentalisme de son travail. Il se contentait d'accomplir au mieux et sans état d'âme ce pour quoi on le payait. Des maris jaloux, il en avait rencontré de toutes sortes. Mis au courant de leurs infortunes, aucun ne réagissait de la même façon. Il en avait même connu un qui avait été pris d'un fou rire hystérique ; pendant un quart d'heure il avait ri sans discontinuer, avant de fondre en larmes. Jaquet, lui, serait plus du genre à intérioriser sa colère, mais à se montrer implacable. Sa femme allait morfler. Une idée germa dans la tête de Renard, une idée dont il n'était pas forcément très fier et dont il ne s'ouvrit pas à Alex, car il savait qu'elle l'aurait désapprouvée. Il se pencha sur son PC et imprima les photos.

*

Pour l'avoir filée pendant une quinzaine, Marc Renard n'ignorait plus rien des habitudes de Leslie Jaquet. En ce milieu de matinée, il stationnait à Cesson-Sévigné, sur le parking du Top Fitness, une salle de remise en forme. Leslie Jaquet ne tarda pas à arriver. Elle arrêta sa 207 non loin de l'Astra de Renard. Celui-ci attendit qu'elle sorte de son véhicule et s'empare d'un sac de sport dans le coffre.

Il quitta alors sa voiture pour venir à sa rencontre.

— Madame Jaquet ! Je suis Marc Renard, enquêteur privé.

Renard présenta sa carte professionnelle.

— Je travaille pour le compte de votre mari, Arnaud Jaquet.

Leslie Jaquet le dévisagea, interdite.

— Mon mari ? Quel travail ?

— Il vous soupçonne d'entretenir une relation extra-conjugale et m'a chargé de vous surveiller, jeta Renard d'un trait.

Sans un mot, le visage fermé, Leslie Jaquet fit un pas de côté pour le contourner, mais il lui barra le chemin.

— Madame Jaquet, dit-il en adoptant un ton conciliant, il est de votre intérêt de m'écouter.

Il retira une photo d'une poche de sa veste et la présenta à Leslie Jaquet qui sursauta, comme parcourue par une décharge électrique.

— Qu'est-ce que c'est ? Qu'avez-vous…

— Ne vous affolez pas, venez, allons discuter dans ma voiture ou la vôtre.

La jeune femme lança des regards inquiets autour d'elle.

— Dans ma voiture, dit-elle d'une voix étouffée.

Ils prirent place à bord de la 207. Renard attaqua sans plus attendre. Il sortit la totalité des photos qu'il avait prises des deux amants et les fit jouer entre ses doigts, les présentant en éventail tel un jeu de cartes. Puis il les lui tendit.

— Voyez donc !

Leslie Jaquet s'empara des clichés d'un geste vif et les contempla, le visage cramoisi.

— C'est vous qui avez…

Renard opina.

— Vous m'avez suivie…

Nouveau hochement de tête de Renard.

— C'est minable, vous êtes minable, si vous saviez ce que je pense des gens de votre espèce !

— On pourrait en discuter à l'infini, mais ça ne nous mènerait à rien ! Écoutez-moi plutôt. Je dois remettre ces photos à votre mari, j'ai passé un contrat avec lui. Mais il se trouve que je n'en ai pas envie. Comment l'expliquer ? Disons que j'ai un faible pour vous deux. (Il désigna les photos.) Vous rayonnez de bonheur. Ce serait dommage de gâcher tout cela, n'est-ce pas ?

Renard laissa s'écouler un moment.

— Donc, je garde ces photos, je raconte à votre mari qu'il peut retrouver le sommeil, car sa femme est d'une fidélité irréprochable, et vous, vous pouvez continuer à vous distraire.

— Me distraire ? Pfft ! Vous ne comprenez rien. Il ne s'agit pas de distraction, sinon je vous enverrais vous faire voir, vous et vos sales photos !

— Alors, disons simplement que vous pourrez continuer à rencontrer votre David. Tout le monde sera content.

— Et vous feriez cela uniquement pour mes beaux yeux ? jeta Leslie Jaquet d'un ton goguenard.

— Non, pour deux mille euros.

Leslie Jaquet détourna la tête.

— Quoi ! Mais vous êtes ignoble !

— C'est une façon de voir les choses. De mon point de vue, c'est juste un marché que je vous propose.

— Et qu'est-ce qui me garantit que vous n'enverrez pas quand même les photos à mon mari ?

demanda Leslie Jacquet en le regardant à nouveau d'un œil noir.

Renard tendit les deux mains en avant.

— Il s'agit d'un pari, madame Jaquet. Si vous ne donnez pas suite à ma proposition, je fais ce pour quoi m'a payé Arnaud, votre mari. C'est une certitude. En revanche, si vous me faites confiance, ça vous laisse une chance.

Pinçant les lèvres, Leslie Jaquet garda le silence, remâchant les propos de Renard.

— C'est d'accord, finit-elle par dire. Des salauds comme vous, je n'en ai pas souvent rencontré, mais vous ne me laissez pas le choix !

— Dans ce cas, faites-moi un chèque. Vous devez posséder un compte en nom propre, ça ne devrait pas vous poser trop de problèmes.

— Qu'en savez-vous ?

— Disons que je commence à connaître votre train de vie.

D'un geste agacé, Leslie Jaquet sortit un carnet de chèques de son sac. Elle compléta un chèque d'une écriture nerveuse, le détacha du talon et le balança vers Renard. Il tournoya un instant à travers la voiture avant que le détective ne s'en saisisse.

— Si jamais vous m'avez trompée… siffla Leslie Jaquet.

— Tss, dit Renard en sortant de la voiture. N'utilisez pas ce mot. Il est trop moche.

Il se baissa, ramassa le sac de sport que la jeune femme avait laissé près du véhicule et le lui tendit en désignant la salle de gymnastique.

— Et surtout, gardez la forme !

I

Mardi 18 octobre

Stéphane Granier prit tout son temps avant de gagner sa place au fond du court tandis que son adversaire l'attendait. Pour se détendre un maximum, Granier s'efforça d'inspirer et d'expirer le plus lentement et profondément possible. Il se leva enfin de sa chaise, prit deux balles jaunes, en mit une dans la poche gauche de son short et se saisit de sa raquette. Il jeta un coup d'œil à Capet. Celui-ci dansait d'un pied sur l'autre, tant pour calmer son impatience que pour rester dans le tempo de la rencontre. À pas lents, Granier vint se camper sur la ligne blanche. Six jeux à cinq en sa faveur et service à suivre. Il avait nettement perdu la première manche, mais arraché la seconde alors qu'il sentait Capet fléchir au fil des minutes. Granier avait pris un malin plaisir à lui faire visiter le terrain de droite à gauche en de longs échanges, sachant que la condition physique n'était pas le point fort de son adversaire. Compte tenu de l'état de fatigue de Capet, il croyait empocher aisément le troisième set, mais, à sa grande surprise, son concurrent s'était accroché comme un fou. Granier était enfin parvenu à lui ravir sa mise en jeu et n'avait qu'à remporter son service pour gagner la partie. Une bouffée d'adrénaline le submergea. Seulement quatre points et il prouverait à ce petit con d'anesthésiste qu'il était le meilleur. Leur match avait débuté depuis plus de deux heures sur l'un des deux courts en plein air du Tennis-club des Menhirs, à Carnac. Il ne rentrait pas dans le cadre d'un tournoi officiel, mais n'avait d'amical que le nom. La rivalité entre les deux hommes était réelle et s'exprimait en toute occasion, débordant le contexte professionnel pour s'exacerber dans le sport et auprès des femmes.

Granier avait le soleil contre lui et devait en tenir compte. Il lança la balle en l'air. Le timing fut parfait et sa balle très croisée déporta son adversaire hors du court. Capet ne put que la renvoyer plein centre où se trouvait Granier. Ce fut un jeu d'enfant pour celui-ci de la mettre hors de portée. 15-0. Plus que trois points. Granier récupéra une autre balle. Il servit long sur le revers de Capet, venant cueillir au filet le retour beaucoup trop court. 30-0. Plus que deux points. Granier toisa son rival. Finis les sautillements ; la raquette baissée, l'autre semblait résigné. Méfiance tout de même. Ce tordu de Capet était capable de simuler le renoncement pour mieux endormir son adversaire. Granier expira longuement, tel un athlète avant la course d'élan, puis frappa violemment la balle que Capet ne put qu'effleurer. Service gagnant, 40-0 et balle de match. Allez, encore un point et Granier se retrouverait au filet pour serrer la main de Capet et lui donner une petite tape faussement amicale sur l'épaule. Granier fit rebondir la balle une bonne quinzaine de fois avant de se décider à servir, à la manière du champion serbe Novak Djokovic. Granier ne détestait pas se comparer aux ténors du circuit professionnel. Il réfléchit. Le point faible de Capet était son revers. L'autre devait donc s'attendre à ce qu'il serve de ce côté. Il allait le surprendre et servir plein centre sur le T des carrés de service.

Granier projeta la balle en l'air, un peu en avant de lui, et, dans le même mouvement, arma le bras pour le coup décisif. Mais, avant qu'il n'ait pu frapper, un sifflement se fit entendre et un projectile mortel le percuta en plein front.

Incrédule, Nicolas Capet vit son adversaire vaciller et s'effondrer en arrière sur le court. Il se précipita, sauta par-dessus le filet, tandis que les portes du club-house s'ouvraient sur quelques spectateurs qui, eux aussi, accouraient vers le terrain. Agenouillé près de Granier, Capet regarda avec horreur la tache de sang qui, s'élargissant depuis le milieu du front, souillait en minces rigoles le court de tennis.

II

Ce même mardi 18 octobre

Marc Renard arriva en milieu d'après-midi devant la propriété de Ian Ségalo. À la sortie de Plouharnel, sur la route de Quiberon, une grande bâtisse, flanquée en son milieu d'une tourelle, occupait le fond d'un parc à la pelouse taillée au millimètre. Quand, la veille, il avait rappelé Ségalo, celui-ci s'était montré lapidaire et insistant, expliquant qu'il préférait énoncer de vive voix ce qu'il attendait du détective et l'assurant qu'il s'agissait d'une affaire de la plus haute importance. Renard s'était laissé convaincre de venir lui rendre visite dans le Morbihan. Tout comme Ségalo, Renard était natif de Carnac. Ils s'étaient fréquentés une bonne partie de leurs vacances de jeunesse, à disputer des matchs de volley ou de foot sur la plage de Légenèse, et à partager les mêmes virées nocturnes. Tandis que Marc Renard achevait à Rennes ses études de droit, Ian Ségalo succédait à son père, promoteur immobilier, et prenait à son compte l'entreprise familiale, Promos 56. À ce qu'en savait Renard, son ami semblait avoir plutôt bien réussi dans la profession.

Marc Renard gara son Astra dans la cour, près de l'escalier conduisant à l'imposante demeure, à côté de deux autres véhicules, une Jaguar et un coupé 407. Deux jardiniers s'activaient auprès d'un colossal massif de fleurs et plantes vivaces. De l'arrière de l'habitation, il entendit des aboiements. Renard grimpa les marches de l'entrée au moment où la porte principale, à droite de la tourelle, s'ouvrait. Ian Ségalo apparut sur le seuil. De deux ans l'aîné de Renard, il était également d'une taille au-dessus de la moyenne. Sous ses cheveux blonds habilement décoiffés, son visage présentait un hâle qui devait autant aux séances d'UV en cabine qu'à l'air iodé du Morbihan. Un sourire éclaira ses traits tandis qu'il saisissait Renard aux épaules.

— Marc ! Je suis si content. Ça fait une paye !

Marc lui rendit son sourire.

— Sept ans ! Je n'avais jamais trouvé l'occasion de revenir par ici.

— Viens, rentrons.

Renard le suivit jusque dans le salon conçu en duplex dans la rotonde. Ils s'assirent dans la partie inférieure devant une table basse en marbre rose.

Ségalo présenta un paquet de cigarettes blondes. Renard eut un signe de dénégation.

— Alors, peut-être boiras-tu quelque chose ? proposa Ségalo en sortant son briquet et allumant une cigarette. Un whisky ? J'ai du Glenlivet, quatorze ans d'âge. Ou préfères-tu un Jack Daniel's ?

— Va pour le bourbon.

Ségalo se releva et se dirigea vers un bar doté de deux tabourets hauts. Il s'affaira quelques instants pendant que Renard parcourait la pièce du regard. Des trophées de chasse voisinaient avec des portraits animaliers. Ségalo revint avec deux verres copieusement remplis. Il répondit à l'interrogation muette de Renard.

— Le virus m'a pris il y a cinq ans. Depuis, je chasse régulièrement. J'ai une sacrée collection d'armes ! C'est d'ailleurs un Rennais qui m'a initié. Jean-Luc Brard. Tu le connais ?

— De nom. C'était le propriétaire d'un grand complexe de sport, n'est-ce pas ? J'ai ouï dire qu'il avait vendu son club.

— Exact. Et devine ce qu'il va faire du produit de la vente ? Eh bien, il a l'intention d'organiser des safaris en Afrique du Sud. J'espère être un de ses premiers clients.

— J'ai entendu des chiens aboyer à mon arrivée. C'est aussi pour chasser ?

— Oui. J'ai deux setters irlandais. Ils m'ont coûté la peau des fesses, mais je ne le regrette pas. Et toi, tu t'intéresses à la chasse ?

— Non, pas vraiment.

— Tu préfères chasser les humains !

Ian Ségalo sourit et leva son verre en direction de Renard.

— À notre santé et à nos retrouvailles, Marc ! Bon sang, tu te souviens de toutes nos parties ? On a commencé tout gamin dans les menhirs.

— Et comment ! À l'époque, en échange de quelques pièces, les mioches racontaient la légende aux touristes : Saint Cornély, pape à Rome, fuyant les persécutions romaines, avait changé en menhirs les légions lancées à sa poursuite ! Je ne suis pas près de l'oublier.

Marc Renard prit son verre et rendit son toast à son ami. Les deux hommes avalèrent une gorgée du liquide ambré.

— Alors, Marc, raconte-moi un peu. Qu'est-ce que tu deviens ?

Renard saisit à nouveau son verre et, cette fois, s'humecta les lèvres plus qu'il ne but. Il n'aimait pas parler de sa vie ni de ses activités.

— Comme tu le sais, j'ai monté une agence d'enquêtes privées, à Rennes. J'ai une associée. Les débuts n'ont pas été faciles, mais nous avons réussi à faire notre trou. Tu as entendu causer de moi ?

— Bien sûr ! Les relations, c'est fait pour ça. Tu as rendu service à des gens que je connais. Ils m'ont dit que tu étais efficace, ce dont je ne doute pas, car on se connaît depuis pas mal de temps, non ? Au fait, tu es seul dans la vie ?

Renard répondit de façon laconique :

— Je ne suis pas sûr qu'une femme puisse supporter mon genre de vie. Trop d'imprévus, trop d'horaires irréguliers. Et toi ?

Ségalo soupira.

— Un divorce, il y a trois ans, qui m'a coûté un max. Pas d'enfants, c'est déjà ça ! Mais si tu savais les ennuis qu'elle m'a causés ! À écouter son avocat, j'étais le plus grand pourri de la terre ! C'est heureusement terminé. Après, rien de sérieux jusqu'à il y a six mois. J'ai fait la connaissance d'une Vannetaise, une pharmacienne. Divorcée elle aussi, sans enfants. Elle venait de lâcher son mec qui tenait un gros restaurant sur le port de Vannes. Un type violent, il l'avait frappée. Je suis arrivé au bon moment. Là, je sens que c'est du sérieux. Et avec ça, la plus belle paire de fesses de la presqu'île ! Ah tiens ! Rien que d'y penser…

Ségalo ferma les yeux, sourire béat aux lèvres.

— Elle est à Carnac, en ce moment, à la thalasso. Tu auras l'occasion de la rencontrer. Tu as déjà essayé la thalasso ? Je te recommande le spa marin. Le parcours aquatique est vraiment jouissif, avec jacuzzi, rivière sensorielle, alcôves de détente, et puis des massages en fin de parcours, tout pour te redonner une pêche d'enfer !

— Ce n'est pas trop mon truc. Bon, Ian, allons au fait, pourquoi m'as-tu fait venir ? demanda Renard.

Le visage de Ségalo s'assombrit. Il prit son verre et le vida d'un trait avant de se resservir une rasade.

— Une salope. Une salope de journaliste n'arrête pas de me harceler.

— Une journaliste qui te harcèle ? répéta Renard, surpris.

— Oui, une journaliste. Elle sévit dans une feuille de chou locale, *La Tribune du Morbihan*. En fait de Morbihan, ils ne couvrent que la région de Carnac et la presqu'île, mais c'est bien suffisant !

— Et que viens-tu faire là-dedans ?

— Depuis des mois, je suis l'objet d'attaques en règle de cette petite connasse, Gaëlle Madec, c'est son nom. J'ai un projet en vue, dans la baie de Plouharnel, qui leur donne des boutons, à elle et à sa foutue rédaction. Saccage de l'environnement, pillage des espaces publics, course au profit, manipulations politiques… Tous les quinze jours, j'ai droit à la totale !

— Et ça te gêne ?

Ian Ségalo porta à nouveau le bourbon à sa bouche, mais sans boire. Il reposa brutalement le verre, faisant jaillir quelques gouttes sur la table.

— Ils peuvent raconter n'importe quoi sur moi, j'en ai rien à cirer. Sauf… sauf quand ça me cause un préjudice professionnel ! Ces terrains, je les ai achetés. Il me faut un rapide retour sur investissement, et pour ça, je dois les revendre bâtis. Or, les élus rechignent à m'accorder le permis de construire. Il y a encore peu, ils étaient tous d'accord, le maire en tête, pour accompagner mon projet. Maintenant, je sens des réticences. Mes rendez-vous sont reportés, je n'ai plus de coups de téléphone, c'est moi qui dois aller à la relance ! Comme par hasard, le projet ne serait plus prioritaire. Ça deviendrait limite avec la loi Littoral. Pas abandonné, non, mais il leur faut des compléments d'information, alors que tout était quasiment bouclé. Tout ça à cause de ce torchon qui leur fout la trouille ! Évidemment, les écolos du coin embrayent sur ce sujet, mobilisent les gens, lancent des pétitions anti-Ségalo !

— Tu as bien des avocats dans tes relations ? Tu peux menacer ce journal de procès en diffamation s'il raconte n'importe quoi.

— Tu sais comment procède ce type de journaleux. Tout est rédigé au conditionnel : « Il semblerait que… Il se pourrait que… Si l'on en croit certains… » Non, y a rien à espérer de ce côté, que dalle.

— Tu l'as rencontrée, cette… comment dis-tu ? Marec ? Madec ?

— Madec. Gaëlle Madec. Ce serait plutôt la gale que Gaëlle, cette gonzesse ! Oui, il y a six ou sept mois. Elle m'a fait une demande d'interview. Je ne me suis pas méfié, j'ai joué cartes sur table. Je lui ai tout exposé en détail. Je lui ai même montré une partie des plans. Bref, elle a pris des tas de notes, sans presque m'interrompre. À la fin, quand elle m'a demandé si j'étais conscient des dommages que je faisais subir à l'environnement, j'ai eu tort de lui dire qu'on ne faisait pas d'omelette sans casser des œufs. Une semaine plus tard, j'avais droit à un titre énorme dans son satané canard : « *Ian Ségalo place le profit au-dessus de l'intérêt général !* » Suivait un article au vitriol selon lequel j'étais un type sans morale pour qui la préservation du site importait peu pourvu qu'il s'en mette plein les poches, etc. Pas un mot sur l'impact de mon projet sur l'économie locale ! Rien sur les emplois que je créais, les impôts que je payais ! Ah ! Elle m'a bien eu ! Et depuis, ça continue, numéro après numéro !

Le promoteur eut un geste fataliste. Il contempla un instant son verre, semblant se demander ce qu'il allait en faire, puis il regarda Marc.

— Je vais te montrer quelque chose.

À son invite, Renard se leva et le suivit vers un vaste bureau jouxtant le salon. Un immense portrait de Ian et de son père, Richard Ségalo, fondateur de Promos 56, occupait tout un pan de mur.

L'homme d'affaires écarta deux chaises et se posta près de la table ovale qui trônait au milieu de la pièce. Sur le dessus était posée une maquette d'au moins deux mètres carrés. Renard reconnut la baie de Plouharnel enserrée entre le continent et la presqu'île de Quiberon. Ségalo pointa l'index sur un immeuble en réduction disposé en arc de cercle, qui faisait face à la mer.

— Oceano Nox ! Trente appartements grand standing, avec de vastes balcons donnant sur la baie, dit-il en caressant le toit blanc de l'immeuble miniaturisé. Espaces verts, jardins privatifs, piscine chauffée à l'année, présence permanente de gardiens et système de sécurité le plus sophistiqué du marché. Crise ou pas, je vends le tout en un clin d'œil !

Renard opina.

— Si tu le dis…

— Marc, j'ai besoin de réaliser ce projet, sinon je bois le bouillon. Il me faut ce permis de construire ! À vivre au-dessus de mes moyens, je frise la catastrophe.

— Je croyais que tes affaires marchaient bien.

— Le problème, c'est que le fric sort plus vite qu'il ne rentre. Que veux-tu… Sur terre, on n'est que de passage, alors il ne faut pas se louper. C'est ma seule philosophie. On n'a jamais vu un coffre-fort suivre un corbillard !

— Mais en quoi puis-je donc t'aider ?

Ségalo cessa de tripoter son décor en carton. Il se frotta les mains l'une contre l'autre et prit un air concentré.

— Ce canard doit cesser ses attaques. Pour cela, il faut mettre cette Madec hors circuit. Enquête sur elle, trouve-moi du gratiné que je lui balancerai dans les gencives. Si elle est mariée – pauvre homme, comme je le plains ! – peut-être qu'elle trompe son mari. Peut-être aussi qu'elle boit, qu'elle se drogue. Elle doit sûrement avoir des failles. Dès que tu as déniché quelque chose de bien croustillant, tu me refiles le morceau. Je me charge de la faire taire.

Renard ne semblait pas convaincu.

— Et si je ne trouve rien ?

— Tu trouveras, Marc, j'en suis sûr. Tu as le chic pour ça. On m'a raconté l'affaire de ce député. Lui aussi était traîné dans la boue par la presse. Et tu as su le sortir du marécage.

— Je ne partais pas dans l'inconnu. Dès le départ, j'avais des billes.

Ségalo soupira.

— Bon Dieu ! Ce qu'ils oublient, Madec et ses semblables, c'est que je lutte contre le chômage, moi ! J'en fais vivre du monde ! Plein de gens attendent que ce projet se fasse…

Il fut interrompu dans sa diatribe. La porte d'entrée s'ouvrait. Une jeune femme aux cheveux blonds, en jean blanc et pull marin rayé entra brusquement dans le bureau.

— Mais c'est Miel ! Je te croyais partie en balade ! Je ne t'attendais pas avant ce soir ! Marc, je te présente Miel Ravalec. Je t'ai parlé d'elle tout à l'heure. Et voici Marc Renard, un ami d'enfance, comme moi originaire de Carnac.

Marc Renard serra la main de la jeune femme.

— Mon vrai prénom est Émilie, mais Ian m'a donné ce surnom.

— C'est plus joli. Qu'est-ce qui t'amène ? C'est un temps à profiter du soleil !

— Je n'en ai pas trop envie après ce que je viens d'apprendre.

— Ce que tu viens d'apprendre ? (Ségalo la fixa attentivement.) Oui, tu m'as l'air passablement retournée. Allons au salon ! Tu vas nous raconter ça.

Ségalo désigna les verres sur la table basse, avec une mimique ironique.

— Je ne te propose pas d'alcool ! Ce ne serait pas convenable pour quelqu'un qui séjourne en thalasso.

— Sauf que là, j'ai vraiment besoin de quelque chose de fort ! Ne bouge pas, je vais me servir.

Miel prit la direction du bar. Renard la suivit des yeux.

Et, tandis qu'elle se penchait pour s'emparer d'une bouteille de whisky, il apprécia à leur juste valeur « les plus belles fesses de la presqu'île ».

La jeune femme les rejoignit avec son verre et s'assit. Les deux hommes la contemplèrent en silence pendant qu'elle absorbait une gorgée.

— Maintenant, peux-tu nous dire ce qui justifie cette alcoolisation inhabituelle pour une curiste ?

Marc Renard observa Miel Ravalec. Elle devait être sensiblement plus âgée que Ian Ségalo. Son visage ovale et parfaitement lisse offrait pourtant de minuscules ridules au coin de ses magnifiques yeux émeraude. Pas loin de la quarantaine, jugea-t-il, mais un corps aux courbes sans reproche. Chacun des gestes de cette femme respirait la sensualité. Renard estima qu'une fois de plus, Ségalo avait beaucoup de chance.

— Stéphane Granier a été assassiné. En fin de matinée, alors qu'il disputait une partie de tennis contre Nicolas Capet.

Miel Ravalec avait lâché sa phrase d'un coup, sans respirer.

— Comment ? Granier assassiné ? s'écria Ségalo. C'est quoi cette histoire ?

— Ce n'est pas une histoire, Ian, c'est hélas la vérité. Il a reçu une balle en plein front.

— Une balle en plein front ? Mais… qui…

— On n'en sait rien. Le tireur devait être embusqué à plusieurs dizaines de mètres. Il s'est évanoui dans la nature.

— Tu étais sur place ?

Miel secoua la tête.

— Non, c'est ma copine Morgane qui m'a tout raconté. Elle était au club quand… quand ce drame s'est produit. Nous avions rendez-vous pour déjeuner ce midi. Granier a été tué quasiment à la fin du match. Il s'apprêtait à servir lorsqu'il s'est soudain effondré.

— Tu parles d'une histoire !

— Vous connaissiez bien ce Granier ? questionna Renard.

D'un même mouvement, Ian et Miel se tournèrent vers lui.

— Plutôt, oui ! dit Ségalo. Enfin, ce n'était pas un ami, davantage une connaissance. C'est un petit monde par ici, on se connaît tous, tu t'en apercevras. Il s'était engagé à m'acheter un T6 à Oceano Nox.

— Stéphane Granier était chirurgien, chirurgien esthétique. Son cabinet est… ou plutôt était installé à Auray, précisa Miel Ravalec.

— Il a refait une bonne partie des nibards du coin, ajouta Ségalo. Un artiste dans son genre, un Michel-Ange !

— C'est terrible, je devais disputer un match de double avec lui en fin de semaine.

— Eh bien, tu trouveras un autre partenaire ! s'exclama Ségalo. En tout cas, c'est heureux pour Capet qu'il se soit justement trouvé en train de jouer avec Granier, sans quoi on l'aurait placé illico sur la liste des suspects ! Lui et Granier ne pouvaient pas se sentir.

— N'exagère pas, le coupa la jeune femme. Pas au point de commettre un meurtre !

Marc Renard intervint à nouveau. Cette affaire ne le concernait pas et il n'avait pas pour habitude de perdre son temps.

— Si on reprenait le fil de notre conversation, Ian ? Il y a un truc qu'il faut que je te dise. Même pour un copain, je ne travaille pas gratis.

Ségalo approuva.

— Oui, oui, bien sûr. Excuse-moi, mais la mort soudaine de Granier, surtout dans ces circonstances, ça fait quand même un choc. J'ai fait venir Marc pour s'occuper de Gaëlle Madec et du torchon qui l'emploie, lança-t-il en regardant Miel.

Celle-ci prit un air dégoûté :

— Ils débitent un ramassis de mensonges, d'insanités sur Ian. C'est scandaleux !

— Je compte sur toi, Marc. Comme je te l'ai expliqué, occupe-toi de cette emmerdeuse. Donne-moi les moyens de contre-attaquer et de clouer le bec à toute cette bande de pète-couilles. Prends le temps qu'il faudra. Installe-toi à L'Armoric, près de la thalasso. Pour ta rémunération, demande-moi ce que tu voudras. Ce sera, comme ta note d'hôtel, imputé au projet Oceano Nox.

— Bon, dans ces conditions, je vais voir ce que je peux faire, dit Renard. Mais je ne te promets rien. Pour tout t'avouer, pour l'instant, je ne sens pas trop le coup.

Il se leva.

— Tu t'en vas déjà ? s'étonna Ségalo. Attends une minute ! À dix-neuf heures, avec Miel, nous sommes invités au vernissage de l'expo de Léa Delcourt. Son atelier est à deux pas d'ici : Algues Marines. Une maison à double entrée, aux volets mauves. Tu es passé devant en venant chez moi.

Renard inclina la tête, indiquant qu'il avait repéré l'atelier de peinture.

— Tu ne seras pas déçu, Léa possède un réel talent, et en plus, elle est canon !

— Pourquoi pas, répondit simplement Renard.

Ian Ségalo se redressa pour le raccompagner tandis que Miel Ravalec lui adressait un petit signe de la main. Ségalo interpella Marc alors qu'il ouvrait la portière de sa voiture.

— Marc, je compte sur toi pour me sortir de ce pétrin !

Dubitatif, Renard haussa les épaules.

— Et comment trouves-tu Miel ?

Cette fois, Renard leva le pouce en l'air. Ségalo pointa un doigt vers le détective.

— Eh, j'y pense tout à coup ! Miel et toi allez être logés au même hôtel. Alors, pas de folies tous les deux !

Marc Renard se contenta de sourire et démarra.

Il prit possession de sa chambre à L'Armoric, à Carnac. Il se doucha puis s'installa sur le balcon et composa le numéro d'Alex. Celle-ci répondit immédiatement. Il lui relata son entretien avec Ségalo et lui parla aussi du meurtre.

— Faut avouer qu'un projet immobilier à cet endroit, c'est insensé !

— Ce n'est pas notre problème.

— Je te donnais simplement mon avis. Dis-moi, ce que te demande ton copain me paraît bien foireux !

— À moi aussi. Je vais quand même tenter le coup. De ton côté, cherche tout ce que tu peux dégotter sur ce journal, *La Tribune du Morbihan*, et sur la journaliste Gaëlle Madec.

— OK. Tu vas rester combien de temps ?

— Je n'en sais rien. Au bout du compte, ça ne me déplaît pas de revenir par ici. N'oublie pas que j'y ai mes racines. Tiens ! À dix-neuf heures, je suis invité au vernissage d'une expo de peinture.

— Tu ne perds pas de temps. Dans ce cas, bonnes vacances !

— Je t'enverrai une carte postale.

III

Mardi 18 octobre, fin de journée

Léa Delcourt, du bout des doigts, remit le tableau d'équerre et recula de quelques pas pour juger de l'effet. Le maelström dégageait une réelle sensation d'angoisse. Sous la spirale tourbillonnante de ses flots sombres se devinait la présence d'abîmes probablement peuplés de monstres inquiétants. Bien que très exigeante avec elle-même, Léa fut satisfaite du résultat. Elle exposait une trentaine de toiles et espérait beaucoup de ce vernissage. Plusieurs critiques et journalistes l'avaient assurée de leur présence, mais, souvent déçue par des promesses sans lendemain, elle ne pouvait s'empêcher de douter de leur venue.

Elle avait débuté la peinture très jeune, cependant les années s'écoulaient sans lui apporter la reconnaissance qu'elle attendait. Ce n'était pourtant pas la gloire, attachée à une réussite qu'elle jugeait improbable dans ses moments de cafard, qui lui importait. Elle voulait surtout partager ses émotions avec le plus grand nombre ; mais elle craignait de ne pouvoir jamais y parvenir. Heureusement, il y avait Alan et le soutien qu'il lui apportait. À cette pensée, elle ressentit une pointe au creux de l'estomac. Il lui donnait certes l'énergie indispensable pour continuer à peindre, mais par bien des côtés ne manquait pas de l'inquiéter. Lorsqu'elle l'avait rencontré, il y avait de cela quelques mois, la force et la vitalité qui émanaient de tout son être l'avaient attirée, ainsi que son passé qu'elle devinait aventureux. Cependant, les attentions qu'il lui prodiguait alors étaient devenues rares. De lui ne subsistait aujourd'hui qu'un côté simplement animal qui commençait à lui faire peur. En ce début d'après-midi, il était passé lui dire que, plus que jamais, elle pouvait compter sur lui. Mais sa visite avait un autre but, elle l'avait immédiatement compris à la lueur qui brillait dans ses yeux. « J'ai travaillé pour nous », lui avait-il dit, et il avait posé un doigt sur ses lèvres, signifiant qu'il était inutile de lui en demander plus, avant de l'étreindre. Ils s'étaient ensuite livrés à leur rituel, avec plus d'excès encore que d'habitude. Esclave complice de ses caprices, elle portait dans sa chair les marques qu'il lui avait infligées. Pour leur prochaine rencontre, ce serait elle qui le soumettrait. À chacun de leurs rendez-vous, du dominateur au dominé, leurs rôles s'inversaient.

« Bientôt, nous nous marquerons dans notre chair en signe de mutuelle dépendance », venait-il de lui dire. Mais elle n'était pas sûre de lui donner son accord.

Elle se dirigea vers un tableau au fond de sa galerie, un de ceux qu'elle préférait. Les vagues se fracassaient sur des rochers noirs. Au milieu de l'écume se distinguait une main qui lançait comme un appel avant de disparaître dans les flots. La dureté de ses rapports avec Alan influençait sans nul doute sa peinture. Elle exaltait son inspiration, lui ouvrait des horizons vers lesquels, seule, elle ne se serait probablement pas aventurée.

Léa quitta la galerie et, traversant son atelier, prit l'escalier pour se rendre à l'étage où elle logeait. Dans moins d'une heure, les premiers invités se présenteraient. Elle se dévêtit entièrement. Elle porta la main sur les traces laissées par Alan sur son corps, les frottant doucement du bout des doigts. Ensuite, elle sortit de son armoire plusieurs tenues qu'elle étendit sur le lit. Elle opta pour une simple robe noire que, pensive, elle tint tout contre elle, en face de la glace.

*

À son arrivée au vernissage, Marc Renard eut quelque peine à trouver une place pour sa voiture. Visiblement, Léa Delcourt avait soigné sa publicité et le public avait répondu à l'appel. L'habitation se scindait en deux parties avec chacune son entrée. Celle de gauche desservait l'atelier proprement dit. La droite donnait sur une salle aménagée en galerie. Ce fut cette porte que Renard poussa et il fut aussitôt happé par le brouhaha ambiant. Plusieurs groupes, verres à la main, discutaient ou s'esclaffaient dans un bourdonnement de ruche humaine. Renard aperçut Ian Ségalo en compagnie de Miel et d'un couple. Jouant des coudes, il se fraya un passage parmi la foule bigarrée. Une grande femme en blazer militaire lui tendit une flûte de champagne, qu'il tint avec précaution contre lui. Après plusieurs coups d'épaule accompagnés de vagues excuses, il parvint enfin auprès de Ian Ségalo.

— Marc ! Sympa d'être venu ! Tu connais Miel. Je te présente Mélanie et Gil Sauviat !

Ségalo, les yeux brillants, un peu éméché, semblait avoir besoin de s'appuyer sur Miel pour garder l'équilibre.

Renard serra la main du couple. La femme paraissait un peu plus âgée que son compagnon. Elle présentait un visage et des formes agréables, bien qu'un peu lourdes. Par comparaison, lui, était très mince, ce qui accentuait leur différence d'âge. Le visage émacié, quelque chose de dur émanait de sa personne. Renard les jugea mal assortis.

— Gil tient un magasin de photographie à Carnac-Plage. C'est lui qui a réalisé ce portrait de mon père et de moi-même que tu as sans doute remarqué, lorsque je t'ai montré la maquette d'Oceano Nox.

Renard acquiesça.

— Au fait, Ian, à propos d'Oceano Nox, où en es-tu de ton projet ? interrogea Mélanie Sauviat. Nous comptons fermement sur le duplex dont tu nous as soumis les plans.

— Hélas, au point mort, répondit Ségalo en grimaçant. Parlons d'autre chose, si vous le voulez bien, sinon ma soirée va être gâchée. Déjà qu'avec la mort de ce pauvre Granier…

— Oui, c'est affreux ! Nous refusions d'y croire avec Gil, reprit Mélanie. Se faire tirer dessus comme ça, en plein jour ! J'espère que la police va vite mettre la main sur le meurtrier. Brrr, ça me donne la chair de poule !

— Drôle d'histoire ! surenchérit Gil Sauviat. Ce type ne s'est tout de même pas volatilisé dans la nature !

— Oui, comme tu dis, c'est fort de café, poursuivit Ségalo. Je vous répète que je préfère discuter d'autre chose. Toujours content de ta Mercedes Classe E, Gil ?

— Plutôt ! Je l'ai testée sur un aller-retour Carnac-Paris. Un vrai plaisir !

— Il en est amoureux fou, intervint Mélanie. Figurez-vous que l'autre nuit, je l'ai surpris en train de nettoyer la calandre avec de l'eau d'Évian. Vous imaginez ! De l'eau d'Évian ! L'eau du robinet n'est sans doute pas assez pure !

Elle se mit à rire aux éclats tandis que son mari, supportant mal la révélation de cette anecdote, contractait sa mâchoire. Ségalo quitta l'épaule de Miel et saisit Marc Renard par la manche.

— Viens, Marc. Je vais te présenter à l'artiste. On en profitera pour refaire le plein au bar.

— Si vous voulez mon avis, dit Mélanie, Léa met beaucoup trop de noirceur dans ses tableaux.

— Son art lui appartient, répliqua sèchement Gil.

— Mais, Gil, je ne faisais qu'exprimer une opinion !

— Eh bien, nous jugerons sur pièces, fit Ségalo. Viens donc, Marc ! Les deux hommes se dirigèrent vers le fond de la galerie.

— Forment un drôle de couple, ces deux-là, commenta Ségalo. Mais je les adore. Elle, Mélanie, a fait un gros héritage. Elle est pétée de tunes. Ils possèdent une immense propriété près des alignements de menhirs de Kerlescan. Ils ont pris une option sur un appartement dans mon complexe Oceano Nox. Gil n'aurait pas besoin de bosser. En fait, son magasin, c'est pour son argent de poche. Et c'est le fric de Mélanie qui lui a payé sa Mercedes. Ah ! Voici Léa !

Ségalo désignait une jeune blonde en robe noire qui répondait aux questions d'un grand type muni d'un carnet de journaliste. Quelques instants plus tard, après avoir fait le vide de visiteurs autour de Léa, celui-ci la photographiait sous plusieurs angles. Lorsqu'il eut fini, il lui présenta ses différentes prises. La jeune femme eut l'air satisfaite et remercia le journaliste.

— Léa, je me suis permis d'amener un ami de Rennes, Marc Renard, dit Ségalo.

— Tu as bien fait. Tes amis sont les miens, Ian.

— Dans ce cas, je vous laisse faire connaissance, moi, je vais au ravitaillement, annonça Ségalo en se dirigeant vers une table aménagée en bar, abondamment garnie.

— Vous êtes donc un ami de Ian ? questionna Léa tout en observant le promoteur qui se resservait à boire.

— Nous nous étions perdus de vue. Des circonstances nous ont rapprochés, répondit Renard. Vous avez beaucoup de monde. Il y a longtemps que vous peignez ?

— Mes parents disaient que j'ai dû naître le pinceau à la main ! Jeune fille, j'ai pris des cours aux beaux-arts de Nantes, puis je suis revenue m'établir dans ce coin. Je suis amoureuse de l'océan et ne pourrais vivre à plus d'un kilomètre de la mer.

Marc Renard plongea son regard dans les yeux bleus de son interlocutrice.

— Vous êtes d'ici ?

— Oui, je suis née à La Trinité-sur-Mer. Mes parents aussi. (Léa se mit à rire, découvrant deux fines rangées de dents à la blancheur éclatante.) Ma mère prétend que j'ai été conçue sur leur bateau, en pleine rade de Quiberon.

— Je vois. Ceci explique sans doute votre passion pour la mer, dit Renard. Vous vendez beaucoup ?

Léa Delcourt eut cette fois un sourire sans joie.

— Aux amis, oui. Pour le reste… Vous savez, on ne réussit vraiment que lorsqu'on commence à vendre à des inconnus. Si je ne donnais pas des cours à droite et à gauche, dans différentes associations, je devrais mettre la clé sous la porte. Et pourtant, mon désir est de me consacrer entièrement à la peinture.

Renard pointa du doigt les toiles accrochées au mur.

— À ce qu'on m'a dit, c'est très sombre, ce que vous peignez.

— Pas seulement. Prenez le temps de faire un tour. J'ai tout un pan de mon exposition consacré à des toiles très reposantes. La mer est à l'origine de la vie et, comme la vie, elle a ses périodes de calme, mais peut aussi exploser à tout moment.

— C'est votre cas ?

— Vous êtes indiscret, dit-elle d'un ton faussement outragé. Eh bien, oui, je peux me montrer très violente. Cela vous choque ?

— Pas forcément. Mais je regretterais d'en être la cause.

— Mais je ne voudrais pas, non plus, que cela arrive.

Leurs regards s'accrochèrent un bref instant, puis ils détournèrent les yeux et demeurèrent sans mot dire.

— Vous réalisez également des portraits, reprit Marc Renard, rompant enfin le silence.

— L'important, c'est de saisir le détail qui apportera sa crédibilité au portrait. Pour certains, ce peut être le pli de la bouche, pour d'autres, la forme du visage. Pour vous…

— Pour moi… reprit Renard, amusé.

— Ce serait vos yeux. Ils donnent l'impression de toujours chercher quelque chose… ou quelqu'un.

Renard allait répondre quand Ian Ségalo revint, un verre à la main.

— Léa ! Au bar, j'ai rencontré Thomas Goven, il est ici avec son amie Armelle. Ils m'ont dit grand bien de ton expo. Thomas Goven était marchand d'art. Son avis reste très écouté, ajouta Ségalo à l'intention de Marc Renard.

— Il m'avait promis de venir. J'ai hâte d'avoir son opinion, dit Léa.

— En tout cas, Miel va déjà choisir un de tes tableaux.

— Merci, Ian.

— Ne me remercie pas ! Miel et moi adorons ce que tu fais. Et toi, qu'en dis-tu, Marc ?

— Je n'ai pas encore eu le temps d'apprécier.

— Revenez un autre jour, ce sera beaucoup plus calme, conseilla Léa en fixant Renard. Je vous ferai visiter.

— Ce sera avec plaisir.

À ce moment, un homme de petite taille, mais d'une corpulence hors norme, s'approcha. Léa se tourna vers lui, tout sourire.

— Oh là là, Léa ! C'est le grand moment ! s'exclama Ségalo. On te laisse. Joue bien ta carte.

Comme ils s'éloignaient, il glissa à l'oreille de Marc :

— L'hippopotame qui arrive, c'est Marcel Duvergne, un critique d'art assez connu. Je suis bluffé que Léa soit parvenue à le faire venir jusqu'ici.

— Elle croit en ce qu'elle fait, c'est déjà ça.

— Oui, qu'en dis-tu ? Elle vaut le déplacement, non ?

— Qui ? L'expo ou Léa ?

— À ton avis ? Léa, bien sûr ! Moi, pour être franc, la peinture je n'y entrave pas grand-chose. Pour lui faire plaisir, je lui achète un tableau de temps en temps. Enfin, je lui souhaite toute la réussite du monde. Mais elle a dû se ruiner pour organiser ce vernissage. Sans compter la note de restaurant que va lui coûter la venue de Duvergne.

Ségalo s'interrompit et donna une bourrade à Renard.

— Mais dis donc ! Léa t'a invité à lui rendre visite. Peut-être que t'as un ticket ! Je n'arrive pas à comprendre comment une si belle fille peut rester seule ! Mais pas de blague, Marc ! N'oublie pas que tu es ici en service commandé, pas pour courir les jolies filles. Ah ! Je vois que les Sauviat tiennent toujours la jambe à Miel. Restes-tu dîner avec nous ?

Renard hésita un moment, puis déclina l'invitation.

Un peu plus tard, il était de retour à Carnac et arrêtait sa voiture devant le parking de son hôtel. Le souvenir de Léa moulée dans sa robe noire ne l'avait pas quitté. Peut-être, après tout, n'aurait-il pas dû partir si vite. Il aurait pu profiter d'un moment agréable en sa compagnie au lieu de se retrouver seul. Il s'en voulut d'avoir pris une mauvaise décision. Entre eux deux, le courant avait tout de suite circulé ; il avait pris plaisir à converser avec elle, ressentant comme une immédiate complicité, au-delà de la simple attirance physique. Il fallait qu'il en ait le cœur net. Léa lui avait proposé une petite visite guidée de son exposition. Il répondrait à son invitation.

Marc Renard regarda par-delà les anciens marais salants. Les lumières du casino brillaient comme des propositions pleines de promesses. Il irait jouer quelques euros, histoire de s'occuper l'esprit. Machinalement, il porta la main à son portefeuille pour compter son argent liquide. Il trouva le chèque de Leslie Jaquet, plié derrière les billets de banque. Il le tritura quelques secondes entre ses doigts avant de le déchirer. Ensuite, il mit le moteur en marche.

IV

Mercredi 19 octobre, Lorient, direction départementale de gendarmerie

De sa petite écriture soignée, à caractères penchés, il finissait de compléter le formulaire, de cocher les cases appropriées. Il relut une dernière fois les différents feuillets et apposa sa signature au bas de la dernière page. Le commandant François Colombel venait de faire valoir ses droits à la retraite. Dans cinq mois, il aurait achevé son service actif. Il avait été tenté de rempiler pour une ou deux années, le temps que sa femme, Françoise, documentaliste à l'université de Bretagne-Sud à Lorient, parte aussi à la retraite. La veille au soir, il avait pris sa décision après en avoir discuté avec elle. En son for intérieur, il sentait que le moment était venu de s'arrêter. Des années passées à traquer des assassins et délinquants de toute espèce laissaient des traces indélébiles. Il n'était pas de ceux qui parvenaient à gommer de leur mémoire les épisodes sordides auxquels leur vie de flic les avait confrontés.

En accord avec sa femme, il allait se mettre en quête d'une maison sur Étel. Ils l'occuperaient les week-ends et le temps des vacances, avant de s'y installer définitivement quand Françoise, à son tour, cesserait de travailler. Colombel était natif d'Étel, son père y avait été pêcheur sur l'un des derniers thoniers. Ce serait un retour aux sources. Il achèterait sans doute un bateau, s'adonnerait à la pêche. Des copains étellois s'étaient déjà proposé de l'initier à cette pratique dont, malgré l'atavisme familial, il ignorait presque tout.

François Colombel se frotta pensivement le menton. Il ne couperait pas aux allocutions officielles, lui-même devrait se fendre d'un discours. Tel qu'il se connaissait, il ne pourrait s'empêcher de revenir sur les quelques échecs qui avaient jalonné sa carrière et lui troublaient encore parfois le sommeil. Bien sûr, on pouvait se dire que tout avait été mis en œuvre pour découvrir le responsable de tel ou tel crime crapuleux et que, si l'on avait échoué, c'était la faute à pas de chance. Cependant, Colombel conservait en son for intérieur un sentiment de responsabilité. « Si tu te remets toujours en cause, tu n'es pas fait pour ce métier », lui avait dit un de ses premiers supérieurs. Et pourtant, il n'avait pas changé, n'avait jamais adopté la posture cynique qui permettait à certains de ses collègues de supporter la brutalité de leur quotidien. Et, peu à peu, il avait gravi les échelons hiérarchiques et terminait sa carrière à un grade auquel, à ses débuts, il n'aurait jamais songé pouvoir prétendre, à la direction départementale de la gendarmerie de Lorient.

Colombel se secoua. Il ne voulait pas laisser la nostalgie instiller une morne mélancolie en lui.

Il glissa son formulaire de départ à la retraite dans une enveloppe destinée à la direction des ressources humaines et la posa dans la bannette « courrier départ ». Ensuite, il se leva, s'étira, le besoin d'un café bien serré se fit sentir.

À ce moment, après deux coups brefs frappés à sa porte, le lieutenant Daniel Menotti, un grand type efflanqué, entra.

— Bonjour, chef. Vous vous absentez ? Je venais faire le point sur l'affaire de Carnac.

— Non, juste besoin d'un café. Tu en veux un ?

— Non, merci bien.

Colombel s'éloigna dans le couloir, vers la machine à café. Menotti s'approcha du bureau, jeta un œil sur la bannette et s'assit. Intuitivement, il devina ce que contenait l'enveloppe de papier kraft. Colombel revint, une tasse de café fumant à la main.

— Le meurtre du chirurgien ? demanda Colombel en s'asseyant derrière son bureau.

— Exact. C'est dingue, cette histoire ! Hier, peu avant midi, Stéphane Granier a reçu une balle entre les deux yeux alors qu'il disputait une rencontre de tennis. Ça s'est passé sur un des deux courts extérieurs, au Tennis-club des Menhirs, qui, comme son nom le suggère, est un des clubs de Carnac. Le tireur était embusqué derrière les arbres qui bordent le parking limitrophe. Tenez, voici des photos, j'ai également fait un croquis.

Colombel mit ses lunettes et examina les différentes photographies prises sur la scène du crime.

Ensuite, il se pencha sur le dessin réalisé par son adjoint.

— Voyez, commença Menotti de son accent chantant. Le match avait lieu sur le court le plus éloigné. D'après le rapport balistique, le tireur se tenait à une cinquantaine de mètres. Nous en avons eu confirmation en retrouvant la douille et en repérant des traces de pas et d'arbustes piétinés au milieu d'un bosquet de tamaris et de thuyas situé à cette distance du terrain. Si la rencontre s'était déroulée sur le court le plus proche du club-house, le tireur n'aurait pas eu la possibilité de passer à l'acte, car une haie borde ce court et le rend invisible. L'homme aurait dû trouver un autre endroit pour s'embusquer.

— Qui avait choisi ce terrain ?

— C'est la permanence du club qui l'a attribué aux joueurs. Il faisait très beau et ils avaient décidé de jouer à l'extérieur.

— A-t-on pu identifier l'arme ?

— Le projectile était un 308 Winchester provenant probablement d'un fusil à lunette du type DSR-1. Une arme d'élite, légère, très maniable, d'une portée maximale de six cents mètres. Le projectile a perforé le filet protecteur entourant le court avant d'atteindre Granier. Sous l'impact, son crâne a littéralement explosé. La mort a été instantanée. L'autopsie ne nous a rien révélé de particulier. Stéphane Granier, âgé de trente-neuf ans, avait un organisme sain.

— C'est une arme qui n'est pas à la portée de n'importe qui.

— Dans le civil, elle est utilisée par les chasseurs de gros gibier.

— Il faut faire le tour des armureries, examiner les autorisations de permis de port d'armes.

— Il n'est pas difficile non plus de faire son marché sur Internet.

— Il fallait quand même que l'assassin soit un bon tireur, commenta Colombel. On ne dispose d'aucun indice le concernant ?

— Nada. Les personnes présentes, cinq au total, se trouvaient à l'intérieur du club quand Granier a été touché. Lorsqu'il s'est effondré, elles se sont précipitées sur le court. Il y en a deux qui disent avoir entendu comme un bruit de moto ou de scooter juste après la détonation. Le meurtrier a pu prendre la fuite avec un engin de ce type.

— Que sait-on de Stéphane Granier ?

Menotti ouvrit une sacoche, en sortit quelques feuillets qu'il consulta tout en parlant.

— Stéphane Granier était chirurgien esthétique, spécialiste de la chirurgie réparatrice. Son cabinet est à Auray ; pour les actes majeurs, il opérait à l'hôpital du Gantel. Marié, deux garçons. Pas très apprécié. On nous l'a décrit comme hautain, imbu de sa personne, très porté sur les femmes également.

— Comment réagit sa propre femme ?

— Secouée bien entendu, on le serait à moins. Laëtitia Granier nous a pourtant fait comprendre qu'elle et son mari avaient une vie privée autonome. Elle savait qu'il ne plaisait pas à tout le monde, en premier lieu à son adversaire du jour, Nicolas Capet, un anesthésiste attaché à l'hôpital du Gantel. Un solide différend les opposait, « probablement une histoire de femme », nous a suggéré madame Granier. Elle se demandait également s'il n'y avait pas un problème de fric entre eux.

— As-tu vérifié si Laëtitia Granier disposait d'un alibi au moment du meurtre de son mari ? Une épouse jalouse…

— Oui. Elle était chez son coiffeur à Auray, au moment où son mari se faisait tuer. Elle est en dehors du coup, sauf à faire appel à un complice, mais cela me paraît improbable.

— Granier et Capet, pour quelle raison jouaient-ils à Carnac ? Il y a suffisamment de courts à Auray.

— Tous deux y ont un pied-à-terre et sont membres de ce club.

— Tu as interrogé Nicolas Capet ?

— Bien sûr. Il nous a raconté que lui et Granier s'étaient lancé une sorte de défi. Entre eux, tout semblait prétexte à compétition. À une autre époque, ils auraient réglé leurs différends sur le pré, à l'épée ou au pistolet. Raquettes en main, c'est quand même moins dangereux.

— Pas tant que ça, en l'occurrence.

— Effectivement, concéda Menotti. Effectivement.

— Ce Capet, jusqu'à quel point ne supportait-il pas Granier ? As-tu réussi à connaître les raisons de cet antagonisme ?

— Affaire de caractère. D'après Capet, c'était quasiment épidermique. Il n'en a pas dit plus. Il a reconnu que Granier lui avait avancé de l'argent, il y a trois ans de cela, une somme rondelette : trente mille euros. Sa dette n'était pas complètement éteinte, il devait encore environ cinq mille euros, qu'il compte bien verser à madame Granier.

— Ils n'ont donc pas toujours été en si mauvais termes.

Menotti haussa les épaules, l'air perplexe.

— Léon Bérard a mené son enquête à l'hosto. Tout le monde a confirmé l'existence de cette animosité entre le chirurgien et l'anesthésiste. Il paraît que les rivalités professionnelles ne sont pas si rares dans ce milieu.

— Hum, en admettant que ses griefs à l'égard de Granier l'aient incité au meurtre, il faudrait que Capet se soit adjoint les services d'un complice ou d'une sorte de tueur à gages pour le liquider pendant leur match. Ça me semble diablement tiré par les cheveux.

Menotti approuva.

— L'antipathie réciproque entre les deux hommes ne paraissait tout de même pas suffisante pour pousser l'un d'entre eux, Capet dans le cas présent, à supprimer l'autre.

— Tu m'as dit que madame Granier avait émis l'hypothèse d'une rivalité amoureuse entre eux.

— C'était plus le cri du cœur d'une femme habituée aux frasques de son mari qu'une certitude.

— Il faut pourtant un mobile si l'on exclut l'hypothèse d'un tireur fou.

— Il y en a peut-être un. Bérard a obtenu les confidences d'une infirmière. Granier aurait loupé une opération et saccagé le visage d'une présentatrice de télévision qui a dû de ce fait renoncer à sa carrière.

Une lueur s'alluma au fond des yeux de Colombel.

— Tu peux m'expliquer ?

— Yolande Hallais. Elle présentait le journal de France 3 Bretagne. (Colombel acquiesça.) Elle a eu recours à Granier pour se faire refaire les paupières, il y a de cela un an. L'intervention s'est très mal passée. Un hématome intraoculaire s'est développé. Sous l'effet de la poche de sang, les yeux de la patiente se sont mis à gonfler de façon impressionnante. Elle a failli perdre complètement la vue. Depuis, ses yeux restent largement exorbités et d'une fixité anormale. Bref, Yolande Hallais a dû mettre fin à sa carrière de présentatrice télé et depuis éprouve, c'est un euphémisme, un fort ressentiment à l'égard de Granier. Elle lui a intenté un procès. L'affaire n'est toujours pas jugée.

— Granier aurait commis une erreur professionnelle ?

— Pas si simple. L'anesthésiste n'était autre que… Nicolas Capet. D'après Granier, celui-ci aurait bâclé le questionnement préalable à l'opération et ne l'aurait pas averti que Yolande Hallais présentait de sérieuses contre-indications.

— Ce pourrait être la cause du désaccord entre les deux hommes.

— Pas vraiment. Il semble qu'ils ne s'appréciaient guère avant cette bavure. Elle n'aura fait qu'accentuer leur hostilité. Cela dit, il faut être prudent. Léon Bérard est parvenu à tirer les vers du nez d'une infirmière qui, visiblement, ne portait pas non plus les deux hommes dans son cœur. Mais nous ne disposons que de son seul et unique témoignage. À l'hosto, c'est plutôt silence radio sur cette affaire. Bérard doit rencontrer Yolande Hallais aujourd'hui même, à son domicile, à Quiberon. Nous devrions en apprendre davantage.

— Il faut l'espérer, car, apparemment, c'est la seule piste dont nous disposons.

— Nous allons à nouveau interroger l'entourage immédiat de Granier. Si sa vie sentimentale était aussi agitée qu'on nous l'a laissé entendre, nous devrions finir par mettre la main sur sa ou ses petites amies.

Menotti se leva pour prendre congé. Colombel grogna et désigna l'enveloppe posée dans la bannette.

— Bon, tu me tiens au courant. Au fait, Daniel, je viens de faire valoir mes droits à la retraite.

Menotti hocha la tête.

— On pensait que vous rempileriez pour un an ou un peu plus.

— Je l'ai envisagé pendant un moment.

— Et… sait-on qui va vous remplacer ?

Colombel remua la tête de gauche à droite.

— Rien d'officiel encore. Pour l'instant, je dois m'appliquer à remettre mon rapport sur la énième réorganisation du service. Et tout ça, pour pas grand-chose. Comme d'habitude, l'essentiel des orientations a déjà été arrêté en haut lieu.

Menotti ouvrit la bouche, sembla vouloir ajouter quelque chose, puis quitta sans un mot le bureau de son supérieur.

V

Mercredi 19 octobre, Carnac

Marc Renard se fit servir le petit-déjeuner sur la terrasse de sa chambre. En ce début de matinée, une nappe de brume ouatait encore le ciel, mais çà et là des déchirures bleutées apparaissaient de plus en plus nombreuses, annonciatrices d'une belle journée d'automne. Son repas terminé, il déposa le plateau devant la porte de sa chambre et accrocha sur la poignée extérieure l'universel *Do not disturb*. Ensuite, il se saisit de son ordinateur portable et revint sur le balcon, installant son PC sur la table. Il regarda en contrebas. À grandes foulées décidées, une jeune femme blonde en survêtement blanc sortait de l'hôtel. Il reconnut Émilie « Miel » Ravalec. Il la suivit des yeux alors qu'elle longeait le boulevard de l'Océan, vers Port-en-Dro et les plages. Renard grimaça. Le sport en général et le jogging en particulier n'étaient pas son fort. Il alluma son portable, consulta sa messagerie et sourit. Alex lui avait déjà envoyé des renseignements sur *La Tribune du Morbihan*. Il en commença la lecture.

Salut, prince des enquêteurs!

Or donc, voici ce que j'ai pu glaner en farfouillant un peu partout. Ça sert d'avoir des entrées dans le milieu journalistique! La Tribune du Morbihan *est un périodique fondé il y a dix ans par Manuel Graz, un Alréen. Le siège est à Auray, quai Martin. D'abord mensuel, puis bimensuel, il fonctionne sur le principe d'une coopérative. Les bénéfices sont intégralement réinvestis dans le journal. Son fondateur, âgé de soixante-huit ans, fut un militant maoïste jusqu'au milieu des années 70. A fait six mois de prison, en 1973, pour outrage aux forces de l'ordre. A créé une librairie libertaire à Quimper au début des années 80, librairie qu'il vient de revendre. A abandonné la mouvance révolutionnaire, mais sans renoncer à une contestation radicale de notre société. A fait de son journal une tribune pour les milieux écologistes, tendance dure, et pour des proches de la Confédération Paysanne. Le journal pourfend tout ce qui paraît nuisible à notre environnement, notamment dans le domaine du patrimoine. On comprend que les projets de ton ami Ségalo lui donnent des boutons! Je me suis mise à la recherche d'éventuels dérapages.* La Tribune *n'a été condamnée qu'à deux reprises, et encore pour le franc, puis l'euro symbolique, pour avoir porté atteinte à l'honorabilité de notables locaux. À part ça, il y a quand même eu, en novembre 2002, le suicide de Christophe Lenoir, un député de la circonscription de Lorient, inscrit divers gauche. Ce député s'est donné la mort après une série d'articles de* La Tribune *révélant qu'il avait touché des pots-de-vin lors de l'attribution de marchés publics. Il avait également de gros soucis d'ordre privé et il est difficile, bien entendu, de mettre son suicide sur le seul compte des articles dénonçant ses magouilles. En tout cas, cela prouve que* La Tribune *ne tape pas qu'à droite. D'ailleurs, dans sa partie, ce journal est jugé sérieux, honnête et disposant d'informations fiables, cela même de la part de ceux qui ne partagent pas ses opinions politiques.*

En ce qui concerne Gaëlle Madec, je n'ai pas grand-chose. Trente ans, célibataire. Après l'école de journalisme, a bossé quelque temps comme responsable commerciale à Ouest Livres, une importante librairie bretonne de Lorient. Elle a quitté cet emploi après sa rencontre avec Graz, lors d'un meeting anti-OGM. Celui-ci lui a proposé de travailler avec lui. Elle est depuis trois ans à La Tribune du Morbihan. *Fait aussi partie du groupe altermondialiste Attac. Jugée bonne enquêteuse qui n'a pas froid aux yeux. Elle habite Plouharnel, dans un pavillon dénommé « La Rose Pourpre ». C'est la dernière maison sur la droite, après le passage à niveau, sur la route d'Erdeven.*

Voilà, c'est tout ce que j'ai trouvé pour l'instant. Pas de quoi permettre à Ségalo de faire peur à La Tribune. *Mais je fais confiance au goupil pour dénicher l'introuvable ! Bonne pioche !*

PS : Dois-je continuer mes recherches ou cela te suffit-il ?

Alex Ropart avait joint deux photos. Sur la première apparaissait un homme au front puissant, cheveux clairsemés et barbe poivre et sel lui mangeant le visage. L'intensité du regard était impressionnante. Même sur une simple photographie, il était difficile d'échapper à son pouvoir d'attraction. Sur la seconde figurait une jeune femme brune aux cheveux ultra courts. Gaëlle Madec affichait un air déterminé. Pose photographique ou habitude comportementale ?

OK, merci, Alex, répondit Renard. Je vais voir s'il y a quelque chose à gratter du côté de Madec.

Renard appuya sur la touche envoi puis éteignit son ordinateur. Les infos fournies par Alex ne lui apportaient rien qui soit susceptible de clouer le bec à *La Tribune du Morbihan*. Il ne s'y attendait d'ailleurs pas. Ce n'est que sur place qu'il trouverait éventuellement les munitions permettant à Ségalo de contre-attaquer.

Il descendit dans le hall de l'hôtel, échangea un sourire avec la réceptionniste. Sur le parking, un groupe de futurs curistes débarquait de la navette spécialement affrétée par l'hôtel pour les transporter depuis la gare d'Auray. Marc Renard se mit au volant de son Astra et se dirigea vers le bourg. Son idée était de se rendre à Plouharnel pour repérer le domicile de Gaëlle Madec, ce serait une base de départ, ensuite il irait au siège de *La Tribune du Morbihan* à Auray.

Une dizaine de minutes plus tard, il longeait la rue de la Gare, à Plouharnel. Il traversa le passage à niveau et s'arrêta peu après la dernière maison sur le côté droit de la chaussée. Il descendit de voiture et, du pas tranquille d'un promeneur paisible, remonta la rue jusqu'à la maison de Gaëlle Madec. La Rose Pourpre était une bâtisse de pierre située au bout d'un jardin bien entretenu. Une 125 cm3 Yamaha était garée dans la petite allée menant à l'entrée. Comme Renard s'apprêtait à prendre une photo, la porte s'ouvrit et une femme en tailleur-pantalon gris apparut sur le seuil. Elle ferma la porte à clé puis, sacoche de cuir à la main, se dirigea vers la moto. Elle rangea la sacoche dans le top-case, enfourcha l'engin et, après s'être coiffée du casque réglementaire, mit les gaz. Renard la regarda s'éloigner. Enfin il prit une photo de la maison et revint à sa voiture. La fille à la moto n'était pas Gaëlle Madec.

La rédaction de *La Tribune du Morbihan* était installée dans une vieille bâtisse à étages, quai Martin, au port de Saint-Goustan. Renard se promit de traîner un peu sur les quais après sa visite au journal. Cela lui rappellerait les soirées chaudes de sa jeunesse où il écumait les bars du port en compagnie de Ian Ségalo. À l'époque, Renard ignorait de quoi demain serait fait, alors que Ségalo avait déjà endossé le costume du fils à papa à qui échoirait la direction de l'affaire familiale.

Renard poussa la porte et pénétra dans le hall d'accueil. Une simple table le meublait. Derrière celle-ci, un grand poster représentant un défilé de manifestants, poings levés au milieu d'une multitude de drapeaux rouges, ornait le mur. Sur la gauche, un escalier en colimaçon menait aux étages. Renard toussota pour signaler sa présence. Presque aussitôt, il entendit un bruit de pas dans l'escalier et un jeune type déboula. Pantalon de velours, col roulé, queue-de-cheval et petites lunettes rondes, l'archétype du diplômé en psycho ou socio.

— Bonjour. Je fais quelques recherches et j'aurais besoin de consulter une partie de la collection de votre journal. Est-ce possible ?

— Bien sûr. Quelles années vous intéressent ?

— Les six derniers mois de cette année et également tout 2010.

— Pas de problème. Je vais vous accompagner jusqu'à nos archives.

Renard suivit la queue-de-cheval dans l'escalier jusqu'à une salle située à l'avant-dernier étage. Le jeune homme l'invita à s'installer devant un bureau et alla chercher les exemplaires demandés qu'il déposa devant lui.

— Et voilà. Année en cours et 2010. Si vous avez besoin d'autre chose, je suis à l'étage du dessous, premier bureau face à l'escalier.

Renard le remercia. Il contempla les deux piles de journaux et choisit, pour débuter, de faire un petit voyage dans le passé.

*

Le lieutenant Léon Bérard n'était plus très loin du domicile de Yolande Hallais. La journaliste de France 3 résidait à Port Haliguen. Il faisait beau et Bérard avait décidé de pousser jusqu'à Port Maria, à la pointe de la presqu'île, pour rejoindre Port Haliguen en longeant la côte sud. À hauteur du casino, il aperçut une des navettes maritimes qui, venant de Belle-Île, se préparait à accoster. Ce déplacement lui rappelait les vacances passées en compagnie de sa petite famille au camping des Sables Blancs, à l'entrée de l'isthme. Le grand plaisir de ses deux enfants consistait alors à grimper dans le Tire-Bouchon, petit train régional qui, en période estivale, fait le va-et-vient entre Auray et Quiberon. Il devait son nom au fait qu'il répondait à une volonté des élus locaux de remédier, du moins en partie, aux embarras de la circulation automobile en été. Bérard avait lu dans la presse que l'on fêtait le vingt-cinquième anniversaire de sa mise en service.

Petit homme tout en rondeurs, Léon Bérard travaillait à son rythme, qui n'était pas celui de son collègue Daniel Menotti. Quand ce dernier se montrait impulsif et prompt à foncer bille en tête, Bérard, lui, ne franchissait un palier d'enquête que lorsqu'il était certain d'en avoir épuisé toutes les contingences. François Colombel aimait associer les deux hommes, comptant sur leurs qualités respectives et l'émulation qui régnait entre eux pour obtenir de bons résultats. Par ailleurs, Léon Bérard possédait l'étrange manie de rallonger les noms propres de syllabes de son cru pour produire un effet qui le mettait en joie. Ainsi son chef devenait-il à l'occasion Colombel-uga ou Colombel-ami, et Daniel Menotti, Menotti-roir-caisse ou Menotti-reur d'élite. Pour l'heure, Bérard avait décrété qu'il se préparait à rencontrer Yolande Hallais-atoire. À la longue, ce genre de jeux de mots avait le don d'exaspérer ses collègues, mais nul n'y pouvait rien, c'était devenu une sorte de tic, partie intégrante de la personnalité du lieutenant Léon Bérard.

Yolande Hallais habitait une demeure rénovée de style néo-breton, rue Le Brix, à proximité du camping du Conguel. Bérard en franchit les grilles et arrêta son véhicule tout au bout de l'allée gravillonnée. Il ouvrit sa portière et la referma aussitôt. Un aboiement furieux précédait l'arrivée tonitruante d'un berger allemand qui, bave aux lèvres, vint se camper près de la voiture.

— Olaf! Olaf! Ici, au pied!

Bérard entrouvrit la vitre. Une femme venait à sa rencontre et saisissait le chien au collier. Puisant dans sa mémoire télévisuelle, Bérard se souvenait de Yolande Hallais comme d'une jeune femme au visage mince et aux longs cheveux châtains. Celle qui lui faisait face portait les cheveux courts et l'ensemble de ses traits était légèrement bouffi. D'énormes lunettes noires lui mangeaient la moitié du visage.

— Vous n'avez rien à craindre. Olaf ne vous fera aucun mal.

Elle s'exprimait d'une voix lente, détachant chaque syllabe. L'officier de gendarmerie sortit de son véhicule, restant à distance respectable du chien et de sa maîtresse.

— Madame Hallais ? Je suis le lieutenant Bérard, gendarmerie nationale.

Il présenta sa carte.

— C'est vous qui m'avez téléphoné tout à l'heure ?

Bérard acquiesça :

— Je fais partie de l'équipe chargée d'enquêter sur les circonstances de la mort du docteur Stéphane Granier. Je pense que vous pouvez m'aider, au moins pour certains aspects de cette affaire.

La femme se raidit, serra les deux pans de son cardigan contre sa poitrine.

— La mort de Stéphane Granier ? J'en ai lu le récit dans le journal. C'est un meurtre, n'est-ce pas ? Je n'étais évidemment pas sur place lorsque c'est arrivé. Que pourrais-je pour vous ?

— Si vous êtes d'accord, je pense qu'on serait mieux à l'intérieur pour en discuter.

Yolande Hallais parut hésiter, puis elle entraîna d'une main ferme son chien sur le côté.

— Allez, couché, Olaf !

Le berger allemand émit un bref grognement et s'allongea sans quitter Bérard des yeux.

— Suivez-moi, dit simplement la jeune femme.

Ils prirent place au salon, face à face, chacun dans un fauteuil. Yolande Hallais se tenait très droite, une main posée sur l'accoudoir, attendant que Bérard prenne la parole. Elle avait conservé ses lunettes noires.

L'officier s'éclaircit la voix.

— Vous savez dans quelles conditions Stéphane Granier a trouvé la mort. La presse a relaté les faits d'une manière assez exacte. Nous sommes à la recherche de tous les éléments susceptibles de nous aider à découvrir l'auteur du meurtre. Tous les renseignements concernant Stéphane Granier nous sont utiles.

Léon Bérard se racla à nouveau la gorge.

— Madame Hallais, vous avez bien eu recours aux services de ce chirurgien, il y a environ un an ?

Bérard perçut la crispation qui s'empara de son interlocutrice. Comme elle ne disait mot, il poursuivit.

— J'ai eu connaissance que Stéphane Granier a procédé à une intervention sur votre visage. L'anesthésiste n'était autre que Nicolas Capet, son partenaire lors de la partie de tennis qui lui fut fatale. Vous me pardonnerez de remuer des souvenirs douloureux, mais cette intervention aurait été un échec.

Yolande Hallais demeurait impassible, comme statufiée par les mots du lieutenant. Le bruit lointain d'une voiture passant sur la route se fit entendre.

— Madame Hallais ? l'encouragea Bérard d'un ton amical.

Celle-ci parut soudain revenir à elle. Elle croisa les jambes, tira sur sa jupe d'un geste nerveux.

— Je me doutais bien que c'était là l'objet de votre visite. Il est inutile d'user du conditionnel. Granier m'a saccagé les yeux. Les douleurs étaient indicibles. J'ai été à deux doigts de perdre la vue. Et si j'ôtais mes lunettes, vous ne supporteriez pas le spectacle que je vous offrirais. Mon regard est celui d'un monstre.

Elle eut un spasme qui fit trembloter sa joue.

— Par la faute de Granier, j'ai tout perdu. Oh, je fais toujours partie de France 3, bien sûr, mais désormais comme simple rédactrice. J'écris les textes qu'une autre dira à l'antenne! Il me sera impossible de revenir sur le devant de la scène. Vous me voyez animer une émission derrière ces lunettes?

Bérard, gêné, eut un geste voulant signifier qu'il comprenait le désarroi de son interlocutrice.

— J'étais pressentie pour présenter un magazine d'actualité le jeudi soir. Mes espérances professionnelles allaient enfin se concrétiser, et tout s'est écroulé à cause de ce Granier!

— Vous lui avez intenté un procès.

— C'est mon mari qui en a pris l'initiative. À l'époque, nous étions encore ensemble. Pour ma part, j'étais au fond du trou. Aucun jugement n'a pu être prononcé, les avocats de Granier se sont attachés à faire traîner les choses en longueur.

Le débit de l'ex-présentatrice s'accéléra soudain.

— À présent que Granier est mort, quel recours me reste-t-il? Sa disparition m'empêche définitivement d'obtenir réparation. Mon mari m'a quittée, il ne supportait plus ce que je cache derrière ces lunettes. Je n'intéresse plus personne. Mes seules relations sont celles que je conserve avec ma rédaction de Rennes, qui me confie encore quelques papiers par compassion, mais pour combien de temps encore?

— Il semblerait que Stéphane Granier ait rejeté la faute sur Nicolas Capet, dit Bérard. L'anesthésiste aurait commis de graves erreurs d'appréciation sur votre état de santé.

— Mais c'est faux! Nicolas Capet a bien fait son travail! Lui, au moins, s'est intéressé à mon sort après l'opération. Non, la vérité, c'est que Granier était ivre lorsqu'il m'a opérée!

— Granier en état d'ébriété lorsqu'il vous a opérée? Voilà une accusation extrêmement grave.

— Plusieurs membres du personnel auraient pu en attester, mais ils ont eu trop peur. Pour une simple assistante médicale, s'attaquer à Stéphane Granier reviendrait à tirer un trait sur sa carrière. Vous ne pouvez imaginer comme ce petit monde de grands pontes se tient les coudes. Granier n'était pas respecté, il était craint.

— Mais alors, comment pouvez-vous affirmer que Granier était ivre au moment de votre opération?

— Je ne peux rien prouver. Ce que je sais, je le tiens de son entourage professionnel. Granier était un viveur, ce n'était pas la première fois qu'il opérait en étant imbibé. Mais, naturellement, personne n'osera le divulguer, pour les raisons que je viens d'énoncer! Trop peur de représailles!

Yolande Hallais se tut. Comme Bérard gardait le silence, elle relança:

— Vous ne me croyez pas, n'est-ce pas? Vous pensez que ce sont là les élucubrations d'une névrosée au psychisme défaillant? Mais dites-le donc que vous ne me croyez pas?

Bérard porta son regard droit sur les lunettes noires.

— Madame Hallais, où étiez-vous, hier entre dix heures et midi ?

Yolande Hallais émit un petit rire méprisant.

— Demandez à mon chien !

— Madame Hallais…

— J'étais ici même. Je promenais mon chien sur la plage.

À nouveau, elle fit entendre un ricanement insultant.

— Parce que vous m'imaginez pointer un fusil sur Granier et l'abattre ! Mais comprenez bien que je ne souhaitais pas sa mort, je voulais justement qu'il vive et soit condamné ! Sa réputation en aurait pris un sacré coup.

Léon Bérard estima qu'il avait, pour l'instant, tiré tout ce qu'il était possible de la femme aux lunettes noires. Il se leva.

— Je ne vous dérangerai pas davantage. Je m'excuse d'avoir dû raviver des souvenirs désagréables.

Yolande Hallais haussa les épaules.

— Ne vous inquiétez pas pour moi. Plus rien ne peut me toucher à présent.

Elle ouvrit la porte, s'effaça devant Bérard.

— Sortez tranquille. Olaf ne vous importunera pas.

Tandis que Bérard la saluait, elle ajouta à mi-voix :

— Voyez-vous, les animaux ont ceci de supérieur aux humains : ils nous aiment pour ce que nous sommes et non pour ce que nous paraissons.

Yolande Hallais regarda la voiture du lieutenant Bérard quitter son jardin. Elle rentra dans son salon, ouvrit une armoire et se saisit d'une bouteille de gin. À même le goulot, elle en avala une large rasade.

*

Marc Renard ferma la page du dernier exemplaire de *La Tribune du Morbihan.* De toute évidence, le périodique savait se montrer implacable et ne lâchait jamais sa proie. Dans l'affaire Christophe Lenoir, en 2010, le nom du député avait fait les gros titres pendant plusieurs mois. Ses arrangements avec des entreprises locales, lors d'appels d'offres, avaient été mis au jour. Lenoir avait d'abord nié, puis reconnu s'être montré imprudent, et enfin complaisant avec certains chefs d'entreprise de ses amis. Pour sa défense, il prétendait que les commissions qui lui étaient allouées servaient au seul financement de sa mouvance politique. Mais *La Tribune* parvint à démontrer que la majeure partie des fonds allait dans les poches du député. Pour finir, Lenoir s'était tiré une balle dans la tête.

Le ton du journal demeurait inchangé dans le temps. Ces derniers mois, c'était Ian Ségalo à qui le bimensuel accordait toute son attention. Renard avait lu tous les articles signés Gaëlle Madec. Pas de doute, la fille connaissait son boulot. Elle possédait un beau brin de plume, son style était accrocheur sans être racoleur. Sur le fond, ses affirmations étaient toujours étayées. Elle démontait les rouages du projet Oceano Nox de Ségalo, qui se présentait telle une verrue implantée au sein d'un site naturel voué à l'ostréiculture traditionnelle. Certains élus en prenaient aussi pour leur grade. Le journal accordait une large place aux ostréiculteurs, tous opposés au projet, et aux associations de défense de l'environnement. Après tout ça, l'obtention du permis de construire par Ian Ségalo apparaissait comme une chimère.

Renard descendit un étage et rejoignit le jeune homme qui l'avait accueilli.

— Avez-vous trouvé ce que vous cherchiez ? s'enquit poliment celui-ci.

— Absolument, répondit Renard. Votre journal est très bien informé.

Renard tourna les talons sous le regard de son interlocuteur qui se demandait quel sens réel il devait donner à cette remarque.

Il reprit sa voiture. Sa visite à *La Tribune* confirmait les renseignements donnés par Alex. Le journal était sérieux, ses attaques contre le projet de Ségalo dûment argumentées. Il se demandait comment il allait pouvoir prendre Gaëlle Madec en défaut. Le plan de son ami Ian lui semblait de plus en plus hasardeux. Indécis quant à la suite à donner à sa journée, il opta finalement pour une petite virée sur les lieux choisis par le promoteur pour implanter sa résidence haut de gamme.

VI

Renard engagea sa voiture sur la petite route qui conduisait à un hameau du nom de Kerhellec. Il dépassa quelques maisons isolées et un bâtiment de ferme. En cul-de-sac, dominant des exploitations ostréicoles, un espace d'au moins cinq hectares demeurait inoccupé. Seuls cailloux et herbes folles le garnissaient. C'est à cet endroit que devait se matérialiser le projet qui portait toutes les espérances de Ian Ségalo. Renard gara sa voiture le long d'un muret de pierres sèches et marcha vers l'océan. Une légère houle faisait tanguer les plates et les dragues. En l'absence de la moindre brise, dans le silence seulement trahi par des cris spasmodiques d'oiseaux de mer, le site dégageait une atmosphère de sérénité. De l'autre côté de la baie, derrière la plage des Sables Blancs, le soleil couchant dardait sur l'océan ses derniers rayons flamboyants. Le décor était grandiose et Renard comprenait pourquoi Ségalo avait jeté son dévolu sur ce site. Les clients potentiels ne pouvaient qu'être séduits.

Il s'arma de son appareil photo pour réaliser quelques clichés et descendit vers la grève. Un bruit sourd de conversation lui parvint. Sur sa gauche, à une cinquantaine de mètres, deux hommes discutaient avec véhémence, mais il ne pouvait saisir leurs paroles. Si l'un des deux arborait veste et pantalon, l'autre portait une combinaison de travail et des bottes en caoutchouc. Peut-être un ostréiculteur, pensa Renard.

L'apercevant, les deux hommes s'éloignèrent. Celui qui était en costume de ville posa le bras sur l'épaule de son interlocuteur.

— Tu peux nous croire, Michel ! Avec l'association, nous sommes sur le point de gagner la partie ! Ségalo n'obtiendra pas son permis de construire.

— Vous prenez vos désirs pour des réalités ! N'oubliez pas que l'argent commande tout. Les élus vont laisser passer l'orage et, quand l'opinion publique aura oublié, ils ressortiront le projet du placard.

— Et toi, souviens-toi que *La Tribune* est avec nous. Le journal ne nous abandonnera pas. J'ai rencontré Gaëlle, pas plus tard qu'hier. Dans le prochain numéro, elle en remet une couche sur les petites combines de Ségalo.

— Dire qu'il voulait acheter ma maison ! Sans doute qu'elle ferait tache à côté de son palace cinq étoiles ! Et tu imagines le bordel pendant la durée des travaux ? Ils s'en foutent bien qu'on ne puisse pas travailler correctement ! Tu te rends compte… toutes ces allées et venues de nantis avec leurs 4x4 !

— Puisque je te dis que ça ne se fera pas !

— Tout le monde n'est pas contre ce putain de projet. Les commerçants du coin sont intéressés par la venue d'une clientèle pleine aux as. C'est d'ailleurs ce que m'a dit Ségalo le jour où il m'a proposé de racheter mon habitation. C'était, paraît-il, une aubaine pour les ostréiculteurs que l'arrivée de ces gens friqués !

— Garde confiance, mon ami ! On vous soutiendra jusqu'au bout, toi et tes collègues.

— Ouais, j'aimerais être certain que nous sommes tous sur la même longueur d'onde, bougonna l'ostréiculteur.

— Ne désespère pas. Notre cause est en bonne voie. Je dois te laisser, Michel. Dans vingt minutes, j'ai une réunion à Plouharnel.

Les deux hommes se serrèrent la main. Le dénommé Michel désigna la silhouette de Marc Renard qui cheminait au bord de l'eau.

— Regarde ce gars là-bas en train de faire des photos. Il n'est pas du coin. Si ça se trouve, c'est encore un type de chez Ségalo qui vient en repérage ou je ne sais quoi.

Renard abandonna le rivage et remonta vers sa voiture. Les ombres s'allongeaient, la nuit viendrait bientôt. Son portable sonna alors qu'il mettait le contact. Il répondit et reconnut la voix d'Alexia Ropart.

— Salut, Alex. Tu as du nouveau ?

— Oui, concernant Gaëlle Madec. Un coup de bol ! Je me suis souvenue avoir un copain qui connaissait les patrons de la librairie lorientaise qui employait Gaëlle Madec. J'ai pu l'appeler. Il m'a raconté des choses.

— Vas-y.

Marc Renard écouta son associée sans l'interrompre.

— OK, bon travail, Alex. Envoie-moi un courriel reprenant tout ça. Je vais voir dans quelle mesure c'est exploitable. Je te tiens au courant.

Marc Renard remisa son portable dans sa poche de veste et démarra. Avant de regagner son hôtel, il décida de repasser devant le domicile de Gaëlle Madec.

Pensif, il prit la petite route qui sinuait à travers les exploitations ostréicoles vers Plouharnel. Jusqu'à l'appel d'Alex, sa conviction était qu'il ne trouverait rien contre *La Tribune du Morbihan*, ni sur leur journaliste, rien surtout qui puisse les faire renoncer à leur campagne anti-Ségalo. Il s'en voulait presque d'avoir accepté la proposition de son ami. À présent, il disposait peut-être d'un début d'atout.

Il pénétrait sur le rond-point de la place Saint-Armel, à Plouharnel, lorsque son instinct lui fit tourner la tête. Venant de la direction opposée, une moto s'engageait sur la place. Malgré l'obscurité, il crut reconnaître la 125 cm3 Yamaha qui stationnait dans le jardin de Gaëlle Madec, quelques heures auparavant. Deux femmes chevauchaient l'engin. Renard fit le tour complet du carrefour. La moto prenait la route d'Auray. Renard décida de la suivre. Il se laissa doubler par une camionnette. Avec le temps, il possédait parfaitement l'expérience de ce genre de filature et la faculté de suivre sans être vu. Au bout de quelques kilomètres, le clignotant gauche de la Yamaha scintilla dans la nuit, la moto traversa la route et bifurqua vers une trouée à travers un bois. Tandis que la camionnette poursuivait son chemin tout droit, Renard prit à son tour la voie empruntée par la moto. Il faisait nuit noire à présent et Renard se tenait à bonne distance. Bientôt, il distingua un halo de lumière. La moto vira sur la droite, en direction de cette lueur qui perçait à travers les arbres. Renard freina, roulant au ralenti. Au fond d'une clairière aménagée en parking se dressait un bar-restaurant dont l'enseigne, Bilitis, brillait de tous ses feux jaunes et rouges. Renard se gara, quitta son véhicule et avança prudemment pour observer de plus près. Quelques femmes, seules ou en couple, fumaient à l'extérieur de l'établissement. La conductrice de la Yamaha et sa passagère descendirent de moto et retirèrent leur casque. Dans la lumière projetée par les spots, Renard reconnut la fille qu'il avait vue chez Gaëlle Madec, conduisant le même engin. Quant à la passagère, il l'identifia sans peine d'après la photo que lui avait transmise Alex : il s'agissait bel et bien de la journaliste. Les deux femmes, bras dessus, bras dessous, pénétrèrent dans l'établissement.

Renard regagna sa voiture. Il profita d'un chemin creux pour manœuvrer et faire demi-tour.

Il entrait dans sa chambre à L'Armoric quand il entendit la sonnerie de son portable. C'était Ian Ségalo.

— Bonsoir, Ian.

— Salut, Marc, salut ! Alors, où en es-tu ? Tu m'as déniché quelque chose ?

Renard soupira.

— Je n'ai pas beaucoup avancé, Ian. Du moins pas dans le sens que tu désires. Tu te heurtes à des adversaires coriaces et, là où j'en suis, je ne vois pas ce que l'on peut leur reprocher.

Renard avait décidé de garder sous silence ce que lui avait révélé Alex. Il connaissait trop les emportements irréfléchis de son ami.

Le ton de Ségalo monta de plusieurs crans.

— Mais ils doivent bien avoir quelques casseroles aux fesses ! Qu'as-tu fait aujourd'hui ?

— Je suis allé au siège du canard consulter les articles qui te concernent. Puis j'ai fait un tour dans le coin où tu veux bâtir ton complexe.

— Et Madec ?

Renard relata sa visite au domicile de la journaliste.

— Le hasard a voulu que je la croise ce soir. J'ai reconnu la fille qui, ce matin, sortait à moto de son domicile. Elle l'avait prise en croupe. Je les ai suivies. Elles passent la soirée dans une boîte à lesbiennes, le Bilitis, pas loin de Plouharnel. Tu connais ?

— J'en ai entendu parler. Merde, elle est gouine, alors ! Je la prenais pour une mal baisée, mais une gouine ! Ah ! J'aurais dû m'en douter. À la réflexion, ça ne m'étonne pas !

— Ce n'est pas un délit, Ian.

— Peut-être, mais recherche donc du côté de ses fréquentations.

— Je vais la cerner autant que possible, mais ne te monte pas le bourrichon. À mon avis, on ne trouvera peut-être rien.

— Tu ne vas pas me laisser tomber ! Ohé, Marc ! Tu ne vas pas déjà me laisser tomber !

— Bonsoir, Ian.

Renard coupa net et éteignit son portable. Il savait que Ségalo ne pourrait s'empêcher de le relancer et il ne voulait plus lui parler. Il comprenait difficilement son acharnement. Ségalo sous-estimait le rapport de force qui s'était établi avec *La Tribune du Morbihan*. Il ne pouvait qu'être perdant sur ce coup. Or, Renard n'aimait jouer que les coups qu'il sentait gagnants, et là, ce n'était vraiment pas le cas. Grâce aux infos d'Alex, il tenterait quand même une approche de Madec, le lendemain. Et puis, *basta* ! Il serait vite de retour à Rennes.

Marc Renard ouvrit la porte du minibar et en sortit une mignonnette de whisky. Il mima un toast fictif à l'intention de son ami et avala une gorgée à même la bouteille miniature. De fait, plus il y pensait, plus le plan imaginé par Ian Ségalo lui apparaissait bancal. Ce qu'Alex lui avait révélé quelques heures auparavant ne suffirait pas à faire reculer le journal. Il aurait perdu son temps dans le Morbihan, mais pas son argent, du moins l'espérait-il. Son expérience lui avait toutefois appris que ses clients ouvraient d'autant plus largement leur portefeuille que les résultats étaient à la hauteur de leurs attentes. Ségalo ne devait pas faire exception. Renard goûta une nouvelle gorgée de whisky. Dans cette histoire, il reconnaissait un point positif, sa rencontre avec Léa Delcourt. Décidément, le souvenir de la jeune peintre demeurait vivace. Tous deux n'avaient, la veille, conversé que quelques minutes, mais ces brefs instants avaient suffi à déclencher une envie prégnante de la revoir. Marc Renard acheva sa mignonnette. Il rendrait visite à Léa Delcourt dès le lendemain.

VII

Jeudi 20 octobre

Ce matin-là, Émilie Ravalec avait des ailes. Sans effort, elle étirait sa foulée sur la plage de Ty-Bihan, longeant le littoral que venaient lécher les vagues de la marée montante. Sa crinière de cheveux blonds frappait ses épaules au rythme de sa course. Il y avait longtemps qu'elle ne s'était sentie aussi bien. La veille au soir, grâce à elle, Ian avait récupéré toute sa détermination. Ce n'était pourtant pas gagné d'avance quand elle l'avait retrouvé à sa résidence, devant un verre d'alcool, passablement abattu. Sa rancœur s'était exprimée avec les mots forts qui lui appartenaient lorsqu'il était en colère. Son ami, Marc Renard, trahissait sa confiance, il s'apprêtait à le laisser tomber. Voilà à quoi aboutissaient des années d'amitié ! Désormais, il serait seul à se battre. Heureusement, Miel avait su trouver les mots qui apaisent. Il n'était pas seul, puisqu'il l'avait, elle, auprès de lui. Elle l'avait réconforté, puisant dans son énergie communicative. Sur le canapé du salon, elle l'avait dévêtu, caressé, s'était déshabillée à son tour, laissant leurs vêtements épars sur le sol, ne cessant de lui parler avec des mots de plus en plus précis pour exciter son désir. En la possédant avec une ardeur rare, Ian avait chassé, pour un temps, les pensées noires qui le rongeaient. Après l'amour, il était longuement resté blotti contre elle et, quand elle le croyait sur le point de s'endormir, il l'avait à nouveau prise, lentement cette fois, comme avec reconnaissance.

Le problème de Ian, estimait Miel tout en courant, c'est qu'avec lui tout était urgent, la satisfaction de ses désirs ne sachant attendre. Comme les gens peu habitués à ce qu'on leur oppose un refus, la moindre contrariété le sortait de ses gonds. Certes, Miel admettait que les ennuis que lui causait *La Tribune du Morbihan* avaient de quoi le préoccuper, mais enfin, s'il était contraint de renoncer à son opération dans l'anse du Pô, il trouverait le moyen de se refaire avec un autre projet. L'avenir n'était tout de même pas si sombre ! Dans un mois, ils partiraient tous les deux pour une quinzaine au Sri Lanka. Au retour, ils se mettraient définitivement ensemble. Miel était suffisamment lucide pour ne pas occulter les travers de Ian, notamment le fait que l'argent lui brûlait les mains. Rien n'était jamais trop beau pour lui, de préférence ce qui s'achetait avec une bonne série de zéros. Miel, qui profitait de ses largesses, comptait l'amener à un peu plus de raison, pas trop quand même, il ne fallait pas qu'il perde complètement sa personnalité de flambeur qui n'était pas pour lui déplaire. Mais, pour l'heure, elle préférait se remémorer les râles de plaisir qu'elle avait arrachés à son amant.

Ce fut la dernière pensée de Miel Ravalec qui allongeait encore son ample foulée, lorsqu'elle reçut la balle entre les deux yeux. Sans un cri, elle s'effondra au bord de l'eau, rougissant de son sang l'écume qui lui éclaboussait le corps.

VIII

En raison de la marée qui, sinon, l'aurait submergé, il leur fut nécessaire de remonter le corps d'Émilie Ravalec sur plusieurs mètres. Les trois agents de la brigade de gendarmerie de Carnac le déposèrent sur le sable dans la position même où ils l'avaient découvert. À leurs côtés se tenait, anxieux, un couple de promeneurs, les deux octogénaires qui avaient donné l'alerte. Un peu plus haut, derrière le muret qui bordait la plage de Ty-Bihan, des curieux commençaient à s'agglutiner. L'adjudant Le Dantec s'approcha des retraités. Ils étaient tous deux de petite taille, vêtus du même ciré bleu marine.

— À quelle heure avez-vous découvert le corps de cette personne ?

— Si c'est pas malheureux, dit la femme. J'étais justement en train de dire à mon mari : « Regarde cette belle fille. Quelle allure ! » Et puis, soudain, elle est tombée comme foudroyée. C'est trop horrible !

— Avez-vous regardé l'heure ? reprit le gendarme.

— Non, répondit son mari. On se baladait là-haut, le long du trottoir, quand cette pauvre femme s'est écroulée tout à coup. Nous avons d'abord cru qu'elle s'était tordu le pied. Comme elle ne se relevait pas, nous sommes descendus sur la plage et c'est là que nous avons vu tout ce sang qui lui sortait de la tête. Alors, nous sommes remontés jusqu'à cette villa aux volets verts. Ce sont des amis qui y résident. Ils sont là toute l'année. C'est de chez eux que je vous ai appelés. Je peux dire qu'il était onze heures quand on vous a téléphoné. Je le sais, car c'était l'heure indiquée par la pendule dans leur salon. Et ça, c'est du sûr. Edmond, il supporterait sûrement pas que sa pendule soit en retard, même de trois minutes. Il est bien trop maniaque avec ça.

Sa femme approuva d'un lent signe de tête.

— Pour ça, c'est sûr. Il rigole pas avec sa pendule, Edmond.

— Il vous a fallu combien de temps pour descendre voir le corps et remonter chez vos amis ?

L'homme et la femme échangèrent un regard.

— Ben, un certain temps quand même, répondit la vieille dame. Nous ne marchons plus bien vite à présent. Surtout moi. Et je voulais pas qu'Yvon me laisse toute seule sur la plage, des fois que le tueur serait encore là.

— Ce… certain temps, vous pouvez tenter de l'évaluer, dit Le Dantec s'efforçant à la patience et se tournant vers le mari. Un quart d'heure ? Un peu moins, un peu plus ?

— Oui, c'est ça, peut-être un quart d'heure, répéta le vieil homme.

— Vous avez dû entendre une détonation juste avant de voir cette femme s'effondrer ?

— Oui. En y repensant, on a entendu comme un pneu ou quelque chose de ce genre qui explosait.

— Peut-être plutôt comme un claquement sec, corrigea la femme.

L'adjudant Le Dantec se détourna. Un de ses hommes lui faisait signe, téléphone portable à l'oreille.

— Ils envoient du monde depuis Lorient ! Les collègues seront là dans moins d'une demi-heure.

Le Dantec s'approcha.

— Tu as appelé le légiste ?

— Piénel est en route.

— Bien. Tu vas prendre la déposition de ces deux personnes. Ce sont nos seuls témoins pour l'instant. Pendant ce temps, avec Nicaud, nous allons sécuriser l'endroit. À tous les coups, c'est Menotti qui va rappliquer, il faut que tout soit en règle, il serait trop content de nous faire la leçon.

*

Marc Renard dut insister à plusieurs reprises avant que la porte s'ouvre. Il reconnut Mélanie Sauviat, rencontrée en compagnie de son mari au vernissage de l'exposition de peinture. Elle avait les yeux humides.

— Marc Renard. Nous nous sommes vus l'autre soir à la galerie de Léa Delcourt.

— Oui, je me souviens bien. Ian est au salon. Sous le choc, complètement effondré. Mon mari est parti à la pharmacie lui chercher un sédatif.

Renard la suivit à l'intérieur. Il découvrit Ian Ségalo, la tête penchée sur la poitrine. Devant lui, sur la table basse, était posée une photo d'Émilie

Ravalec, à côté d'une bouteille de Jack Daniel's et d'un verre vide. Un cendrier débordait de mégots. Il leva vers Renard un visage sur lequel les larmes avaient tracé deux sillons. Renard s'approcha et lui posa la main sur l'épaule.

— J'étais à l'hôtel quand j'ai appris la mauvaise nouvelle.

— Pourquoi ? Pourquoi Miel ? balbutia Ségalo.

— Les gendarmes sont passés voir Ian en fin de matinée, intervint Mélanie Sauviat. Des promeneurs les avaient avertis qu'une jeune femme venait d'être tuée sur la plage de Ty-Bihan. Ils ont trouvé la carte d'identité de Miel et le numéro de téléphone de Ian dans sa veste de survêtement. C'est pourquoi ils sont venus si vite ici. Ian nous a appelés aussitôt après le départ de la gendarmerie.

— Tu sais quoi, Marc ? Ces connards n'ont pas trouvé mieux que de me demander où j'étais à l'heure où Miel s'est fait tirer dessus ! Comme si j'avais pu…

— Quel manque de délicatesse, renchérit Mélanie.

— Mais pourquoi avoir fait ça à Miel ? Elle n'avait pas d'ennemi ! cria Ségalo.

— Sais-tu s'il y avait des témoins ?

— D'après les gendarmes, personne n'a rien vu à part le couple de promeneurs qui était présent à ce moment-là. On lui aurait tiré dessus depuis le chemin des douaniers, au-dessus du bunker, vers la plage de Saint-Colomban. Elle a reçu une balle en pleine tête. Elle est tombée, morte sur le coup.

À ces mots, Ségalo étouffa un sanglot.

— Si je trouve le salaud qui a fait ça, je le bute, tu entends, Marc, je le bute !

— À quelle heure ça s'est passé ?

— En milieu de matinée, vers dix heures trente. Mais qui donc a pu faire ça ? réitéra Ségalo avec véhémence.

— C'est absurde, dit Mélanie. Tout simplement absurde !

— Ce chirurgien… comment déjà… Granier ? Il est mort dans des circonstances identiques, constata Renard.

Mélanie acquiesça :

— Ce serait le même qui… ?

— Personne n'en sait encore rien, je suppose. Il faudrait savoir si une arme similaire a été utilisée. La gendarmerie doit déjà plancher là-dessus. Hier matin, j'ai vu Miel quitter L'Armoric en courant. Avait-elle l'habitude de faire un jogging tous les jours ?

— Oui. Chaque matin, répondit Ségalo. Avec toujours le même itinéraire. Elle partait de l'hôtel vers la plage de Légenèse, poursuivait jusqu'à Saint-Colomban et revenait par le même chemin.

— Son assassin aurait pu le remarquer, murmura Renard.

— Je suis foutu, dit Ségalo en s'essuyant les yeux. Tout s'écroule. Mon projet tombe à l'eau et Miel qui…

Il ne put terminer sa phrase, à nouveau secoué de spasmes douloureux.

— Tu veux encore boire quelque chose ? demanda doucement Mélanie.

— Je n'ai envie de rien, seulement de me réveiller et de m'apercevoir que tout cela n'existe pas, que c'est un cauchemar !

Ségalo se prit à nouveau la tête entre les mains, se pétrissant les cheveux.

Mélanie s'assit près du promoteur, lui saisit les mains et les pressa entre les siennes.

— La police va enquêter, Ian. Le responsable de ce meurtre sera retrouvé. Bien sûr, ça ne te rendra pas Miel, mais cela pourra peut-être te soulager.

— Elle était si belle hier soir, dit Ségalo. Si belle ! Elle parlait de tout ce que nous allions faire ensemble.

Tour à tour, il regarda Mélanie Sauviat et Marc Renard.

— Vous ne pouvez savoir comme j'avais besoin d'elle !

— Tu devrais t'allonger, lui conseilla Mélanie. Gil ne va pas tarder à revenir.

À cet instant, le téléphone de Renard vibra. Alexia Ropart l'appelait. Il s'éloigna de quelques pas.

— Alex ? répondit-il à mi-voix. Je suis chez Ian Ségalo. Il m'est difficile de te parler. Je préfère te rappeler dans deux minutes.

Il revint vers Ségalo. Celui-ci, les yeux clos, avait posé sa tête contre l'épaule de Mélanie.

— Je repasserai plus tard, Ian. Je sais que ce n'est pas facile, mais essaie quand même de te reposer.

Après un petit signe à Mélanie, il quitta la pièce. En sortant, il aperçut Gil Sauviat qui, dans le jardin, garait sa Mercedes.

— Comment va-t-il ? demanda celui-ci dès qu'il eut quitté sa voiture.

— Comme quelqu'un que l'on a amputé d'une part de sa vie.

— Je rapporte de quoi le soulager un peu. S'il le faut, on appellera un médecin.

— C'est sympa à vous de rester près de lui.

— Rien de plus normal. Ian Ségalo est un de nos meilleurs amis. Il va avoir besoin de nous. Actuellement, il est incapable de quoi que ce soit. J'ai dû mettre ses chiens en pension dans un chenil.

Sur ces mots, Gil Sauviat rentra dans la maison, tandis que Renard, regardant la Mercedes immaculée, ressassait ces dernières paroles. Il prit son téléphone portable et appuya sur le numéro d'Alexia Ropart. Celle-ci répondit immédiatement. Sans préambule, Renard la mit au courant.

— Je quitte Ian Ségalo. Son amie, Émilie Ravalec, vient d'être assassinée. On lui a tiré dessus alors qu'elle faisait un footing sur une plage. Elle a reçu une balle en pleine face.

— Merde ! Mais c'est le deuxième meurtre en trois jours ! Comme ce chirurgien qui s'est fait tuer pendant une partie de tennis. Dis donc, il y a quelqu'un qui en veut aux sportifs à Carnac !

— On dirait bien. Qu'est-ce que tu me voulais, Alex ?

— Première chose : par *Societe.com*, j'ai consulté les comptes de Promos 56, la boîte de ton ami Ségalo. Les affaires ne sont pas brillantes, je dirais même très préoccupantes. Son entreprise est criblée de dettes et sa trésorerie au rouge. On comprend qu'il ait besoin d'un nouveau chantier. C'est vital pour sa survie.

— J'espère qu'il lui en reste assez pour me payer !

— Je n'en mettrais pas ma main au feu.

— Tu m'inquiètes. Et la deuxième chose ?

— J'ai reçu la visite d'un gros client potentiel, hier soir. Jérôme Person. Tu connais ?

— C'est le P-DG d'une PME qui met au point des produits de beauté pour hommes et femmes. À la télé, j'ai vu un reportage sur son entreprise, il n'y a pas très longtemps.

— Oui, dans la zone industrielle de Saint-Grégoire.

— Et que nous veut-il ?

— Il soupçonne un de ses cadres de fournir à la concurrence des renseignements confidentiels concernant la mise au point de certains produits. Il voudrait que nous coincions le type en question. Il est prêt à payer gros. En revanche, il est pressé. Je lui ai dit que tu étais en mission à l'extérieur, mais que tu ne tarderais pas à revenir. Je te donne ses coordonnées ?

— Vas-y toujours.

Renard nota le numéro que lui dictait son associée.

— À mon avis, ça vaut le coup de répondre à sa demande, insista Alex. Tu en es où de ton côté ?

— J'ai reçu ton nouveau courriel ce matin. Je vais me débrouiller pour rencontrer Gaëlle Madec et me servir des atouts que tu m'as refilés. Mais auparavant, je vais jeter un coup d'œil du côté de la plage de Ty-Bihan.

— C'est là que la copine de Ian Ségalo a été tuée ?

— Oui.

— Qu'est-ce que tu en attends ?

— Simple curiosité, Alex, simple curiosité.

IX

L'océan avait amorcé son reflux, laissant au milieu de la grève un long banc de goémon. Derrière le muret qui, en hauteur, ceinturait la plage, Marc Renard embrassa le paysage du regard. La gendarmerie avait fini son travail et fait transporter le corps d'Émilie Ravalec, les curieux avaient déserté les lieux. Aux dires de Ségalo rapportant les propos des gendarmes, le tireur était embusqué dans les rochers, sur le sentier des douaniers menant à la plage de Saint-Colomban. Renard descendit sur le sable. Compte tenu des horaires de la marée, à cet instant, la mer ne devait pas être loin du niveau atteint au moment de l'assassinat d'Émilie Ravalec. Il longea le rivage en direction du blockhaus érigé par les Allemands pendant la guerre, s'imaginant être dans la ligne de mire d'un sniper. Il gravit les marches conduisant au sentier des douaniers, passa devant le disgracieux bloc de béton armé. Renard se demanda si le tireur ne s'était pas tapi à l'intérieur. Un vieux grillage rouillé en barrait l'ouverture, mais il était rabattu à une de ses extrémités. Il écarta cette possibilité. L'accès en était malaisé et le tueur aurait plutôt choisi un endroit facile à abandonner pour prendre rapidement la fuite. Le noroît lui cinglant le visage, il suivit le chemin surplombant les brisants qui subissaient l'assaut de la mer et s'arrêta à l'endroit où le sentier bifurquait vers la droite. Le tireur n'avait pu aller plus loin, faute de perdre la plage de vue. Il s'allongea à l'abri d'un bloc de rochers. De cette place, il avait une vue parfaite. Il fit mine de mettre en joue un invisible promeneur. L'endroit lui paraissait adéquat. Mais par où l'assassin s'était-il éclipsé ? Un grillage, du côté terre, bordait le sentier. Pour rejoindre la plage de Saint-Colomban, il y avait au moins trois cents mètres à parcourir sur un sol accidenté qui n'autorisait pas un déplacement rapide.

Il en était là de ses réflexions lorsqu'un bruit de pierre qui roule le fit se relever. Au-dessus de lui, il vit une jeune femme se diriger vers un terre-plein, enjamber sans effort la grille de protection et sauter sur le sentier. C'est seulement alors qu'elle perçut sa présence. Ils étaient à cinq mètres l'un de l'autre et Renard la reconnut sans hésitation. Le hasard le mettait en présence de Gaëlle Madec. Tous deux se considérèrent un instant sans dire un mot. Renard s'avança et brisa la glace.

— Bonjour. Vous êtes Gaëlle Madec, n'est-ce pas ?

Celle-ci, surprise, marqua le coup.

— Je vous ai vue en photo, dit Renard en souriant. Vous êtes journaliste à *La Tribune du Morbihan*.

— Je ne pensais pas être si célèbre !

— Mon nom est Marc Renard. Je suis enquêteur privé.

Il nota la moue dédaigneuse qui, brièvement, déforma les lèvres de la jeune femme.

— Vous voyez, on fait un peu le même boulot, reprit Marc Renard.

— Je n'en suis pas si sûre !

— Je parie que vous êtes ici en raison du meurtre qui a été commis, ce matin, sur cette plage. C'est mon cas également.

— Oui, peut-être, mais je ne vois pas en quoi ce que je fais vous regarde ! répondit Gaëlle Madec d'un ton sec.

Elle s'avança vers Renard pour rejoindre la plage. Le sentier était étroit et il s'effaça pour la laisser passer.

— Je connaissais la victime, dit Renard.

Gaëlle Madec stoppa net et se retourna vers lui, une lueur dans les yeux.

— Vous connaissiez Émilie Ravalec ?

Renard fit oui de la tête.

— Émilie Ravalec était la compagne d'un ami d'enfance, Ian Ségalo.

La lueur persista dans le regard de Gaëlle Madec. Marc Renard se rendit compte qu'il était parvenu à capter son attention.

— Émilie Ravalec était la compagne de Ian Ségalo ? répéta-t-elle.

— Ils ne vivaient pas ensemble, mais c'était une question de jours. Et tout ceci est terminé à cause d'un tireur fou.

— Peut-être pas si fou que ça ! Il y a quarante-huit heures, un meurtre du même genre a été commis.

— Vous pensez qu'il existe un lien entre les deux ?

Gaëlle Madec remua la tête en souriant.

— Si je savais quelque chose, figurez-vous que je le garderais pour mon journal.

— Je me demandais comment le meurtrier avait pu s'enfuir… Jusqu'à ce que je vous rencontre.

— Je vous écoute.

— Il devait n'avoir qu'une obsession : s'éloigner au plus vite. Revenir vers Ty-Bihan ou Saint-Colomban par ce sentier était trop dangereux, il risquait de tomber sur des gens alertés par le bruit de la détonation. Donc…

Renard désigna l'endroit d'où avait surgi la journaliste. Elle sourit à nouveau.

— D'accord. Bien vu. Après tout, je peux vous dire ce que je pense, ça n'engage à rien. Venez.

Gaëlle Madec reprit le chemin en sens inverse. Renard s'écarta avant de lui emboîter le pas. Au bout de quelques mètres, la jeune femme s'arrêta et montra le grillage qui jouxtait le sentier.

— Voyez, il y a ici un rocher sur lequel il est aisé de grimper. Quand on est dessus, c'est un jeu d'enfant de passer le grillage.

Joignant le geste à la parole, la journaliste se jucha sur le roc.

— Facile à franchir, non ? Même pour moi qui ne suis pas grande.

Renard acquiesça.

— Et de l'autre côté, il y a un monticule de terre qui permet de faire facilement le chemin inverse. C'est de là que je venais quand je vous ai rencontré.

Gaëlle Madec s'assit sur le rocher et se laissa tomber vers Renard.

Instinctivement, celui-ci tendit les bras pour la retenir. Elle recula vivement.

— Je vous remercie, je me débrouille très bien toute seule !

— Ça, je n'en doute pas, observa Renard.

— Plus haut, il y a un groupe de villas, reprit-elle. Elles sont inoccupées à cette époque de l'année et séparées par une sorte de ruelle. En l'empruntant, on peut sans problème rejoindre la route toute proche.

— Oui, il y a là une possibilité.

— Bon. À vous, à présent ! Vous m'avez dit être quelque chose comme détective privé. Vous enquêtez sur la mort d'Émilie Ravalec ?

— Pas exactement. C'est le boulot de la police. Non, moi j'enquête sur vous.

Gaëlle Madec se cabra.

— Sur moi ? C'est une blague ?

— Je n'ai jamais été aussi sérieux.

— Vous ne manquez pas de culot, vous !

— C'est mon job qui veut ça.

— Mais je ne vous permets pas de…

Renard l'interrompit.

— Pourquoi continuez-vous à faire des misères à Ian Ségalo ? Tout le monde a compris que votre journal est opposé à ce projet immobilier qu'il veut monter là-bas, derrière nous, dans l'anse du Pô. Maintenant, ça suffit ! Vous ne pensez pas qu'il est temps de mettre la pédale douce ?

Le visage de Gaëlle Madec s'empourpra.

— Mais pour qui donc vous prenez-vous pour me dire ce que je dois faire ou ne pas faire ?

— Gaëlle, il y a une chose qui me chiffonne, dit Renard.

Avec satisfaction, il remarqua la crispation de la jeune femme quand il usa de son prénom.

— Dans votre journal, vous parlez sans cesse de probité, vous pourfendez ces hommes d'affaires qui, à l'instar de Ian Ségalo, ne pensent qu'à se faire du fric sur le dos de la collectivité. Mais, pour faire ainsi la leçon, vous ne pensez pas qu'il faut soi-même être irréprochable ?

— J'en ai assez entendu, monsieur Renard ! riposta la jeune femme en insistant sur le monsieur. Vos observations à la noix, je n'en ai rien à battre !

— Vous êtes beaucoup plus agréable quand vous souriez.

Serrant les mâchoires, Gaëlle Madec vint se camper devant Renard.

— Vos sorties de gros macho, j'en ai rien à battre non plus !

— Sans doute. Mais vos lecteurs seraient probablement surpris d'apprendre que leur vénérée Gaëlle Madec s'est fait virer par son employeur de l'époque, la librairie Ouest Livres, à Lorient, parce qu'elle avait détourné des fonds en exagérant ses notes de frais. Mon ami Ian Ségalo possède des soutiens dans d'autres journaux qui ne sont pas de votre bord. Ça ferait mauvais effet de voir cet épisode revenir à la surface, vous ne croyez pas ? Votre crédibilité en prendrait un coup.

La journaliste fut envahie d'une pâleur soudaine. Elle parut un instant décontenancée par les allégations de Renard, mais elle se ressaisit très vite et, se redressant de toute sa taille, elle approcha son visage, de plus en plus contracté, au plus près de celui de son interlocuteur.

— Alors comme ça, Ségalo a embauché un James Bond de pacotille pour me faire chanter ! Et vous croyez me faire peur ! Vous pourrez dire à votre employeur que rien ne m'arrêtera, et surtout pas la crainte de voir ressurgir une histoire enterrée depuis des années!

Elle recula et Renard eut l'impression que Gaëlle Madec allait lui cracher à la figure. Mais la jeune femme tourna les talons et s'éloigna d'un pas rapide, sans se retourner.

— Eh! Attendez une minute! s'écria Renard, en pure perte.

Il se passa la main sur le menton. Voilà, il avait abattu sa carte. Peut-être s'y était-il mal pris, il n'en savait encore rien. Il releva le col de sa veste sous la fraîcheur du soir et regagna la plage.

*

Prenant tout son temps, Léa Delcourt se dévêtit à son tour. Dans le clair-obscur de la chambre, la pâleur du corps nu d'Alan se détachait sur les draps de satin noir.

— Quelque chose ne va pas? demanda-t-il en la regardant intensément.

Le ton employé par Alan sonnait comme un avertissement. Léa détourna les yeux, haussant les épaules.

— Pourquoi ça n'irait pas?

— Je te sens tendue, tu me parais coincée.

— Mais non.

De la main, il tapota le drap et Léa vint s'asseoir près de lui.

— Oh, mais si! Je la connais bien, ma petite Léa, dit-il en lui caressant la joue. Elle ne peut rien me cacher. Tu vois, je te sens te raidir.

Elle écarta la main d'Alan.

— Je te dis que je vais bien, tu te fais des idées.

— Alors, qu'est-ce que tu attends ? dit-il avec une subite impatience.

Léa quitta le lit, se saisit de la cravache en cuir posée sur la commode. Un cadeau d'Alan. Pensivement, elle fit glisser le bout de la badine sur la paume de sa main.

Un bruit d'automobile stationnant devant son atelier la fit tressaillir. Elle se posta près de la fenêtre, là où elle pouvait voir sans être vue. Un homme sortait de son véhicule, marchait vers la porte de la galerie. Elle reconnut Marc Renard. L'autre soir, elle l'avait invité à lui rendre visite. Il sonna. Léa se mordit les lèvres. Il réitéra, puis elle le vit reculer, regarder la façade de sa maison. Enfin, il regagna sa voiture et démarra.

— Qui était-ce ? questionna Alan.

— C'était un ami de Ian Ségalo, répondit Léa en revenant vers le lit. Voyant ma voiture dans la cour, il a pensé que l'atelier était ouvert. Sans doute voulait-il visiter mon expo. Je lui avais suggéré de revenir après le vernissage.

— Visiter ton expo ? J'espère que tu n'avais pas une autre idée en tête…

— Tu ne vas pas faire toute une histoire parce que j'ai invité un homme à voir mes peintures ? Je peux quand même recevoir les gens qui s'y intéressent !

— Quelqu'un que tu ne connais ni d'Ève ni d'Adam ? Et un ami de Ségalo ? Je n'aime pas ce type, et ses copains doivent lui ressembler.

— Écoute-moi, Alan. Tu te comportes comme si j'étais ta chose, mais j'ai une vie en dehors de toi. N'oublie pas que tu n'es pas libre.

— Je le serai bientôt. Un peu de patience. Je serai alors entièrement à toi… comme tu dois être à moi. Allons, viens. (Il désigna la cravache que Léa tenait dans la main.) Occupe-toi de moi. Je suis venu pour ça.

— Non. Je n'en ai plus envie, dit Léa en jetant la cravache sur le lit.

— Eh ! Que fais-tu ?

— Tu vois, je vais me rhabiller.

Alan sauta du lit et se dressa tout contre la jeune femme, avant de lui arracher la culotte rouge et noire qu'elle s'apprêtait à enfiler.

— Tu t'imagines qu'on va en rester là ? Que je serais venu pour rien ?

Il la toisait, haletant sous l'effet de la colère.

— Pour le moment, je voudrais que tu me laisses, répondit Léa.

— Je voudrais ? Mais nous sommes deux à décider, n'est-ce pas ?

— Je t'en prie, Alan.

— « Je t'en prie, Alan. Je t'en prie. »

Il singea ses dernières paroles, prenant un ton larmoyant.

— C'est l'arrivée de ce type, ce copain de Ségalo, qui te fait subitement changer d'avis ? reprit-il, de nouveau agressif.

Léa remua la tête de droite à gauche.

— Non, c'est toi, uniquement toi.

— Moi ?

Alan se rapprocha encore de Léa, presque au point de la toucher.

— À ton tour de m'écouter, Léa. N'oublie pas que tu m'appartiens comme je t'appartiens, compris ?

Il saisit le bout d'un sein de Léa, titillant et pressant le téton entre ses doigts, de plus en plus fortement. Sous l'effet de la douleur, Léa poussa un cri strident et le gifla de toute la force dont elle était capable.

Alan relâcha son emprise. Son visage exprimait la stupéfaction.

— Ne recommence jamais ça. Jamais!

Puis, étrangement, aussi vite que la rage s'était emparée de lui, il se détendit.

— D'accord, d'accord, puisque tu ne veux pas de moi, je n'insiste pas et je m'en vais, petite Léa. D'ailleurs, je ne serais pas resté longtemps. J'ai des affaires à régler. Je reviendrai samedi. J'espère que d'ici là, tu seras revenue à la raison.

La jeune femme le regarda alors qu'il se rhabillait en silence, pas du tout rassurée par le calme dont il faisait soudain preuve.

— À samedi, dit-il simplement avant de quitter la chambre.

Il fallut à Léa beaucoup de temps après le départ de son amant pour retrouver enfin son calme.

*

Les quatre hommes s'installèrent autour de la table de réunion : l'adjudant Le Dantec, le brigadier Cavalier et les lieutenants Menotti et Bérard.

— Au fait, vous êtes contents de vos nouveaux locaux ? demanda Menotti en guise de préambule, jugeant bon de porter quelque intérêt aux conditions de travail des collègues de terrain.

Depuis quelques semaines, la brigade territoriale de Carnac avait investi un nouvel immeuble construit à la sortie de la commune, sur la route de Plouharnel.

— Les locaux sont dans l'ensemble beaucoup plus fonctionnels, répondit Le Dantec. Nous y avons gagné en espace et aussi en confort. Bien sûr, nous sommes un peu plus excentrés, mais ce n'est pas vraiment un problème.

— Non, le seul et vrai problème, c'est plutôt ce qui s'est déroulé ce matin sur une de vos plages !

Menotti adorait brusquer ses interlocuteurs pour les ramener à ce qu'il jugeait essentiel.

— Vous m'avez dit avoir reçu le compte rendu de l'analyse balistique ?

— Si je vous l'ai dit, c'est que je l'ai effectivement reçu, répondit Le Dantec avec un brin d'exaspération.

L'adjudant tendit à Menotti la feuille qu'il avait imprimée depuis son PC. Menotti la parcourut d'un œil avide, puis la glissa en direction de Bérard pour qu'il prenne à son tour connaissance du rapport.

— Les conclusions sont sans appel, énonça celui-ci après avoir terminé sa lecture. L'arme dont le meurtrier s'est servi pour tirer sur Émilie Ravalec est identique à celle utilisée pour tuer Stéphane Granier. C'est une arme de professionnel, un 308 Winchester, 7,62 mm OTAN. Nous avons recensé les propriétaires de fusils à lunette à partir du fichier des permis de port d'armes. Pas un ne possède une telle arme.

— Conclusion : il est plus que probable que notre meurtrier se soit procuré ce fusil de manière illégale.

— Illégal-ipette, ne put s'empêcher de murmurer Bérard.

— Ignorez-le, dit Menotti à l'intention des deux gendarmes carnacois. C'est maladif.

Le Dantec et Cavalier échangèrent un drôle de regard, puis le premier s'éclaircit la voix :

— On ne peut pas perquisitionner dans toutes les habitations de Carnac. De toute manière, le détenteur de ce modèle doit le mettre bien soigneusement à l'abri.

Menotti hocha la tête, puis réagit :

— Voilà un individu qui se permet d'abattre à coups de fusil deux personnes en plein jour et qui disparaît sans laisser une seule trace ! Et pas un quidam pour nous donner un début de commencement d'indice !

— Lors du premier meurtre, des témoins ont entendu un bruit de moto, mais rien de tel pour le second, remarqua le brigadier Cavalier. Je suppose que, quel que soit le mode de locomotion utilisé, le meurtrier doit habiter dans le coin. Je ne le vois pas faire des tas de kilomètres pour commettre ses forfaits.

— Sans compter, avança Bérard, que notre homme, enfin s'il s'agit bien d'un homme, a pu s'en aller tranquillement à pied, une fois son acte accompli. Le fusil à lunette qu'il a utilisé se loge aisément dans une mallette ou un sac de sport. Qui soupçonnerait un paisible promeneur d'avoir perpétré un meurtre quelques minutes plus tôt ?

— Nous pensons savoir comment il a fui la seconde scène de crime, dit Menotti. Quitter le sentier des douaniers en un sens ou l'autre présentait trop de risques d'être vu. Il a dû enjamber le grillage séparant le domaine maritime des propriétés privées. Près de l'endroit où nous pensons qu'il se tenait pour tirer, il y a une roche qu'il est aisé d'escalader pour passer la grille. En remontant le terrain, il a pu utiliser un passage entre deux groupes de villas pour gagner la route. Ce qu'il faut en priorité, c'est croiser toutes les infos que nous possédons sur Stéphane Granier et Émilie Ravalec, voir ce qu'ils ont en commun pourrait nous procurer un début de piste.

— Nous savons déjà que tous deux étaient prêts à acquérir des appartements dans le futur complexe immobilier de Ian Ségalo, signala Le Dantec.

— Oceano Nox ? Ce projet qui suscite tant d'opposition ? questionna Bérard.

— Oui, ça soulève les passions par ici. Mais ce n'est peut-être pas une raison suffisante pour qu'un opposant au projet se mette à supprimer les acquéreurs potentiels.

— Nous comptons sur vous pour mener l'enquête de terrain, relever sur place tous les indices qui nous seraient utiles, dit Menotti à l'adresse de Le Dantec et Cavalier. Il va de soi que nous vous épaulerons au maximum. Pour notre part, nous allons interroger, voire réinterroger l'entourage d'Émilie Ravalec et Stéphane Granier. Émilie Ravalec venait de divorcer. Son mari est d'un caractère agressif et enclin à la violence, d'après Ségalo. Nous allons lui rendre visite. Qui sait ? Il n'est pas rare de voir des maris poursuivre de leur vindicte leur ex-épouse, même après que la séparation a été officiellement prononcée.

— Mais pourquoi l'ex-mari d'Émilie Ravalec s'en serait-il d'abord pris à Granier ? objecta Le Dantec.

Menotti eut un geste d'impuissance.

— Si nous parvenions à démontrer qu'Émilie Ravalec et Stéphane Granier avaient un ennemi commun, quelqu'un qui leur en voulait à mort… C'est malheureusement le cas de le dire, nous aurions fait un grand pas.

— J'ai reçu un coup de téléphone de la mairie de Carnac, dit Le Dantec. Le maire demande à être informé du déroulement de l'enquête.

— Comme d'habitude, dans ce genre de circonstances ! Il importe de montrer aux administrés que la situation ne vous échappe pas. Vous nous l'envoyez. Nous lui répondrons.

— Avec plaisir, mais, malgré tout, c'est nous qui sommes en première ligne.

Menotti eut une mimique fataliste et se leva, imité par Bérard. Après avoir souhaité bon courage à leurs collègues, ils quittèrent la gendarmerie. Il faisait presque nuit quand ils s'installèrent dans la Renault Mégane du service, Menotti au volant.

— Bon. Tu restes avec moi pour le compte rendu à Colombel ? Au fait, dit-il en démarrant, tu sais que le patron a fait sa demande de départ à la retraite ?

— Oui, et d'après les derniers bruits, Dupuy le remplacerait.

— Dupuy ? Oh, merde ! soupira Menotti. Il manquait plus que ça !

*

Sur sa Yamaha, le vent lui fouettant le visage, Amélie Viel roulait vers Plouharnel. Elle était satisfaite du déroulement de sa journée. L'après-midi, sa plaidoirie en faveur de la famille malienne, au tribunal de grande instance de Vannes, avait été un succès. Elle avait obtenu l'annulation de la mesure d'expulsion de leur logement. Le demandeur, multipropriétaire vannetais, avait consenti, la mort dans l'âme, à un délai pour que le chef de famille puisse régler ses arriérés de loyer. Amélie Viel ne se faisait aucune illusion. Les malheureux locataires ne pourraient jamais honorer les loyers qui leur étaient demandés, ou plutôt imposés, songea-t-elle, mais l'essentiel était de tenir jusqu'à la trêve hivernale où il devenait interdit d'expulser les mauvais payeurs. D'ici au printemps, il y aurait moyen de se retourner. Elle prendrait contact avec « Solidarité Logements » pour que l'association trouve une solution.

En quittant la rue de la République, le hasard lui avait fait rencontrer Manuel Graz, le directeur de *La Tribune du Morbihan*. Depuis cinq ans, Amélie Viel était l'avocate du journal et des liens solides l'unissaient à son directeur. Celui-ci se rendait au Salon de l'ostréiculture. L'apparition des naissains triploïdes ne faisait pas l'unanimité. Des ostréiculteurs, venus notamment de l'anse du Pô, devaient vigoureusement afficher leur désaccord. « Ce sera un bon sujet pour Gaëlle, avait relevé Graz. L'affaire pourrait devenir chaude dans les jours et les semaines qui viennent. » Malgré l'envie qu'elle éprouvait, faute de temps, Amélie Viel n'avait cependant pu suivre Graz à la manifestation.

Elle immobilisa sa moto en haut de l'allée et reposa son engin sur la béquille. Elle retira son casque et passa la main dans ses longs cheveux bruns, puis entra dans le pavillon qu'elle partageait avec Gaëlle Madec. Elle appela son amie. La voix de Gaëlle lui parvint du premier étage et lui apprit qu'elle prenait un bain. Amélie monta et poussa la porte de la salle d'eau. Gaëlle enjambait la baignoire.

— Tu seras gentille de me passer la serviette ! J'ai encore oublié de la prendre, dit-elle d'un ton précipité.

Amélie se saisit d'une épaisse serviette-éponge.

— Voilà, voilà, et c'est moi qui vais t'essuyer !

Avec délicatesse, elle promena le tissu sur les épaules de Gaëlle, puis s'attarda sur ses petits seins.

— J'ai rencontré Manuel à la sortie du tribunal, il aura du boulot pour toi. Une affaire d'huîtres fabriquées en laboratoire qui n'a pas que des partisans, notamment dans le secteur du Pô. Décidément, tu ne sors pas de ce coin-là ! Dis-moi, j'ai entendu à la radio qu'un second meurtre avait été commis à Carnac, sur une plage !

— Oui, en fin de matinée, une femme a reçu une balle en plein front, comme ce chirurgien, Stéphane Granier, il y a deux jours. Une certaine Émilie Ravalec. C'était l'amie de… tu ne devineras jamais qui !

Amélie Viel eut une moue d'ignorance.

— Ian Ségalo !

— Je ne croyais pas si bien dire. Tu n'en as pas fini avec ta tête de Turc préférée !

Elle s'accroupit pour essuyer les jambes de Gaëlle.

— Cet après-midi, je suis allée faire un tour sur la plage, à l'endroit où devait se planquer le meurtrier. Il a fallu que je tombe sur un type… une espèce de détective privé.

— Ouah ! Un Nestor Burma ! s'exclama Amélie en se redressant.

— Figure-toi qu'il travaille pour Ségalo. Il a réussi à retrouver la trace de… de ce qui s'est passé quand je bossais à Ouest Livres, à Lorient.

— Et alors ?

— Et alors, il me menace de faire publier cette histoire dans un journal, si, pour reprendre ses propres termes, je n'arrête pas de « faire des misères à Ian Ségalo ». Non mais, tu te rends compte ?

— Voilà pourquoi, en arrivant, je te trouvais un drôle d'air, disons, un air très contrarié.

— Sais-tu, Am', sais-tu ce qui m'énerve le plus ? Ce n'est pas qu'il menace de dévoiler toute cette affaire, non ! C'est qu'il puisse croire qu'il allait m'impressionner, que je céderais à son chantage !

— On voit qu'il ne te connaît pas, dit Amélie en passant un doigt le long des lèvres de Gaëlle.

— Il peut raconter ce qu'il veut à qui il veut, je ne lâcherai pas le morceau ! Les Ségalo et compagnie se croient tout permis derrière leur mur de fric. Je vais leur montrer qu'ils n'ont pas affaire à des poules mouillées !

— Détends-toi, ma petite, détends-toi, suggéra Amélie d'une voix douce, laissant tomber la serviette-éponge sur le sol.

Elle se pencha et picora le cou de son amie. Gaëlle se pressa contre elle. Amélie la repoussa légèrement, défit les boutons de son corsage, dénoua la ceinture de son pantalon. Dis, ça te dirait de refaire trempette avec moi ?

X

Vendredi 21 octobre

Jean Bérot n'avait pas une très bonne opinion de la jeunesse et ce n'était pas l'appel qu'il venait de recevoir qui lui ferait réviser son jugement. Gérald, un de ses serveurs, lui annonçait qu'étant malade, il ne pourrait assurer son service ce midi à La Terrasse Vannetaise ; quant à sa reprise, elle dépendrait de l'avis du médecin qu'il consulterait dans l'après-midi. Jean Bérot jura un bon coup, reposant brutalement le combiné du téléphone. Onze heures ! Quel je-m'en- foutisme ! A-t-on idée de prévenir si tard ! Dans un peu plus d'une heure, les premiers clients arriveraient. Impossible de trouver un remplaçant dans un laps de temps si court. Et ces deux gendarmes qui insistaient pour le rencontrer ! Ils seraient là d'un moment à l'autre ! Bérot s'attendait à ce genre de visite depuis qu'il avait appris le décès de son ex-femme, Émilie, mais ce matin en particulier, cela tombait vraiment mal. Il porta la main à son flanc. Sa vésicule se rappelait à son mauvais souvenir comme chaque fois qu'une grosse contrariété se profilait à l'horizon. Il revint dans la salle de restauration. Le personnel se préparait à prendre son propre repas. Il intercepta une de ses serveuses qui déambulait, une pile d'assiettes à la main.

— Morgane ! Ce midi, tu prendras aussi les tables 8 à 14 ! Le Gé est malade.

— Ah bon ! Qu'est-ce qu'il a ?

Bérot haussa les épaules et, grommelant, retourna dans son bureau. Dès l'âge de quatorze ans, il avait débuté dans le milieu de la restauration comme plongeur, puis, sur le tas, avait appris le métier de cuisinier. Oh, lui n'avait jamais compté ses heures ! À la force du poignet, il s'était imposé et était parvenu, il y avait une quinzaine d'années, à monter sa première affaire, du côté de Muzillac. Il l'avait revendue quelques années plus tard pour racheter La Terrasse Vannetaise, qui était devenue une des bonnes tables du port.

On frappa à la porte et Morgane pointa le bout du nez.

— Il y a là deux officiers de gendarmerie qui disent avoir rendez-vous !

Bérot poussa un gros soupir.

— Dis-leur que j'arrive !

— Monsieur Bérot, il faudra que les clients, ils soient patients ce midi ! Je n'ai que deux bras et deux jambes, moi ! Vous savez quand il revient, le Gé ?

Le regard noir de Bérot dissuada la serveuse de poursuivre davantage. Elle quitta le bureau, raide comme la justice, en réponse à la mauvaise humeur de son patron. Celui-ci se leva pour rejoindre la salle. Il sut d'instinct que ses visiteurs se trouvaient au bar : un grand maigre et un petit rond, Don Quichotte et Sancho Pança, jugea-t-il avec un sourire intérieur. Les deux officiers exhibèrent leur carte tricolore, tandis que le plus grand se chargeait des présentations.

— Lieutenants Menotti et Bérard. Gendarmerie nationale. Quelques questions à vous poser, monsieur Bérot.

— Ce ne sera pas long, j'espère ! Nous sommes vendredi, donc plus d'affluence encore que d'habitude, et un de mes serveurs s'est fait porter pâle !

— Cela dépendra de vos réponses, monsieur Bérot, répliqua le grand, un peu trop sèchement au gré du restaurateur qui décida de jouer la carte de la convivialité.

Sa proposition de goûter un apéritif maison ou de boire un café ne lui valut qu'un double refus. Comme à regret, il les invita à le suivre dans son bureau. Les deux gendarmes s'assirent en face de Jean Bérot. Ils le virent légèrement grimacer et appuyer la paume de la main sur son côté droit. Comme ses visiteurs ne semblaient pas pressés d'engager le dialogue, Bérot les dévisagea à tour de rôle, sourcils relevés en signe d'interrogation.

— Eh bien ! dit-il enfin. J'attends vos questions, messieurs !

Bérard sortit un stylo, tandis que Menotti se penchait vers Bérot.

— Votre ex-épouse a été assassinée hier matin pendant qu'elle faisait un jogging sur une plage de Carnac.

La mine grave, Bérot hocha la tête.

— Nous voudrions savoir quelles relations vous entreteniez avec elle, monsieur Bérot ?

Celui-ci haussa les épaules.

— Mais nous n'avions plus aucune relation ! Nous étions divorcés !

— Depuis combien de temps ?

— Dix mois.

— Et vous n'aviez jamais revu votre ex-femme ?

— J'ai dû l'apercevoir, une fois ou deux, à Vannes, près de la pharmacie qu'elle possédait dans le centre.

— Simplement aperçue ?

— Mais oui, quand on divorce, on ne se précipite pas obligatoirement sur son ex-conjoint pour tailler le bout de gras !

Menotti eut une moue dubitative.

— Comment s'est passé votre divorce ?

— Vous en connaissez qui se passent bien ? Ce ne fut pas notre cas !

— Vous aviez des griefs à l'encontre de votre femme ?

— Mais ça ne regardait que notre couple, et surtout ça n'a rien à voir avec ce qui est arrivé à Émilie !

— Vous est-il arrivé de frapper votre femme ?

La question, brutale, surprit et fit réagir le restaurateur, dont le visage devint cramoisi.

— Ah ! Je vois, c'est l'autre gravure de mode qui vous a raconté ce genre de connerie ! Oui, ce ne peut être que lui. Je ne sais pas comment il vous a présenté les choses, mais voici ma version, et je vous assure que c'est la vraie ! Avec Émilie, nous avons eu une sérieuse discussion à cause de ce type, Ian Ségalo. Je ne suis pas aveugle et je me rendais bien compte que tous deux fricotaient derrière mon dos. De fil en aiguille, le ton est monté et j'ai giflé Émilie, oui, mais attention ! Une seule fois ! Et je précise qu'elle m'en a retourné une à son tour ! Voilà, c'est tout, n'allez pas imaginer je ne sais quel scénario de femme battue par un mari violent !

— Ian Ségalo nous a raconté avoir fait la connaissance de votre ex-femme après son divorce. Or, vous nous expliquez que votre altercation, avec elle, a eu lieu avant votre séparation.

— Bon Dieu ! Mais c'est la réalité ! D'ailleurs, Émilie voulait me quitter. Dire que c'est moi qui les ai présentés l'un à l'autre ! Ce qu'on peut être con ! Ségalo avait l'habitude de venir déjeuner à mon restaurant quand il était de passage à Vannes.

Des tambourinements sur la porte interrompirent le restaurateur. Après un coup d'œil à Menotti et Bérard, il cria d'entrer. Le visage d'un garçon de restaurant apparut dans l'entrebâillement de la porte.

— Désolé de vous déranger. Un livreur veut absolument vous voir, patron !

Bérot eut un geste fataliste à l'intention des deux gendarmes et quitta la pièce.

— Ce n'est pas tout à fait l'histoire que nous a relatée Ségalo, dit Menotti, tandis que Bérard se levait et commençait à fouiner de droite et de gauche. D'après Bérot, il aurait fricoté avec Émilie Ravalec alors qu'elle était encore mariée. Bérot n'a pas dû apprécier. Même après le divorce, certains hommes conservent une rancune vivace.

— Tu le vois se planquer derrière des rochers pour trucider son ex-femme après tout ce temps ? questionna Bérard en se rasseyant.

À ce moment, Bérot réapparut, dispensant Menotti de répondre.

— Veuillez m'excuser, mais, comme je vous l'ai dit, c'est le coup de feu et j'attends beaucoup de monde!

— Vous en étiez à la rencontre entre votre ex-femme et Ian Ségalo.

— J'ai bien vu, tout de suite, que Ségalo lui plaisait. Émilie voulait que nous achetions quelque chose du côté de Carnac. Ségalo avait pas mal de projets dans le coin et lui a proposé de lui faire visiter certains sites. J'ai vite compris qu'ils ne faisaient pas que visiter! Émilie était de plus en plus absente de sa pharmacie, son humeur avait changé.

Bérot soupira.

— C'est ainsi que les choses ont dû débuter. De plus, c'était un bon parti, Émilie! Elle possédait un joli petit magot bien à elle. Et Ségalo n'était pas sans le savoir!

Pour la première fois, Léon Bérard prit la parole:

— Êtes-vous au courant du projet immobilier que tente de lancer Ian Ségalo entre Carnac et Plouharnel?

— Oceano Nox? Oui, on en parle assez comme ça!

— Des acquéreurs potentiels, dont votre ex-femme, ont manifesté de l'intérêt pour cette réalisation. Est-ce votre cas?

— Jamais de la vie! J'ai ce qu'il me faut à Sarzeau.

— Encore quelques précisions, continua Bérard de sa voix paisible. Connaissiez-vous un certain Stéphane Granier?

— Le chirurgien qui s'est fait buter pendant une partie de tennis à Carnac? J'ai lu ça dans le journal. Tiens, comme cette pauvre Émilie! Non, je ne le connaissais pas. Vous croyez que c'est le même qui…?

— Maintenant, une dernière question, dit Bérard sans répondre. Où étiez-vous hier matin, entre dix heures et midi ?

Le restaurateur leva les yeux au ciel et secoua la tête d'un air profondément accablé.

— Ce n'était pas la peine de tourner autour du pot ! Fallait y venir immédiatement, ça nous aurait fait gagner du temps ! Et vous allez me demander si je détiens un fusil à longue portée ? Eh non, j'ai juste un petit Beretta, avec permis de port d'armes, évidemment. Je le tiens à votre disposition. Quant à vous dire où j'étais hier matin, eh bien, tout bonnement au marché de Vannes, à faire des achats pour mon restaurant. Des dizaines de personnes ont dû me voir, j'espère simplement qu'elles se souviendront de mon passage !

Menotti et Bérard se consultèrent du regard et se levèrent d'un même mouvement. Ils n'avaient plus de questions à poser. Jean Bérot les suivit. Soulagé, il allait pouvoir se remettre au travail.

Les deux gendarmes, Menotti pestant contre la pluie qui s'était mise à tomber, regagnèrent leur voiture stationnée dans une rue proche du port. Menotti ouvrit la portière.

— Une grande gueule qui s'est fait cocufier ne fait pas forcément un assassin ! Faudra quand même vérifier pour son alibi d'hier matin. Qu'en penses-tu ?

— S'il avait décidé de supprimer son ex-épouse, il pouvait le faire bien avant, dans des conditions moins rocambolesques. À moins qu'il n'ait eu de nouveaux motifs de lui en vouloir, motifs qu'il nous a soigneusement cachés.

— Retournons à Carnac. Dis-moi, ça te dirait de faire un passage à la thalasso ? Émilie Ravalec y était en cure. Interroge le personnel sur ses fréquentations, histoire de voir si l'un ou l'autre n'aurait pas des infos utiles la concernant. Moi, pendant ce temps, je retourne sur les lieux des meurtres. Sait-on jamais ? Des détails ont pu nous échapper. Et puis tiens, pendant que tu es à la thalasso… (Menotti, du plat de la main, tapota le ventre replet de son collègue) tu pourrais te renseigner afin d'y faire un petit séjour pour retrouver la ligne.

Content de sa sortie, Menotti démarra. Bérard ignora la remarque.

XI

Vendredi 21 octobre

Marc Renard était assis au bar de L'Armoric, devant une tasse de café, le journal du jour déployé sur le comptoir. La presse locale titrait sur le meurtre d'Émilie Ravalec, avec retour sur celui commis deux jours auparavant sur la personne de Stéphane Granier. Le lieutenant Menotti avait donné une interview au journal, répondant en termes choisis aux questions du journaliste. La gendarmerie examinait « plusieurs pistes » et il était fort probable qu'il n'y ait qu'« un seul responsable de la mort de Stéphane Granier et Émilie Ravalec ». Les relations entre les deux victimes étaient « étudiées de près » et les recherches se focalisaient sur « leur entourage immédiat, privé et professionnel ». Une photo d'Émilie Ravalec et Ian Ségalo illustrait l'article.

On dirait bien qu'ils pataugent, jugea Renard, reposant son journal.

Il sentit un appel d'air lorsque les portes vitrées de l'hôtel s'ouvrirent, et son attention fut attirée par l'entrée d'un petit homme corpulent qui se dirigea droit vers la réception. Renard ne se laissa pas abuser par son allure avenante. Le regard était froid et inquisiteur, celui d'un flic. Il le vit converser avec l'hôtesse d'accueil qui saisit un téléphone. Peu après, un homme en costume sombre, un des responsables de l'hôtel, fit son apparition. Après avoir échangé quelques mots avec le nouvel arrivant, il lui fit signe de le suivre dans le couloir menant à la thalassothérapie. Renard descendit de son tabouret de bar. Il se préparait à rendre visite à Ian Ségalo pour lui relater sa rencontre avec Gaëlle Madec.

Le temps s'était remis au beau après une averse, le ciel était clair avec un faible vent de nord-ouest. Comme le jour où Miel s'est fait tuer, pensa Renard. Il choisit, pour se rendre chez Ségalo, d'emprunter la route du Pô. Il longea l'endroit où Oceano Nox devait s'implanter, si jamais le projet aboutissait. À proximité se trouvait un parc ostréicole. « Michel Camenen », annonçait le panneau placé devant un hangar où s'entassaient des cagettes et des poches à huîtres. Un homme sortit du bâtiment à cet instant, et Renard eut la nette impression de reconnaître l'un des deux personnages qu'il avait vus deviser au bord de l'eau, deux jours auparavant.

Renard dut sonner et frapper à plusieurs reprises avant que la porte ne s'ouvre enfin. Ségalo ne s'était pas rasé, ses cheveux ébouriffés retombaient pêle-mêle sur son visage creusé de larges cernes. Il ne portait qu'un bermuda de toile et un simple tee-shirt. L'œil inexpressif, il contempla Renard, comme s'il le voyait pour la première fois.

— Salut, Ian. Je peux entrer ?

Ian Ségalo parut prendre conscience qu'il avait de la visite. Il hocha la tête et tourna les talons.

Renard lui emboîta le pas.

— Tu es seul ? questionna Renard.

Ségalo s'écroula sur un canapé. Il s'écoula quelques secondes avant qu'il ne réponde.

— Bien sûr que je suis seul. Qui pourrait être là ?

— Mélanie Sauviat. J'ai appelé ton domicile hier, dans la soirée. C'est elle qui a décroché. Elle devait passer la nuit chez toi, m'a-t-elle précisé.

Ségalo fronça les sourcils, se concentrant sur les paroles de Renard.

— Mélanie ? Oui, c'est ça, Mélanie, articula-t-il. Elle est partie. Mais… mais elle doit revenir. Elle fait des courses, m'achète de quoi manger.

Il secoua tristement la tête.

— Je ne pourrai rien avaler.

Ségalo tendit le bras vers une pochette de pharmacie placée à ses côtés. Il en sortit un petit tube cylindrique, le dévissa, mit deux gélules dans sa main et les porta à sa bouche.

— Avec ces trucs, ça devrait aller mieux.

— Ian, si je peux faire quoi que ce soit… proposa Renard.

— T'inquiète pas pour moi. Tout ce que je veux, c'est qu'on me foute la paix.

Il laissa passer un peu de temps, puis poursuivit.

— J'ai envie d'être seul, j'ai besoin de réfléchir.

— Comme tu voudras, rétorqua Renard. Enfin, n'hésite pas, tant que je suis encore dans les parages.

— Besoin de rien, je vais pas le répéter mille fois !

De nature, Marc Renard était peu enclin à la compassion. Puisque Ian entendait faire face tout seul, pourquoi insister ? Agacé, il en vint à l'objet premier de sa visite.

— J'étais venu te parler de Gaëlle Madec.

— Gaëlle Madec ? Et alors ?

— Oui, Gaëlle Madec, la journaliste de *La Tribune du Morbihan*, répéta Renard, élevant la voix et détachant les syllabes comme s'il s'adressait à un simple d'esprit. Tu te rappelles ? Tu m'as fait venir de Rennes pour enquêter sur elle et son journal.

— Et alors ? répéta Ségalo.

— Veux-tu bien m'écouter un instant ! Mon associée rennaise a découvert des faits qui peuvent être intéressants. Il y a quelques années, Madec travaillait dans une importante librairie lorientaise comme responsable commerciale. Elle a truandé ses patrons en gonflant exagérément ses notes de frais. En fait, le fric était destiné à un petit groupe d'extrême gauche dont elle faisait partie. Elle s'est fait virer et a échappé au dépôt de plainte en remboursant la direction. Donc, tu vois le topo : ta donneuse de leçons a un passé pas si reluisant ! Une sacrée coïncidence a voulu que je tombe sur Madec hier après-midi. Je lui ai balancé cette histoire en pleine figure, laissant entendre que tu pourrais t'en servir si elle poursuivait sa campagne contre ton projet.

Ségalo parut émerger de sa torpeur.

— Comment a-t-elle réagi ?

— Comme si je lui avais demandé de quelle couleur était sa petite culotte. Elle est devenue furax et m'a jeté qu'absolument rien ne saurait l'empêcher de continuer à faire son boulot ! Je dois reconnaître qu'elle est dotée d'un sacré caractère.

Ségalo se renversa contre le dossier du canapé, les yeux fixant le plafond.

— Tant pis, finit-il par articuler. Si tu savais comme je m'en fous à présent.

— Quoi ? Tu t'en fous ! Et tu m'as fait venir tout exprès pour en arriver là !

— Je te dis que je m'en fous !

— Dans ces conditions, plus rien ne me retient ici ! s'écria Renard. Je considère que j'ai terminé mon job.

— C'est ça, tu peux rentrer chez toi.

— Une minute, Ian ! Cela fait trois jours que je travaille pour toi ! Il faut penser à me payer.

Ségalo eut un rictus. Du bras, il désigna un meuble bas.

— Tu trouveras un carnet de chèques dans le tiroir. Apporte-le-moi.

Renard apporta le carnet et un stylo à Ségalo.

— Mille cinq cents euros, ça te suffit ?

Renard se souvint de ce que lui avait dit Alexia concernant les finances de Ségalo.

— J'espère que ton compte est approvisionné ?

Ségalo lui lança un regard méprisant.

— Tu peux te tirer, Marc.

*

En reprenant la route, Marc Renard s'en voulait un peu de quitter Ian Ségalo dans ces conditions. L'attitude de son ami d'enfance l'avait irrité et déçu. Pourtant, il devait admettre que la perte de sa compagne représentait un sacré choc et que son atonie était compréhensible. Son désintérêt soudain pour ses affaires l'étonnait. Ce comportement inexplicable avait un lien avec la mort de Miel Ravalec, mais peut-être pas seulement pour des raisons sentimentales. L'aisance matérielle de sa future compagne devait représenter un espoir pour Ségalo aux prises avec de solides problèmes financiers. Celle-ci disparue, il perdait son soutien le plus sûr.

En dehors de ces considérations, Renard était aussi exaspéré par la sensation d'avoir gaspillé son temps en voulant rendre service à un ami. L'affectif avait pris le dessus alors qu'il avait décidé une fois pour toutes de le bannir de son travail. Cela posé, il convenait que le chèque de Ségalo représentait une compensation non négligeable.

Il en était rendu à ce point de ses réflexions, lorsqu'il aperçut l'enseigne de l'atelier de peinture de Léa Delcourt. Celui-ci paraissait ouvert, contrairement à la veille au soir. Renard ralentit l'allure, mit son clignotant et, franchissant la route, vint stationner devant Algues Marines.

Renard poussa la porte de la galerie qui était déserte. Il avança au milieu de la double rangée de tableaux, jetant un œil aux marines de facture classique qui voisinaient avec des toiles beaucoup plus personnelles. Quoi que lui en eût dit Léa Delcourt lors du vernissage, certaines de ses peintures provoquaient une sensation trouble, voire morbide. Néanmoins, autant qu'il put en juger, elle possédait une patte bien à elle.

— Il est presque midi, j'allais fermer, annonça une voix derrière lui.

Marc Renard se retourna. Léa Delcourt se tenait face à lui. Un jean ultra-moulant et un chemisier bien ajusté révélaient ses courbes engageantes.

— Je suis venu hier, mais votre galerie était fermée. Comme je passais par là…

— Ce n'est pas une mauvaise idée de vous être arrêté.

Renard regarda sa montre.

— Cinq minutes pour visiter. Ça me paraît court.

— Revenez en début d'après-midi.

— J'ai mieux à vous proposer. Pourquoi ne pas déjeuner ensemble ? Ainsi, vous me parlerez de votre travail et nous reviendrons ensuite faire le tour de vos toiles.

— Ceci non plus n'est pas une mauvaise idée, répondit Léa avec un léger sourire.

— Oui, ça m'arrive de temps à autre. Vous qui êtes du coin, que nous conseillez-vous ?

— Je ne vous ai pas encore dit oui.

Renard mima l'incompréhension.

— J'avais cru comprendre…

— Gagné ! À dix minutes d'ici, il y a L'Odyssée. C'est à proximité des parcs à huîtres. Si vous aimez les fruits de mer…

— Va pour L'Odyssée ! Le nom est déjà tout un programme.

*

— Vous avez bien vendu, l'autre soir ?

— C'est la deuxième fois que vous me le demandez ! Vous êtes tellement intéressé par ma réussite matérielle ?

Léa Delcourt et Marc Renard étaient attablés devant un plateau de fruits de mer. Huîtres, langoustines, crevettes, bulots, crabes étaient présentés en un cocktail harmonieux, pour déjà flatter le plaisir des yeux. La bouteille de muscadet sur lie n'était pas loin. Par-delà la fenêtre, on apercevait plusieurs plates ostréicoles, faussement immobiles au milieu des champs d'huîtres.

— C'est juste que je m'interroge. Comment on peut vivre du produit de la vente de ses tableaux? dit Renard en remplissant leurs verres. Sauf lorsque l'on fait partie du gotha, bien entendu.

— Mais justement, on n'en vit pas! Et cette élite à laquelle vous faites allusion ne représente qu'un tout petit pourcentage d'artistes. Mais il est vrai qu'il est frustrant de ne pouvoir se vouer entièrement à sa passion à cause de contingences matérielles! Ah! Le jour où j'aurai de l'argent, j'abandonne tous les cours et leçons que je donne à droite et à gauche pour me consacrer… j'allais dire à mon art, mais ce serait prétentieux.

— Pourquoi prétentieux? Croire à ce que l'on fait n'a rien d'inconvenant.

— Vous êtes gentil.

Renard se mit à rire.

— C'est bien la première fois qu'on me dit que je suis gentil!

— Uniquement pour ce que vous venez de dire, car pour le reste, je ne vous connais pas. Enfin, je sais tout de même que vous êtes détective privé!

— Eh bien, ça alors! Moi pour qui l'anonymat est une seconde nature!

— Je l'ai appris de Ian Ségalo, dit Léa avant de porter une huître à sa bouche.

— Ian n'a jamais su tenir sa langue.

— Oh là là! Elles sont délicieuses et garanties naturelles! Vous êtes au courant du problème avec les huîtres?

— Que vous a raconté Ségalo ?

— Qu'il vous a embauché pour venir à bout de ses méchants ennemis de *La Tribune du Morbihan*. Ceux-ci mènent campagne contre son projet immobilier qui doit voir le jour à deux pas d'ici. Au fait, ces deux crimes qui viennent d'être commis, ça doit vous passionner, vous qui êtes détective ! Vous menez une enquête ?

À nouveau, Renard eut un rire joyeux.

— Non, ce genre d'affaire est du ressort de la police.

— Comment fait-on pour devenir détective privé ?

— On dit plutôt enquêteur. Il n'y a pas de voie prédéfinie, mais la profession est bien encadrée de nos jours, avec une formation agréée par les pouvoirs publics.

— Vous avez toujours fait ça ?

— Non. J'ai commencé dans les assurances, mais j'en ai eu vite assez de placer des assurances vie. Chaque fois que des clients me racontaient qu'avec ça ils avaient enfin de quoi voir venir, moi je pensais : oui, le jour de votre mort.

Léa pouffa.

— Voilà qui me plaît ! Vous devez être comme moi. Il n'y a que l'immédiat qui compte.

— On peut voir les choses comme ça. Revenons à Ian Ségalo. Vous le connaissez bien ?

— Nous sommes presque voisins, alors forcément… Mais vous devriez manger ! Vous ne faites que boire ! Je vous préviens, devant un plateau de fruits de mer, je suis boulimique.

Ils continuèrent le repas en silence, puis Léa reprit :

— En fait, je connais Ian Ségalo depuis que j'ai monté mon atelier. Il est souvent venu me voir. À chaque nouvelle petite amie, il offrait un de mes tableaux. Ah ! Si seulement il s'intéressait sérieusement à la peinture, il pourrait être mon mécène ! Mais je ne vous ai pas répondu tout à l'heure. Oui, j'ai vendu trois tableaux lors du vernissage et j'ai trois options.

— Et ce critique d'art ? L'hippopotame, comme l'appelait Ian. Il peut vous aider ?

Léa fit craquer une pince de crabe dont elle aspira la chair tendre.

— Duvergne ! Je l'ai amené dîner ici même, après le vernissage. Il s'est goinfré de tout ce qui était le plus cher. Et, bien sûr, il était mon invité ! À la fin du repas, il m'a proposé de l'accompagner à son hôtel. Que croyez-vous que je lui ai répondu ?

Léa fixa Marc Renard de ses yeux bleus grands ouverts. Il vida son verre d'un trait.

— Ce n'est pas mon affaire, finit-il par dire.

Léa hocha la tête pensivement.

— Vous avez raison. Ian Ségalo m'a raconté que seul votre boulot vous intéresse, avec l'argent qu'il rapporte.

— C'est très réducteur.

— Ah tiens ! Et qu'est-ce qui vous intéresse donc dans la vie ?

— En ce moment, vous.

Les joues de Léa rosirent un instant.

— Je croyais que nous étions venus parler de mon exposition.

— Je vous écoute. Mais j'attends impatiemment la visite guidée que vous m'avez promise.

Léa désigna ce qui restait du plateau de fruits de mer.

— Nous prenons quand même le temps de finir ?

XII

Ce même vendredi, une rencontre avait lieu sur la propriété de Michel Camenen. Trois ostréiculteurs proches voisins, Anna Pessel, Roger Lahaye et Yannick Pierre, avaient répondu à son invitation. Gaëlle Madec était également présente. C'était le début de l'après-midi et Mado Camenen servait le café.

Avant que Michel Camenen, organisateur de la réunion, ne prenne la parole, Gaëlle Madec lui demanda l'autorisation d'enregistrer la conversation. Puis, celui-ci prit la parole.

— Nous savons tous à quoi nous en tenir ! Depuis plusieurs mois, nous subissons des pertes anormales de naissains. Nous en arrivons, pour certains d'entre nous, au chiffre de quatre-vingt-dix pour cent de taux de mortalité. Tout ça à cause de ce fichu virus ! Ifremer nous propose de recourir aux naissains triploïdes. Ces hermaphrodites élevés en laboratoire sont supposés plus résistants. Et nous sommes tous quatre a priori d'accord pour refuser de jouer les apprentis sorciers !

— Yves Mennec en a implanté à proximité de mon parc, intervint Lahaye de sa voix rugueuse. C'est à partir de ce moment que mon naissain a commencé à dépérir. Quoi qu'en dise Ifremer, je ne crois pas aux coïncidences.

— Moi non plus, dit Anna Pessel, une femme solide aux mains rougies par l'eau de mer. De mon côté, j'ai constaté la même chose.

Camenen reprit la parole :

— Bon. Je vous rappelle l'objet de notre réunion. Nous sommes un certain nombre à désirer élever notre naissain de façon traditionnelle et à dire non aux huîtres fabriquées en laboratoire. Mais si l'on veut faire front commun, il faut se structurer. Je propose que nous soyons le noyau dur de ce mouvement de refus. Nous pourrions nous partager les tâches : information des collègues, relations avec la presse, campagne d'explication auprès du grand public, bien d'autres choses encore. Il faut faire vite ; il serait bon de constituer ce groupe qui aurait en charge la défense de nos intérêts avant les fêtes de fin d'année. On y sera dans moins de deux mois.

Yannick Pierre, silencieux jusque-là, leva la main.

— Une minute, Michel. Je comprends que tu refuses l'implantation des triploïdes pour des raisons qui tiennent à la qualité, mais qui sont aussi idéologiques, dit-il en lançant un regard appuyé à Gaëlle Madec. J'ignore l'état de ta trésorerie. Pour ma part, je viens de rencontrer mon expert-comptable, ma situation est très mauvaise et je sais que celle de la plupart des collègues est catastrophique. J'ai beaucoup réfléchi. Il s'agit de notre survie. On ne peut, comme ça, dans une discussion autour d'une table, prendre une décision hâtive qui pourrait nous conduire à la faillite.

— Ce qui veut dire… jeta Camenen, le regard dur.

— Ce qui veut dire qu'il faut examiner notre problème avec des critères économiques et non seulement, je me répète, idéologiques.

— Bon Dieu ! Ce n'est pas de l'idéologie que de vouloir continuer à cultiver notre naissain de façon traditionnelle ! C'est maintenir notre savoir-faire ! s'écria Camenen en écrasant le poing sur la table.

— Sans compter qu'aux dernières nouvelles les triplos seraient, elles aussi, touchées par le virus ! s'exclama Anna Pessel.

Pierre eut une moue dubitative.

— Mais alors, que proposez-vous ? Nous pouvons encore fournir le marché cet hiver, moyennant une hausse de nos prix. Mais là aussi, il s'agira de ne pas faire n'importe quoi. Si nous vendons trop cher, les Asiatiques viendront envahir nos étals, pour peu que les mesures sanitaires à l'importation soient assouplies. Et puis après, que fait-on ? Dans le futur, notre problème va devenir de plus en plus crucial.

— Ce n'est pas la première crise que nous devons affronter, observa Camenen. Rappelle-toi !

Au début des années 2000, on perdait déjà quatre-vingts pour cent de notre naissain.

— Nous ne supportions pas les mêmes emprunts. Toutes nos charges ont explosé !

— N'oublions pas le but de notre réunion. Nous sommes ici pour décider de la création d'un groupe uni contre l'introduction des huîtres de laboratoire ! martela Camenen. On est bien d'accord sur ce point ?

— Ce sera sans moi, dit Pierre. Avec les banques sur le dos, il faut faire preuve de réalisme. Tu vas me dire que j'ai changé d'avis, Michel, et tu auras raison. Mais je préfère tenter le coup avec le naissain de laboratoire que de mourir à petit feu et de renoncer à mon exploitation.

— Des agences t'ont contacté ? Ségalo t'a proposé de l'argent à toi aussi ?

— Je n'ai pas encore eu affaire avec Ségalo ou d'autres dans son genre.

— Mais tu serais sans doute prêt à céder s'il te proposait beaucoup de fric, n'est-ce pas ?

— Je n'ai jamais dit ça !

— Si des exploitations sont laissées à l'abandon et nos habitations cédées aux promoteurs, ce sera un désastre pire que maintenant ! explosa soudain Anna Pessel, frappant à son tour la table du plat de la main. Les prédateurs comme les étoiles de mer ou les bigorneaux vont se multiplier et asphyxier ceux d'entre nous qui auraient la chance de s'en sortir !

Camenen regarda l'homme assis en face de lui droit dans les yeux.

— Alors, tu nous laisses tomber !

— Je suis d'accord avec vous pour examiner et mettre en pratique toutes les pistes nous permettant de limiter les dégâts pour notre élevage traditionnel, comme de moins garnir nos poches d'huîtres ou encore de remonter plus haut sur l'estran nos tables de support ; ainsi, exposées plus longtemps hors de l'eau, nos huîtres pourraient s'endurcir. On peut aussi envisager d'autres actions. Mais constituer une organisation anti-triploïdes, telle que tu l'envisages, non, je n'y crois pas.

— Je savais que t'étais une grande gueule, Yannick, mais rien qu'une grande gueule et qu'on ne pouvait pas compter sur toi ! articula durement Camenen.

— Ah, c'est comme ça que tu vois les choses ! s'exclama Pierre en se levant brusquement. Je pourrais t'en envoyer une bonne si tu continues sur ce ton !

— Tu veux qu'on sorte ? répliqua Camenen, se levant à son tour.

— Non mais ça va pas la tête ! intervint Anna Pessel. Vous allez vous rasseoir tous les deux ! J'avais cru comprendre que nous étions ici pour nous serrer les coudes !

À regret, Michel Camenen se rassit, mais Yannick Pierre demeura debout.

— Il n'y a pas moyen de discuter avec toi, Michel. Tu es toujours le seul à avoir raison. Tu préférerais nous faire tous crever pour tes idées que d'y renoncer, ne serait-ce que d'un chouïa, dit-il en écartant le pouce et l'index. Salut à vous !

L'ostréiculteur quitta la pièce en claquant la porte.

— Yan et toi, vous n'avez jamais pu vous supporter, conclut Anna Pessel d'une voix lasse, en regardant Michel Camenen. C'était déjà comme ça à l'école. Alors, maintenant…

*

Après l'amour, ils reposaient sur les draps froissés. Filtrant à travers les rideaux, un rayon de soleil obligea Léa à cligner des yeux. Marc Renard mit la main devant son visage pour la protéger.

Elle l'enserra et la fit glisser jusqu'à sa poitrine.

— Tu as rudement bien fait de t'arrêter tout à l'heure, lui dit-elle.

— Je venais de chez Ian. J'étais bien obligé de passer devant chez toi.

— Ah bon ! C'est seulement pour ça ! Sans quoi, tu ne serais jamais revenu ? demanda Léa d'un ton faussement contrarié.

— Je devais, ou plutôt je dois rentrer à Rennes. Apparemment, Ian n'a plus besoin de moi. J'ai du boulot qui m'attend là-bas.

— Et si moi, j'avais besoin de toi ?

— Tant que je suis encore là, demande-moi ce que tu veux, dit-il.

Renard effleura de la paume de sa main grande ouverte le bout des seins de Léa qu'il sentit durcir sous la caresse. Il se pencha et promena sa joue contre la fine toison qui couvrait le bas de son ventre.

— J'aimerais assez que tu restes encore ce soir. D'ailleurs, demain ce ne sera plus possible, mais ne me demande pas pourquoi, dit Léa, mêlant ses doigts dans la chevelure de Renard. Nous aurions toute la nuit…

Elle s'arrêta, incapable de poursuivre. Les yeux clos, elle s'abandonna à Renard, le laissant goûter au plus profond d'elle.

À l'extérieur, à quelque distance d'Algues Marines, une voiture s'immobilisait sur le terre-plein. Les mains serrées sur le volant, le conducteur dut contenir le sursaut de rage qui l'envahissait en apercevant la voiture garée devant l'atelier. Il ne l'avait vue qu'à une seule reprise, mais il reconnaissait l'Astra du détective. Une bouffée de haine le submergea. Empli de fureur, il redémarra et partit à toute allure.

Le jour baissait, les ombres s'étiraient sur le mur de la chambre. Léa repoussa le drap qui les recouvrait.

— Je passe dans la salle de bains, donne-moi cinq minutes.

— D'accord. Même dix !

Elle se redressa, mais il l'enlaça alors qu'elle lui tournait le dos.

— Dis-moi, c'est quoi ces petites cicatrices ?

Elle se rembrunit.

— Ce n'est rien. Rien du tout. Sans importance aucune.

— C'est dommage d'abîmer un si joli derrière.

Léa ne réagit pas. Elle se dégagea doucement de son étreinte pour gagner la salle d'eau.

Renard quitta lui aussi le lit et vint à la fenêtre. Il apprécia les derniers reflets du soleil sur les eaux de la baie de Quiberon, prélude à un crépuscule flamboyant. À l'horizon, la presqu'île, dans un halo ouaté, étendait son banc de terre sombre. Il se retourna vers l'intérieur de la pièce. Curieusement, aucun tableau, aucune gravure n'en décorait les murs. La chambre n'était meublée que du grand lit, d'une table de nuit et d'une petite commode, près de la fenêtre, dont le tiroir était entrouvert. Sans trop réfléchir, mû par son instinct professionnel, Renard le fit coulisser. Il ne contenait qu'une paire de menottes. Renard, sans bruit, referma le tiroir au moment où la sonnerie de son téléphone portable retentissait. Alexia Ropart tentait de le joindre. Il décrocha.

— Bonsoir, Alex.

— Qu'est-ce que tu fous ? s'écria celle-ci d'une voix pressée. Je t'attendais hier soir ! Je te rappelle que nous avons un gros client qui compte sur toi, au cas où tu l'aurais oublié : Jérôme Person ! Tu devais le contacter et tu ne l'as pas fait. Total, si tu ne te grouilles pas, il ira voir ailleurs s'il n'y aurait pas quelqu'un de plus réactif !

Malgré lui, Renard sourit, imaginant Alex ruminant sa contrariété dans leur bureau rennais.

— Il fallait que je boucle avec Ian Ségalo. Ce n'est pas facile. Je te rappelle que son amie vient d'être assassinée. Ian est en pleine déprime. Je me suis occupé de lui.

— Ouais. Y aurait pas plutôt une histoire de femme, par hasard ?

— Je serai à Rennes demain, Alex. Et pour Person, tu ne pourrais pas t'en charger ?

— Certainement pas, c'est toi qu'il veut voir ! Je te signale que tu me fais faire suffisamment d'heures sup. Mick commence à râler. Il estime qu'on ne se voit pas assez et que je ne suis pas payée à ma juste valeur !

Renard grimaça. Alex fréquentait Mick depuis peu de temps. Le type ne lui plaisait qu'à moitié. Il avait mis dans la tête de la jeune femme de quitter l'agence pour trouver quelque chose de mieux.

— OK, OK ! J'appelle Person pour prendre rendez-vous.

— Alors, à demain, j'espère !

Renard éteignit son portable. Léa Delcourt, une serviette nouée autour des reins, se tenait sur le pas de la porte de la salle de bains. Elle le questionna, sourire moqueur aux lèvres :

— Une petite copine qui s'inquiète de ton absence ?

— Plus qu'une petite copine. Mon associée.

Léa le fixa, une lueur lointaine dans les yeux.

— Tu restes quand même ce soir ?

Renard acquiesça.

— Je vais à mon hôtel récupérer mes affaires et je reviens.

— N'oublie pas qu'il te faudra partir de très bonne heure.

Léa Delcourt regarda l'Astra de Marc Renard s'éloigner. Songeuse, elle demeura près de la croisée, le front appuyé contre la vitre. Cette relation avec cet homme, elle l'avait voulue dès qu'elle avait fait sa connaissance, lors de son vernissage. C'était une expérience qu'elle avait décidée de tenter afin de savoir si elle était capable d'échapper à l'emprise d'Alan. Elle ne voulait plus de cette spirale de jeux charnels de plus en plus violents. Rien de semblable avec l'homme qu'elle venait de rencontrer. Il ne lui avait rien imposé, il lui avait seulement donné l'envie. Elle frémit en pensant à la réaction d'Alan s'il venait à apprendre ce qui s'était passé.

Léa ne pouvait se douter que Marc Renard venait de se garer sur le bas-côté de la route, après le premier virage, en quittant l'atelier de peinture. Il avait reçu un message qui le laissait perplexe.

XIII

Vendredi 21 octobre, fin de journée, Lorient, direction départementale de gendarmerie

Le capitaine Dupuy jeta un regard critique sur le bureau de François Colombel. Il ne se voyait pas travailler dans cette pièce aux murs nus, hormis la carte géographique définissant le champ d'intervention de la direction départementale de gendarmerie. Le décor était tristounet, un changement s'avérerait indispensable.

C'était la première prise de contact de Stéphane Dupuy avec son nouvel environnement professionnel. Jeune capitaine, frais émoulu de la direction générale, c'est à sa demande qu'il avait obtenu une affectation en province. Sa volonté était de se confronter aux réalités du terrain et d'appliquer les toutes récentes méthodes d'investigation dont il s'était nourri au sein de la direction parisienne. Dans moins de trois mois, il succéderait à François

Colombel comme responsable de la section de recherche de Lorient.

— Dix-huit heures, Menotti et Bérard ne devraient pas tarder, lâcha Colombel en consultant sa montre.

— On m'a décrit Menotti comme une sorte d'électron libre qu'il vaut mieux avoir à l'œil !

— C'est très exagéré ! Menotti est avant tout un bon agent, répliqua Colombel. S'il se sent bridé, son efficacité s'en ressent. Il a connu quelques ratages, mais, crois-moi, la balance penche largement en sa faveur.

Dupuy voulut poursuivre, mais en fut dissuadé par des coups secs frappés à la porte du bureau qui s'ouvrit sur Daniel Menotti et Léon Bérard. Colombel leur présenta Dupuy et les invita à s'asseoir.

— Comme vous le savez, le capitaine Stéphane Dupuy est appelé à me remplacer. Il passe la journée dans le service. Je lui ai proposé d'assister à notre réunion. Il aura ainsi un aperçu de la façon dont nous travaillons. Je viens de lui faire un petit topo sur notre affaire du double meurtre à Carnac.

— Colombel vient effectivement de me briefer, dit Dupuy, se tournant à demi vers Menotti et Bérard. Deux personnes, à deux jours d'intervalle, se font descendre à coups de fusil en pleine journée. Que le tireur s'évanouisse dans la nature, c'est difficile à concevoir !

Daniel Menotti lança un coup d'œil oblique à Dupuy et grimaça. Bérard, comme à son habitude, resta impavide.

— Avez-vous du nouveau ? questionna Colombel.

Une fois n'est pas coutume, Menotti fit signe à Bérard qu'il lui laissait la parole. De prime abord, sans savoir pourquoi, Dupuy lui déplaisait. Bérard fit entendre un raclement de gorge et croisa ses petites mains potelées.

— J'aimerais répondre par l'affirmative, mais ce serait nettement exagéré. Nous nous sommes efforcés de découvrir qui, homme ou femme, dans leur entourage, pouvait en vouloir aux deux victimes. Stéphane Granier n'était pas un homme très apprécié, son comportement hautain ne contribuait pas à le rendre sympathique. Mais on ne connaît personne qui ait eu des griefs vraiment sérieux contre lui ; enfin, je veux dire, des griefs suffisants pour conduire au meurtre, à part peut-être cette femme de la télévision…

— Je t'en ai parlé tout à l'heure, dit Colombel à l'adresse de Dupuy. Yolande Hallais. Une présentatrice très connue en Bretagne. Stéphane Granier l'a opérée et a loupé son intervention, il lui a littéralement ravagé le visage. Elle laisse entendre que Granier était ivre lors de l'intervention. Résultat, en sus du préjudice moral et physique, elle se retrouve dans l'incapacité de reprendre son travail, du moins dans les mêmes conditions. Elle avait intenté un procès à Granier.

— Et peut-on envisager qu'elle ait pris Granier pour cible ? demanda Dupuy, s'adressant à Bérard.

— Pas elle-même. Mais elle aurait pu avoir un complice. Constatant que la date de son procès était sans cesse repoussée, elle aurait décidé de se venger de Granier une bonne fois pour toutes.

— Granier a-t-il connu d'autres loupés de ce genre ?

— Nous avons fait des recherches parmi sa patientèle. Aucune faute chirurgicale n'a jamais été signalée. Granier était très coté dans sa partie. À ce point de notre enquête, seule Yolande Hallais aurait pu avoir un motif pour éliminer Stéphane Granier. Mais pourquoi aurait-elle également supprimé ou fait supprimer cette pharmacienne, Émilie Ravalec, qu'elle ne connaissait pas ? Car l'usage d'une même arme suggère que nous nous trouvons en présence d'un seul et même assassin, n'est-ce pas ?

François Colombel approuva.

— C'est plus que probable.

— Quant à Émilie Ravalec, c'est simple, on ne lui connaît aucun ennemi, poursuivit Bérard.

— Que vous a raconté son ex-mari ? demanda Colombel.

— Ce matin, nous nous sommes rendus au restaurant qu'il tient sur le port de Vannes. Jean Bérot, c'est le nom de son ex-mari, a demandé le divorce quand il a appris la liaison qu'entretenait sa femme avec Ian Ségalo, un promoteur immobilier. La mort de son ex-épouse ne semble pas l'avoir beaucoup affecté, mais il éprouve toujours du ressentiment envers son rival. Il insinue que le promoteur s'intéressait aussi à sa femme pour des raisons pécuniaires. Nous nous sommes procurés un état des comptes d'Émilie Ravalec ; effectivement, elle possédait un capital liquide de deux cent soixante dix mille euros, sans compter le capital représenté par sa pharmacie, à Vannes. Par contre, il est vrai que Promos 56, la société de Ian Ségalo, est très endettée.

— Qui va hériter d'Émilie Ravalec ?

— Émilie Ravalec n'a pas d'héritier direct. C'est son frère, Fabrice, qui va profiter de la succession. Il vit en Nouvelle-Calédonie, ajouta Bérard, sentant venir la question de Colombel. Il effectue des recherches sur des plantes médicinales pour le compte de laboratoires pharmaceutiques.

— Et Bérot ? A-t-il un alibi ? Il y a des maris qui ont la vengeance durable.

— Le matin où son ex-femme a été tuée, plusieurs personnes l'ont aperçu faisant ses courses au marché de Vannes. Mais elles sont incapables de préciser l'heure exacte. Dans les faits, il lui était possible d'accomplir un aller-retour express Vannes-Carnac pour tuer Émilie Ravalec, mais il lui aurait fallu pour cela bénéficier d'un timing extrêmement favorable. Et il ne nous a pas donné l'impression d'avoir un meurtre sur la conscience, mais ceci, bien sûr, est très subjectif, je le reconnais. Et surtout, inversons la question que nous nous sommes posée concernant Yolande Hallais : pourquoi Bérot aurait-il liquidé, deux jours auparavant, le chirurgien Stéphane Granier qui lui était parfaitement inconnu ?

— Mais il vous faut creuser davantage dans les informations que vous détenez sur les deux victimes ! Elles ont forcément quelque chose en commun qui leur a coûté la vie ! lança Dupuy. Peut-être que ça crève les yeux ! Encore faut-il les ouvrir.

Pour la première fois, Daniel Menotti prit la parole, fixant Colombel, sans un regard pour Dupuy.

— Au Tennis-club des Menhirs, là où Granier a disputé la partie de tennis qui lui a été fatale, d'aucuns m'ont affirmé que celui-ci faisait plus que tourner autour d'Émilie Ravalec.

— Et de son côté à elle ?

— Négatif. Elle ne semblait pas l'encourager. Elle avait quand même fini par accepter de disputer un match de double avec lui.

— Je confirme l'intérêt que Granier portait à Émilie Ravalec, intervint Bérard. Elle suivait une cure de remise en forme à la thalasso de Carnac, et Stéphane Granier l'y a retrouvée au moins une fois, pour déjeuner un midi en sa compagnie.

— Cela pouvait ne pas être du goût de votre promoteur, Ségalo, remarqua Dupuy.

Colombel fit la moue.

— Que Granier ait voulu tenter sa chance auprès d'Émilie Ravalec n'aurait rien de surprenant, tel qu'on nous l'a décrit. Mais de là à susciter un désir de meurtre chez Ségalo… Et pourquoi celui-ci aurait-il tué sa future compagne ? Non, ça ne tient pas debout. Surtout si elle lui apportait de quoi renflouer, au moins en partie, son entreprise.

— *In fine*, le seul point commun entre les victimes est que toutes deux voulaient investir dans le projet immobilier de Ian Ségalo, Oceano Nox, reprit Menotti. Un projet qui suscite l'opposition farouche des riverains, entre Carnac et Plouharnel, là où il doit être réalisé.

— Et un de ces opposants aurait décidé de liquider les futurs acquéreurs ? Une sorte de force de dissuasion ? s'exclama Dupuy, incrédule.

— Je n'ai pas dit ça, répondit Menotti d'un ton sec.

— Autre chose ? questionna une fois de plus François Colombel.

Menotti et Bérard se consultèrent, conscients du peu d'éléments nouveaux qu'ils apportaient à l'enquête.

— On attend la remontée d'informations des collègues de Carnac. Mais, pour l'instant, l'appel à témoins n'a rien donné, nota Menotti, dépité. Pour notre part, nous allons poursuivre notre travail de proximité, interroger les voisins, les proches de Stéphane Granier et d'Émilie Ravalec, sans oublier ce promoteur, Ian Ségalo.

— Conclusion : si j'ai bien compris, vous n'avez pas le moindre début de piste pendant que votre tueur court toujours ! s'écria Dupuy.

— C'est aussi le tien de tueur, riposta Colombel.

— Je regrette, pas pour l'instant. Je n'ai pas encore pris mon poste.

— « Je regrette, je n'ai pas encore pris mon poste », marmonna Menotti, tandis qu'il rejoignait en compagnie de Bérard le bureau qu'ils partageaient. Je ne le sens pas, ce type. Lui et sa gueule de jeune premier de la classe !

— Cela dit, il faut bien reconnaître qu'il n'a pas tout à fait tort. Je ne me souviens pas d'une affaire de double meurtre où nous ne disposions que de si peu d'indices.

— Dire que nous sommes condamnés à bosser avec cet engin… Durand, Dupont ?

— Dupuy… Dupuy-sard, compléta Bérard.

*

Mélanie Sauviat guida sa jument au petit trot dans l'allée de sa propriété. Derrière elle, les ombres oblongues des mégalithes de Kerlescan s'allongeaient sous le soleil déclinant. Elle aperçut son mari, agenouillé près de la Mercedes, devant la porte du garage. Gil était rentré plus tôt que prévu. Mélanie mena sa monture jusqu'au box aménagé dans les anciennes écuries, au-delà de l'habitation principale. Ajustant les rênes de la main gauche, elle déchaussa les étriers et, prenant appui sur le garrot, glissa en souplesse sur le sol. Elle flatta l'encolure de la jument qui agita sa belle crinière fauve.

— Mais oui, Ariana, je vois bien que tu as soif; patiente un tout petit peu, murmura Mélanie.

Elle sortit et se dirigea vers la pompe dont elle actionna le bras manuellement. Elle remplit un seau et vint le mettre sous le museau de l'animal qui but à grandes lampées.

— Voilà, voilà, tu l'as bien mérité après notre belle promenade, chantonna Mélanie.

La jument ayant étanché sa soif, Mélanie entreprit de la libérer de son harnachement, avant de la brosser avec des gestes lents et attentionnés, telles des caresses.

Elle avait fait l'acquisition d'Ariana cinq ans auparavant, peu de temps après avoir acheté Fetan-Coët, « Le Bois de la fontaine », vaste domaine de plusieurs hectares, à Kerlescan. La belle longère en pierres de taille, parée sur sa gauche d'un ancien four à pain, s'étirait un peu à l'écart de la route. À l'arrière-plan s'érigeait la pittoresque fontaine en granit qui devait être à l'origine du nom de la propriété. Mélanie avait restauré la longère la dotant de tout le confort nécessaire.

Fille unique, Mélanie, avait perdu sa mère très tôt et n'en conservait qu'un souvenir diffus. Son père, industriel nantais, catholique fervent, avait reporté toute son affection sur sa fille unique. L'éducation qu'il lui avait prodiguée s'était révélée ultra-protectrice, le credo paternel consistant à tenir Mélanie à l'abri de tous les aléas désagréables de l'existence. À la mort de son père, Mélanie avait hérité d'une petite fortune. Elle en avait investi une partie dans l'achat de Fetan-Coët, une autre part servant à monter le magasin de photographie de Gil, qu'elle avait épousé peu avant le décès de son père. Le restant de ses avoirs fut confié aux bons offices du cabinet qui gérait, depuis des années, les investissements paternels. Somme toute, jusqu'à présent, si l'on exceptait la perte de ses parents, Mélanie avait été plutôt chanceuse dans la vie. Mais au moins en était-elle pleinement consciente. N'éprouvant aucun problème existentiel, par un curieux effet de balancier, son empathie naturelle la poussait à épouser les ennuis et tracas de ses proches.

Après une dernière caresse à l'encolure allongée de sa jument, Mélanie dirigea ses pas vers le garage et traversa l'espace qu'elle consacrerait à la construction d'une piscine, au printemps prochain. Gil, toujours accroupi, effectuait une opération extrêmement délicate. À l'aide d'un tournevis, il retirait, un à un, les gravillons fichés dans les pneus de sa voiture. Le bruit des pas de Mélanie se précisant, il releva la tête.

— Tu as fait une bonne promenade ?

— Je suis allée en direction des abbayes. Ariana était en condition, j'ai apprécié cette balade.

— Comment va Ian ?

— Couci-couça. Je l'ai quitté en début d'après-midi. Il s'occupe des obsèques de Miel. Il tente de faire face, mais on voit que c'est un combat de tous les instants. C'est terrible et infiniment triste. Je l'ai laissé, à regret et le cœur lourd. Heureusement, cette balade à cheval m'a fait beaucoup de bien. À propos de cheval, il faudra que je dise à Ben de venir nettoyer l'enclos d'Ariana.

Gil Sauviat se redressa.

— Ouf! C'est terminé. Une demi-heure que je m'escrime à enlever les gravillons incrustés dans les pneus!

— Tu es vraiment obligé de faire ça?

— Es-tu obligée de passer autant de temps auprès de ta jument?

Mélanie haussa les épaules et pouffa.

— Compare ce qui est comparable! Au fait, tu devais rentrer demain dans la matinée. Tu as donc fait rapidement affaire à Brest?

— J'ai tout de suite trouvé ce que je voulais au Salon. Un agrandisseur Durst 1200. Question qualité…

D'un geste de la main, Mélanie interrompit ses commentaires.

— Arrête! J'aime faire des photos, mais je n'y connais rien en technique. Je te fais confiance, mais ce nouvel achat était-il indispensable? Gil, je te rappelle que c'est ici que j'ai surtout besoin de toi. Dans notre propriété, il y a de quoi s'occuper, nous ne serions pas trop de deux pour gérer notre patrimoine. Nous n'avons pas besoin de ton magasin de photo pour vivre.

Gil secoua la tête en soupirant très fort.

— Mélanie, inutile de remettre cela sur le tapis! Il me faut cette activité pour ne pas avoir l'impression de vivre à tes crochets.

« Et si je ne continuais pas à t'aider il y a longtemps que tu aurais mis la clé sous la porte, mon pauvre Gil », faillit ajouter Mélanie.

Mais elle se contint et prit à pas lents la direction de la vaste maison en pierre. Gil la déroutait depuis un bon moment. Taciturne, il se renfermait dans de longs silences et, lorsqu'elle le questionnait, il lui répondait avec brusquerie. Elle devait bien admettre qu'elle le regardait avec d'autres yeux. Ce qu'elle prenait auparavant pour de l'originalité, et qui l'avait tant attirée, lui apparaissait désormais comme de la maniaquerie obsessionnelle, tels les soins outranciers qu'il apportait à sa voiture. Cette perception prosaïque de son mari l'interpellait. Peut-être s'ennuyait-il ? Quand elle avait fait sa connaissance à ce stage de photo qu'il animait, Gil revenait tout juste d'Afghanistan. Free-lance, il réalisait pour le compte de grands magazines européens des reportages photo dans des conditions souvent dangereuses. La vie, ici, à Kerlescan, bien qu'il prétende le contraire, devait lui sembler bien banale. Se serait-elle fourvoyée, elle qui rêvait d'un bonheur sans nuage ? Tandis qu'elle gravissait les marches, elle parvint à chasser son appréhension. Il en est ainsi de la plupart des couples, décida-t-elle. La routine révèle certains défauts, les exacerbant même, donc il fallait vivre avec. À l'instant présent, mieux valait s'enquérir de ce que Marthe, leur cuisinière, avait préparé pour le dîner.

XIV

Samedi 22 octobre

Renard se rhabillait. Sous l'éclairage indirect de la lampe de chevet, il voyait Léa dormir, son souffle léger soulevant sa poitrine à intervalles réguliers. Il caressa la joue de la jeune femme qui entrouvrit les yeux.

— Tu pars ? chuchota-t-elle.

— Il va bientôt faire jour. Oui, je rentre à Rennes.

Léa s'étira et Renard contempla ses seins qui, dans le mouvement, remontaient, pointant à la limite des draps.

— Déjà ? C'est dommage.

— Tu m'as dit que je ne pouvais pas rester plus longtemps ce matin.

— Oui, malheureusement, c'est vrai.

— Alors, au revoir.

— Tu ne m'embrasses pas ?

Il se pencha et déposa un rapide baiser sur les lèvres de Léa, conscient qu'une étreinte prolongée rendrait plus difficile son départ.

— Bonne chance pour tes peintures ! Et si jamais je reviens par ici…

Léa le retint par le col de sa veste.

— Est-ce que tu m'aimes un tout petit peu ?

Il se dégagea, repoussant les mains de Léa et sourit.

— Tu oses me demander ça après tout ce que nous venons de faire ?

À son tour, elle sourit.

— Tu sais bien ce que je veux dire.

Marc se redressa.

— Je suis heureux de t'avoir rencontrée. Peut-être plus que tu ne peux le croire.

Il fit un geste d'adieu, tourna les talons et sortit de la chambre. Un soleil orangé, frangé de brumes, commençait à apparaître. Dans le frisquet de l'aube, Renard releva le col de sa veste et s'installa dans son Astra. Il alluma son portable puis consulta ses messages pour relire le SMS insolite qu'il avait reçu la veille, en fin d'après-midi, alors qu'il quittait l'atelier de Léa : « *Renard, j'ai du croustillant pour toi concernant Ian Ségalo. Si tu veux connaître les véritables raisons pour lesquelles il t'a fait venir, retrouve-moi à la chapelle Saint-Guénolé de Coët-a-Tous, à huit heures, demain matin. Il va de soi que je t'attends seul.* »

Perplexe, Renard mit le contact et démarra. De qui pouvait bien provenir ce message ? Lorsqu'il avait cliqué sur « détail expéditeur », la mention « numéro inconnu » était apparue. En revanche, il fallait que celui-ci connaisse le sien. Il hésitait. Sa première idée était de ne pas tenir compte de cet envoi. Mais son intérêt était éveillé et la chapelle de Saint-Guénolé se trouvait sur son chemin. S'il ne s'agissait pas d'un canular, cela valait peut-être la peine de répondre à cette invitation. Il regarda l'heure indiquée au tableau de bord : sept heures quarante-cinq. La curiosité était la plus forte. Il serait juste à l'heure à son étrange rendez-vous.

Avant le carrefour du Purgatoire, Renard tourna à droite en direction du hameau de Coët-a-Tous. Il stationna en contrebas du chemin qui menait à la chapelle. Il parcourut rapidement la distance qui le séparait de l'édifice religieux, implanté sur un tertre. Du site boisé se dégageait une sensation de mystère favorisée par un brouillard vaporeux qui nimbait les alentours tandis que le jour commençait à poindre. Ralentissant le pas, scrutant la semi-obscurité, il contourna la chapelle. Il était seul. Il s'appuya contre la porte principale du bâtiment et attendit, attentif aux moindres bruits. Drôle d'endroit pour un rendez-vous aussi matinal, se dit-il. Il consulta sa montre. Huit heures dix. De plus en plus mal à l'aise, il se fixa cinq minutes d'attente supplémentaires. Soudain, sans pouvoir le localiser, il crut entendre un bruit de moteur. Il fit encore une fois le tour de la chapelle.

— Hé ! C'est moi, Renard ! Tu te crois drôle ! Montre-toi, qui que tu sois !

Dans le silence, le son de sa voix lui parut ridicule.

— Bon, tu m'as bien fait marcher, soliloqua Renard, redescendant vers sa voiture.

Mais quel intérêt y avait-il à lui poser ce lapin ? Furieux tant après lui-même, pour s'être fait bêtement berner, qu'après l'auteur de cette mauvaise plaisanterie, il rejoignit son véhicule, et poussa un juron. Les quatre roues de l'Astra étaient à plat. Renard se pencha et jura encore. Ses pneus avaient été sciemment crevés, des traces de lacération apparaissaient nettement. Il sentit tardivement une présence derrière lui. Alors qu'il se redressait, il reçut un coup sur la nuque. Tandis qu'il perdait connaissance, un flash luminescent brasilla devant ses yeux.

*

Des élancements douloureux à la base du crâne lui firent reprendre conscience. Il était entièrement nu, aux trois quarts allongé sur un sol de terre battue, le bras gauche ligoté au-dessus de lui à un anneau scellé au mur. Un bol d'eau en verre était posé à sa droite. Renard grelottait. Il bougea la tête pour faire le tour du local où il se trouvait enfermé. Ce mouvement lui arracha un cri et la sensation de douleur s'accentua. Sa vision était troublée par une ligne brisée qui dansait en scintillant devant ses yeux. Une maigre clarté s'insinuait à travers un soupirail situé en hauteur face à lui, et il aperçut ses vêtements éparpillés à même le sol. Il s'efforça avec peine de mettre de l'ordre dans ses pensées. La mémoire lui revenait par bribes : la nuit chez Léa, son départ au petit matin, et ce message énigmatique reçu sur son portable. Il avait été piégé, sans aucun doute, mais par qui et pour quelles raisons se retrouvait-il enfermé dans ce réduit ? Cette situation était irréelle ; par contre, bien réelles étaient les douleurs lancinantes qui lui vrillaient le crâne. Renard se souleva, centimètre par centimètre, le long du mur, pour soulager la tension qu'il subissait dans son bras gauche. De la main droite, il saisit le bol et, tremblant, le porta à ses lèvres. Il but quelques gorgées.

Au moins, il semblait qu'on désirât le maintenir en vie. S'il avait dû être exécuté, cela aurait déjà été fait.

De l'extérieur lui parvint le son d'un engin à moteur, plutôt une moto, estima Renard. Le bruit décrut, le véhicule s'était immobilisé. Sur sa gauche, une porte s'ouvrit brutalement et fut aussitôt refermée. Un grand type vêtu d'une combinaison de cuir noir, le visage masqué par un passe-montagne en laine, vint se camper devant lui. Il se redressa autant que le lui permettait sa position inconfortable.

— Qui es-tu ? Que veux-tu ? Qu'ai-je donc fait ? l'apostropha Renard, la voix hachée par la peur et la douleur. Est-ce toi qui m'as envoyé ce SMS ? Qui m'as agressé et enfermé ici ?

Le nouvel arrivé garda le silence, se balançant d'un pied sur l'autre, comme s'il se demandait ce qu'il allait faire de l'homme emprisonné.

— Bon Dieu ! Détache-moi ! Je ne t'ai rien fait ! Tu ne vas pas me laisser pourrir dans ce trou à rat ? J'ai mal partout et je crève de froid !

Épuisé, Renard se laissa retomber, le poignet noué à son anneau de fer.

L'homme se pencha vers Renard, rivant sur lui un regard perçant à travers les fentes de son masque. Il s'exprima enfin, d'une voix étouffée par l'étoffe de laine qui lui couvrait le visage.

— Garde tes forces. Ne les gaspille pas. Tu vas en avoir besoin lorsque je vais m'occuper de toi.

— Espèce de fumier ! cria Renard, balançant une jambe vers son agresseur.

L'homme recula d'un pas, évitant la ruade désespérée du prisonnier. Il écarta la main droite de son corps et Renard vit qu'il tenait une cravache. L'homme masqué leva le bras et, d'un bref geste semi-circulaire, en cingla le visage de Renard. Celui-ci, un voile rouge devant les yeux, poussa un hurlement bestial.

— Tu peux crier aussi fort que tu le veux, ou que tu le peux, personne ne t'entendra, persifla l'homme.

Il recula et brandit à nouveau sa cravache. Renard, d'instinct, se recroquevilla sur le côté dans l'attente de l'impact. Mais le coup ne vint pas. Il rouvrit les yeux, son tortionnaire s'était dirigé vers la porte.

— À très bientôt. Je sens qu'on va bien s'amuser tous les deux.

Sur ces mots, il quitta les lieux. Renard entendit un bruit de moteur démarrant, puis s'éloignant, et le silence enveloppa sa prison.

XV

En cette matinée du début de week-end, l'intention première de François Colombel fut de travailler dans son jardin. Une dernière tonte du gazon s'imposait avant que l'automne ne soit par trop avancé. D'ailleurs, le temps se prêtait à cet exercice qui ne faisait cependant pas partie des occupations préférées du commandant. Au lieu de quoi, il quitta son domicile de Larmor-Plage pour se rendre à son bureau, rue du Couëdic, à Lorient. Un petit mot posé sur la table du salon informait Françoise, sa femme, de son absence, précisant qu'il serait revenu pour le repas du midi.

Ce samedi, de l'immeuble se dégageait une atmosphère presque calme, en tout cas bien différente de celle supportée en semaine. Il en serait ainsi jusqu'au soir qui apporterait son cortège d'accidents, délits et infractions en tous genres, synonymes de multiples interventions nocturnes, l'ordinaire d'un samedi soir. Colombel salua le planton et se dirigea vers son bureau, au premier étage. Il suspendit sa veste au portemanteau près de la porte et s'assit à son bureau. Une note de la direction générale avait été déposée, sans doute après son départ, la veille au soir. De nouvelles armes de poing leur seraient livrées au mois de février, et une formation adaptée à leur maniement serait dispensée. Avec un pincement au cœur, Colombel pensa qu'à cette date, il ne serait plus là. Chassant cette pensée morose, il ouvrit un tiroir et en sortit un épais dossier. Deux noms figuraient sur la couverture : *Stéphane Granier* et *Émilie Ravalec*.

La veille au soir, Dupuy s'était montré caustique et ses réflexions aigres-douces l'avaient irrité, ainsi que ses hommes. Daniel Menotti avait dû se contenir, cela augurait mal de ses relations futures avec son successeur. Néanmoins, en son for intérieur, Colombel estimait que les remarques de Dupuy n'étaient pas totalement infondées. Au-delà de sa sortie de jeune loup désireux de marquer son futur territoire, il avait mis le doigt là où ça faisait mal. Deux crimes, ô combien spectaculaires, venaient d'être commis, à l'extérieur, en plein jour, et ils ne disposaient d'aucun indice susceptible de leur fournir un début de mobile. Sans mobile, comment progresser ? Colombel se demanda subitement s'il serait revenu à son bureau, ce samedi matin, sans les réflexions de Dupuy. « C'est encore ton affaire », lui avait dit en substance ce dernier. Pensait-il qu'il était du genre à lever le pied à trois mois de la retraite ? Agacé, Colombel ouvrit le dossier.

Y figuraient les comptes rendus des deux meurtres, avec les rapports de la gendarmerie de Carnac, ainsi que les observations de ses agents de la brigade de recherche. Les dépositions de ce qu'il était difficile de nommer des témoins, du moins des témoins directs, étaient agrafées aux rapports. Pendant une heure, François Colombel relut les documents, prenant quelques notes. Une chemise intitulée « relations Granier-Ravalec » terminait le dossier. Les témoignages récents glanés à Carnac, au centre de thalassothérapie et au Tennis-club des Menhirs, étaient complétés d'une photo datant de deux années, prise à La Baule lors d'un congrès médical. À la clôture du séminaire, un banquet réunissant deux cents convives avait été organisé dans un grand hôtel baulois. Stéphane Granier et Émilie Ravalec étaient assis l'un près de l'autre au beau milieu d'une joyeuse tablée. Granier, un verre à la main, se penchait vers Émilie Ravalec qui lui souriait. Y avait-il dans ce sourire autre chose que de la sympathie ou de la connivence professionnelle ? Colombel prit sa loupe pour agrandir les traits des personnages. Tous deux semblaient se dévorer des yeux, mais n'était-ce pas l'effet de son imagination ? Colombel lut la légende jointe à la photo : « *Septembre 2009, séminaire de chirurgie plastique.* » Émilie Ravalec était pharmacienne. Les pharmaciens étaient-ils conviés à ce genre de colloque ou bien se trouvait-elle là à un tout autre titre ? Par exemple, comme maîtresse de Stéphane Granier… Elle avait reçu une invitation en bonne et due forme, mais cela ne prouvait rien. Des arrangements de ce type n'étaient, paraît-il, pas rares dans ce genre de manifestation où petits amis et petites amies obtenaient aisément une accréditation pour prendre part aux agapes de fin de session. Et Nicolas Capet, le rival de Granier, participait-il également à ce séminaire ? Il faudrait s'en assurer.

Colombel saisit son stylo, le fit tourner entre ses doigts en réfléchissant à la possibilité que Granier soit l'amant d'Émilie Ravalec. Leur relation avait pu débuter à ce séminaire de La Baule. Soit. Où cette hypothèse le menait-elle ? Vers Ségalo ? Celui-ci rencontre Émilie Ravalec, en tombe amoureux, jusqu'au jour où il apprend que celle-ci est liée à un autre homme, Stéphane Granier. L'univers de Ségalo, sérieusement épris pour la première fois de son existence, s'écroule d'un coup. Il supprime les deux amants qui se jouent de lui. Grand amateur de chasse, bien équipé en armes à feu, Ségalo doit être un bon tireur.

Avec un gros soupir, Colombel reposa son stylo, ne pouvant se résoudre à ajouter quoi que ce soit sur son calepin. Finalement, il en conclut que ce montage ne tenait pas debout. Émilie Ravalec, aux dires de tous ceux qui la connaissaient, était sincèrement amoureuse de Ségalo. Aurait-elle pu taire sa liaison avec Granier ? Colombel devait absolument rencontrer ce Ségalo, se faire une opinion de visu. D'ailleurs, où en était-il de son projet Oceano Nox qui lui valait tant d'inimitiés ? Stéphane Granier et Émilie Ravalec s'étaient positionnés en tant qu'acquéreurs potentiels, c'était un autre point commun entre les deux victimes. Les aurait-on supprimés pour cette raison ? Pour nuire indirectement à Ségalo ? Colombel, dubitatif, se dit qu'il était en train d'échafauder des hypothèses aussi saugrenues les unes que les autres. « Ça vous crève peut-être les yeux », avait dit Dupuy ou quelque chose de ce genre. Au diable, ce jean-foutre de Dupuy ! Colombel se replongea dans le dossier, examinant à nouveau les photos des principaux protagonistes :

Stéphane Granier, Émilie Ravalec, Yolande Hallais, victime de la maladresse du chirurgien, Nicolas Capet, l'anesthésiste brouillé avec Granier et qui pourtant disputait une partie de tennis avec lui, Ian Ségalo, le promoteur aux dents longues. Colombel soupira. Il lui fallait reprendre l'affaire à zéro, sans a priori.

*

Lorsqu'il l'avait appelée pour lui expliquer de quelle manière il entendait qu'elle se prépare, le son de sa voix l'avait alarmée. Elle était habituée aux sous-entendus provocateurs n'ayant d'autre objet que de faire grimper la dose d'adrénaline. Mais, cette fois, c'était différent. Il s'est passé quelque chose, quelque chose qui le rend menaçant, pensa-t-elle. Le mélange d'appréhension et d'excitation qui devançait autrefois sa venue laissait à présent place à la seule peur. Elle pénétra dans la salle de bains et prit dans l'armoire à pharmacie un tube de ces cachets qu'il lui avait fournis, antidotes à ses angoisses. Elle en avala un avec un verre d'eau, puis revint dans la chambre. Elle disposait d'un peu de temps avant son arrivée. Elle descendit fermer les portes de sa galerie. Comme d'habitude, elle laisserait ouverte la petite entrée à l'arrière de sa maison et il logerait sa moto dans le vestibule. Et si elle verrouillait également cette porte pour lui interdire l'accès à son logement ? Cela ne servirait à rien. Non, mieux valait engager une franche discussion pour mettre les choses au point. Mettre les choses au point ? Un sourire sans joie flotta sur ses lèvres. Elle savait que cette formule toute faite se heurtait au mur de son impuissance. Comment amener les mots qu'elle aurait voulus définitifs sans déclencher sa colère ? Comment lui dire qu'elle voulait mettre fin à leur relation ? Comme elle aurait aimé pouvoir s'appuyer sur l'homme qui l'avait quittée au petit matin. Mais que représentait-elle pour lui si ce n'était l'aventure d'une nuit ? Elle ne le reverrait jamais, alors inutile de se faire un cinéma. Elle remonta à son appartement. Alan lui avait demandé de ne porter pour seul vêtement que sa robe noire, celle qui était largement fendue dans le dos. Elle décida de rester en pantalon et pull à col roulé.

*

À quelques centaines de mètres d'Algues Marines, Mado Camenen, l'épouse de Michel, achevait de débarrasser la table. Une fois encore, le repas du midi avait été maussade. Michel ne supportait pas le lâchage de ceux qu'il considérait, jusqu'à il y a peu, comme ses amis. Il était fatigué, son visage se creusait, et Mado s'inquiétait qu'il soit obligé de recouvrer fréquemment son souffle. Le combat mené contre la construction d'Oceano Nox, à proximité immédiate de leur exploitation, avait épuisé l'ostréiculteur et il se sentait de plus en plus isolé dans sa lutte contre l'introduction du naissain de laboratoire.

Michel Camenen avait bu un troisième verre de vin rouge, un de plus qu'à l'ordinaire, et, sitôt le café avalé, avait annoncé qu'il descendait nettoyer les poches d'huîtres. Un prétexte pour ne pas rester oisif et se laisser envahir par des pensées négatives. Mado, par la fenêtre de leur cuisine qui donnait directement sur la baie, vit son mari monter à bord du tracteur et le mettre en marche vers l'estran, où les poches soutenues par les tables étaient provisoirement à l'air libre.

Le téléphone sonna, arrachant Mado Camenen à ses méditations. Marine, leur fille, l'appelait. Pouvait-elle lui confier Jade pour l'après-midi ? Elle en profiterait pour faire des courses à Auray, avec Matt, son compagnon. Mado acquiesça. La venue de sa petite-fille égaierait pour quelques heures son quotidien. Elle écouta Marine lui passer les recommandations d'usage. Cette fois, Jade avait attrapé mal à la gorge. Il valait mieux la garder au chaud. Mado prononça quelques paroles rassurantes, écoutant distraitement Marine lui parler des nouveaux problèmes que rencontrait Matt dans la gestion de sa PME de matériaux de construction. Avec la crise, la concurrence s'exacerbait. Mado répondait par monosyllabes, tout en suivant, à travers la fenêtre, la descente du tracteur vers le champ d'huîtres. Au timbre de sa voix, Mado se rendit compte que sa fille lui posait une question, mais elle la laissa sans réponse, préoccupée par ce qu'elle apercevait. Le tracteur de Michel, dépassant les tables à huîtres, changeait de direction. Il allait droit sur les eaux encore à l'étale à cette heure.

— Mon Dieu ! Que fait-il ? Il va s'enliser ! murmura Mado, lâchant le téléphone.

Elle sortit précipitamment et se campa devant la maison. À quelque cent cinquante mètres, le tracteur de son mari venait de terminer sa course, l'avant légèrement incurvé vers le sol vaseux. Déjà, des hommes accouraient. Elle-même, sans prendre le temps d'enfiler ses bottes, s'élança vers le tracteur. Quand, essoufflée, elle parvint à une dizaine de mètres de l'engin, Roger Lahaye bondit à sa rencontre. Il arrêta la course de Mado de ses deux bras grands ouverts.

— Mado! C'est affreux! N'avance pas davantage! Je t'en supplie, reste ici près de nous!

— Qu'est-il arrivé à Michel? cria Mado, se débattant. Un accident?

— Un accident... Non, ce n'est pas un accident... répondit Lahaye, la voix hachée par l'émotion. Michel...

Mado Camenen, d'un violent sursaut, échappa à son emprise.

— Laisse-moi, Roger, mais laisse-moi donc!

Près du tracteur se tenait un petit groupe d'ostréiculteurs, voisins des Camenen. Ils avaient tous le visage défait. Anna Pessel, en pleurs, prit à son tour Mado dans ses bras.

— C'est terrible! Pauvre Michel! parvint-elle seulement à articuler.

Mado la repoussa vivement.

— N'y va pas, Mado! cria Lahaye, essayant une nouvelle fois de la dissuader de poursuivre son chemin.

Mais aucune force n'aurait pu l'arrêter. Quand elle parvint à l'avant du tracteur, elle découvrit son mari affalé sur le volant. Elle prit appui sur le marchepied et se hissa jusqu'au siège du conducteur. Là, elle ne put se contenir, les larmes coulèrent à flots, elle enlaça le visage de son mari en gémissant.

— Mich! Mich! Que t'est-il arrivé?

Elle interrogea du regard les visages graves levés vers elle.

— C'est son cœur, n'est-ce pas? C'est son cœur qui a lâché?

— Non, Mado, ce n'est pas le cœur, dit Lahaye.

Mado Camenen prit alors conscience qu'un liquide chaud poissait son bras droit. Étreignant à nouveau le corps inanimé de son mari, elle aperçut avec horreur la plaie béante qui défigurait la moitié de son visage.

XVI

Les nuages plombaient le paysage de leur grisaille lorsque Colombel arrêta sa 206 devant la demeure de Michel Camenen. La vue des barges reposant sur les bancs de vase, parmi les bras de mer se remplissant petit à petit sous l'effet de la marée montante, l'emplit d'une soudaine mélancolie. Seule tache de couleur, le véhicule des sapeurs-pompiers qui stationnait à proximité de la maison des époux Camenen. Piénel, le médecin légiste, en sortait et s'adressait à l'adjudant Le Dantec. Deux pompiers encadraient le véhicule, tandis qu'un cordon de gendarmes maintenait à distance des hommes équipés de caméras. Les médias n'avaient pas mis longtemps à rappliquer. Colombel et Menotti se dirigèrent vers le camion rouge. Le Dantec vint à leur rencontre et les salua en portant le doigt au képi.

— Il s'agit de Michel Camenen, dit-il avec un bref regard vers le camion. Comme je vous l'ai expliqué au téléphone, il conduisait son tracteur pour rejoindre ses tables à huîtres, lorsqu'il a été frappé mortellement à la tempe, par une balle.

Colombel serra la main de Piénel, qui les avait rejoints. Selon son habitude, celui-ci était entièrement vêtu de noir. Colombel espéra qu'il leur éviterait la démonstration d'humour à froid dont il était coutumier.

— Bien entendu, ce n'est qu'à la morgue, à Vannes, que je procéderai à l'extraction du projectile. Il nous a fallu rapidement dégager le corps, car le coefficient de marée est élevé et nous risquions d'être piégés. J'ai fait des photos. Voyez.

Piénel tendit un jeu de clichés à Colombel. Celui-ci les examina un à un, puis les passa à Menotti.

— Il a reçu la balle en plein dans la tempe droite, constata Colombel. Vous pouvez évaluer la distance à laquelle se tenait le tireur ?

— Pour l'instant, tout ce que je peux dire, c'est que le tireur était plus éloigné que lors des meurtres précédents.

Colombel pivota sur lui-même pour embrasser le paysage.

— Il y a une sorte de tertre rocheux là-bas. Peut-être s'y est-il planqué ?

— Tout à fait. Nous avons retrouvé la douille du projectile. C'est fort probablement de cet endroit qu'il a tiré.

— Est-ce que quelqu'un a entendu un bruit de détonation ?

Le Dantec fit non de la tête.

— Nous avons interrogé la plupart des gens présents. Personne n'a rien entendu. Le bruit des moteurs des tracteurs a pu couvrir celui du tir.

— Et, comme les fois précédentes, je présume que le tireur a pu prendre la fuite sans être vu ?

Le Dantec eut un geste d'impuissance.

— En fait, tout le monde était obnubilé par le tracteur de Michel Camenen qui venait de s'enliser. Mais, bien entendu, nous avons installé des barrages dans tout le secteur.

François Colombel désigna le camion.

— Je vais voir le corps, ensuite, vous pourrez le transférer pour l'autopsie. J'aimerais avoir votre rapport d'ici ce soir, ajouta-t-il à l'intention de Piénel.

— J'ai cru que vous alliez me le demander dans la demi-heure qui vient !

Suivi de Menotti, Colombel monta à l'arrière du camion où était étendu Michel Camenen. Il souleva le drap qui recouvrait le corps de l'ostréiculteur. La partie droite du visage avait explosé sous l'impact du projectile.

— La mort a été instantanée, dit Menotti. Le pauvre gars ne se sera rendu compte de rien.

Colombel rabattit le drap sur le corps de Camenen. Tous deux redescendirent du camion.

— Daniel, va donc jeter un coup d'œil du côté où est parti le coup de feu, vers ces rochers. Essaie de comprendre comment, et par où, le meurtrier a pu s'en aller. Moi, je vais voir s'il est possible d'interroger la femme de Camenen, Mado Camenen, c'est bien cela ?

— Oui. Elle est à l'intérieur de sa maison, répondit Le Dantec. Une voisine est près d'elle. Comme vous pouvez l'imaginer, elle est effondrée.

François Colombel marcha vers la maison des Camenen, tandis que le véhicule des pompiers abandonnait les lieux, emportant le cadavre de l'ostréiculteur.

Alors qu'il allait frapper, la porte s'ouvrit sur une jeune femme brune aux cheveux coupés très court. Il se présenta.

— Gendarmerie nationale, commandant François Colombel. Vous êtes la voisine qui tient compagnie à madame Camenen ?

— Non, mon nom est Gaëlle Madec, journaliste à *La Tribune du Morbihan*. Je suis, je devrais malheureusement dire j'étais, très proche de Michel Camenen.

François Colombel hocha la tête. Sans en être lecteur, il connaissait *La Tribune* de réputation : un journal d'opinion et d'investigation qui ne passait pas grand-chose à la police. Le regardant droit dans les yeux, la fille qui lui faisait face donnait l'impression d'être très déterminée. Sur une impulsion subite, il la questionna :

— Vous connaissiez donc bien Michel Camenen ? Je vous demande cela à brûle-pourpoint : à votre avis, qui aurait pu lui en vouloir au point de…

— Au point de l'assassiner ? poursuivit Gaëlle Madec. Je n'en sais fichtrement rien ! C'est votre boulot de le découvrir, non ?

Elle s'interrompit, paraissant regretter la brusquerie de sa réponse.

— En fait, Michel s'investissait beaucoup dans tout ce qui lui tenait à cœur : la défense de son métier, la sauvegarde de son environnement… C'était quelqu'un d'entier, de droit, de profondément bon, sous ses airs bravaches.

Gaëlle Madec grimaça et Colombel vit qu'elle avait les yeux embués.

— Ses prises de position ne plaisaient pas à tout le monde. Elles gênaient beaucoup de gens, notamment ceux qui prétendent faire la pluie et le beau temps dans le coin ! Il n'était pas un mouton qui subissait en courbant l'échine. Mais, pour répondre à votre question, je ne vois pas qui aurait pu le détester jusqu'à l'éliminer. J'en connais un qui ne regrettera pas sa disparition, mais de là à l'assassiner…

— Oui ? l'encouragea Colombel.

— Rien, faites comme si je n'avais rien dit ! s'écria-t-elle.

Et, s'écartant soudain, elle s'éloigna à pas rapides.

François Colombel poussa la porte. Il se trouva en présence d'une grande femme, solidement charpentée, aux longs cheveux maintenus par un serre-tête. Elle portait un large pull à col roulé qui descendait à mi-cuisse sur un pantalon de toile épaisse. Il se présenta et la femme lui apprit qu'elle se nommait Anna Pessel, concessionnaire d'un parc à huîtres à proximité de celui des Camenen. Elle travaillait sur son terrain quand elle avait vu le tracteur de Michel dévier de son chemin pour aller s'enfoncer dans la vase. Avec d'autres, elle s'était précipitée pour lui porter secours. Ce n'est que parvenus à hauteur du tracteur qu'ils avaient compris que Michel Camenen avait été mortellement touché par une balle.

Sous l'effet de l'émotion, sa narration s'était faite sur un ton heurté ; Colombel pressentait que qu'Anna Pessel prenait beaucoup sur elle pour ne pas pleurer. Elle le conduisit jusqu'au salon où Mado Camenen demeurait assise, accablée de chagrin, les yeux rougis dans un visage d'une extrême pâleur. Après tant d'années, au seuil de la retraite, Colombel n'avait jamais pu s'habituer à la souffrance éprouvée par les proches des victimes d'un meurtre. Quel que soit le motif, vol, cupidité, jalousie, une existence précieuse leur avait été ravie et rien ne pourrait jamais la remplacer. Il respira profondément avant de prononcer des paroles dont il regrettait la banalité professionnelle.

— Madame Camenen, je suis le commandant Colombel, de la gendarmerie nationale. Je comprends que dans ces circonstances il vous soit très difficile de m'accorder un entretien ; toutefois, si vous vous sentez capable de répondre à quelques-unes de mes questions, cela pourrait nous faire gagner un temps précieux pour identifier celui qui a attenté à la vie de votre mari.

Mado Camenen leva doucement la tête vers Colombel. Pendant quelques secondes, serrant un mouchoir humide entre ses mains, elle considéra, sans mot dire, la haute silhouette du commandant de gendarmerie. Puis, elle lui fit signe de s'asseoir.

— Vous trouverez celui qui a fait ça, n'est-ce pas ? questionna-t-elle d'une voix à peine audible.

— Je vous promets de tout mettre en œuvre pour cela, madame.

Anna Pessel, restée debout à l'entrée du salon, intervint alors.

— Puis-je rester auprès de Mado, ou préférez-vous que je vous laisse ?

— Vous pouvez rester, répondit Colombel. Je n'y vois aucun inconvénient.

Anna Pessel se plaça près de son amie, la soutenant du regard.

— Je vais vous paraître abrupt, madame Camenen, dit Colombel. Mais il me faut commencer par là. Connaissez-vous une personne, en particulier, ou plusieurs personnes qui auraient pu commettre cet acte ?

Mado Camenen secoua lentement la tête.

— Non, non, Michel n'avait pas d'ennemis. Des adversaires, peut-être, mais pas des assassins.

— Pourtant, ce qui vient de se passer prouve que, forcément, il y avait quelqu'un qui lui en voulait.

L'épouse de l'ostréiculteur enfouit son visage entre ses mains, étreignant les mèches de cheveux qui lui tombaient sur le front. Colombel regretta de s'être montré si direct. Pourtant, l'expérience lui avait enseigné que des indices primordiaux étaient souvent obtenus lors des tout premiers interrogatoires. Que ferait Dupuy dans cette situation ? Comment procéderait-il ? Colombel se traita intérieurement de tous les noms. Son successeur finissait par l'obséder avec ses méthodes prétendument novatrices ! Bon Dieu ! Pourquoi pensait-il à ce jeune blanc-bec ? C'était à lui, Colombel, d'agir, comme il l'avait toujours fait, et à sa manière.

— Madame Camenen, reprit-il. Votre mari ne vous a donc jamais fait mention de personnes avec qui il aurait eu maille à partir ? Vous-même, vous n'avez pas remarqué de changement dans son comportement trahissant la crainte, voire la peur, enfin quelque chose laissant entendre qu'il avait de graves soucis ?

Mado Camenen ne réagissait pas. Ce fut Anna Pessel qui intervint :

— Il y a quand même eu ces types, il y a un an, Mado. Tu te rappelles comme ils rôdaient dans le sillage de Michel.

— Des types? répéta Colombel. Quel genre de types ?

Mado Camenen releva la tête.

— Plusieurs hommes sont venus traîner autour de notre maison. Parfois, on les voyait nous observer, puis ils disparaissaient pendant quelques jours avant de revenir. Quand Michel se dirigeait vers eux, pour tenter d'avoir une explication, ils s'éloignaient. D'autres fois, Michel s'apercevait qu'ils le suivaient en voiture. Ils ne nous ont jamais fait directement de mal, mais leur seule présence nous inquiétait. Nous avions l'impression qu'ils voulaient nous intimider.

— Et ce petit manège a duré longtemps ?

— Une ou deux semaines, peut-être. Un beau jour, on ne les a plus vus, je ne sais pourquoi.

— Mais si, tu le sais ! dit Anna. Lorsque *La Tribune du Morbihan* a pris fait et cause pour Michel, que ses articles ont attiré l'attention de l'opinion sur ce qui se préparait, comme par hasard, vos visiteurs ont disparu ! Ce journal est intervenu au bon moment, les empêchant de faire un mauvais coup. Celui qui les commanditait a sans doute pris peur.

— Connaissez-vous son identité ? questionna Colombel.

Les deux femmes, après avoir échangé un regard, se turent.

— Écoutez-moi bien, dit Colombel. Vos bonshommes n'ont peut-être rien à voir avec ce qui est arrivé aujourd'hui, mais j'ai besoin de rassembler le maximum d'informations pour progresser. Vous me parlez de gens ayant eu une attitude plus ou moins menaçante envers monsieur Camenen. De quelqu'un qui aurait pu être l'instigateur de ces intimidations. Dans ce cas, il faut me dire à qui vous pensez !

— Nous n'avons aucune preuve, gémit Mado Camenen.

De nouveau, le silence s'instaura dans la pièce. François Colombel se remémora sa rencontre avec la jeune journaliste.

— Devant cette maison, je me suis trouvé face à une journaliste de *La Tribune du Morbihan*, le journal que vous venez d'évoquer. Elle m'a dit quelque chose du genre : « Il y en a un dans le coin qui ne doit pas regretter sa disparition », et elle parlait de votre mari, madame Camenen. Savez-vous à qui elle faisait allusion ?

— Oh, la barbe ! s'écria Anna Pessel. Pourquoi tergiverser ? Bien entendu, c'est de Ian Ségalo qu'il s'agit !

Colombel plissa le front.

— Le promoteur ? Celui dont l'amie a aussi…

Il ne termina pas sa phrase par égard pour Mado Camenen qui semblait sur le point de flancher pour de bon.

— Mais oui ! dit Anna. Il voulait construire une résidence de luxe juste à côté de chez Michel et Mado ! Mais Michel s'est farouchement opposé à ce projet qui nous bousillait le paysage et pouvait nuire à nos exploitations. Les choses se sont envenimées, Ségalo a usé de tous les moyens de pression à sa disposition. Mais, heureusement, *La Tribune* a pris le parti des défenseurs du site, sans quoi Ségalo aurait fini par l'obtenir son permis de construire !

— Il nous avait également proposé de racheter nos bâtiments, ajouta Mado Camenen d'une voix éteinte.

— Et c'est ce promoteur qui aurait eu recours aux services de ces hommes pour vous inciter à céder ?

— Ce ne peut être que lui ! affirma Anna Pessel d'un ton sans équivoque. Si *La Tribune* n'était pas parvenue à mobiliser l'opinion publique, Dieu sait jusqu'où les choses auraient pu aller ! Vous ne pouvez imaginer la tension qui régnait ici, et d'ailleurs ce n'est pas terminé !

Une porte qui claque, des appels et des cris provenant de l'entrée retentirent soudain et interrompirent la conversation. Des bruits de pas précipités résonnèrent et une jeune femme en larmes pénétra dans le salon suivie d'un homme, jeune lui aussi. Elle se précipita vers Mado Camenen et l'étreignit.

— C'est Marine, la fille de Mado, et Matt, son ami, précisa Anna Pessel à l'adresse de Colombel. Je vais les laisser seuls un moment.

Colombel se leva à son tour. Après avoir jeté un dernier coup d'œil sur la mère et la fille, enlacées dans une douleur commune, il quitta la pièce. À l'extérieur, Daniel Menotti l'attendait. Il désigna l'habitation.

— Je sais que vous étiez en train de vous entretenir avec la femme de Camenen. Mais ni moi ni les collègues n'avons pu empêcher leur fille d'entrer.

— Non, vous avez bien fait. J'ai eu le temps de poser quelques questions à madame Camenen. Je ne sais pas comment elle a trouvé la force d'y répondre sans s'effondrer.

— Mado et son mari sont des gens de caractère ! Leur vie n'a pas été facile, mais ils ont toujours fait face… du moins jusqu'à aujourd'hui.

Colombel pivota vers celle qui venait de prononcer ces mots.

— Anna Pessel, une amie des Camenen, également ostréicultrice, dit-il à l'intention de Menotti. Je vous demanderai peut-être de faire une déposition auprès de la brigade territoriale de Carnac au sujet de ces hommes qui auraient rôdé autour de l'exploitation des Camenen. Au fait, savez-vous si celui-ci avait averti la gendarmerie ?

Anna Pessel souffla.

— Non, je suis certaine que non. Michel aimait régler ses problèmes tout seul, autant que faire se peut. De plus... Ne le prenez pas mal, mais ses opinions ne le prédisposaient pas à faire confiance à la police.

— J'ai cru comprendre que Michel Camenen était doté d'une forte personnalité. Cela aurait pu lui attirer des inimitiés, non ?

— Oui, Michel s'était engagé dans plusieurs mouvements : la sauvegarde du site, la défense de l'ostréiculture traditionnelle. Il avait, comme on dit, la tête près du bonnet et pouvait se montrer intransigeant avec ceux qui ne partageaient pas ses opinions. Dernièrement, il a failli se colleter avec un collègue qui était en désaccord avec sa position concernant l'utilisation de naissains de laboratoire. Non, ne vous méprenez pas, ajouta-t-elle vivement devant l'air soudain intéressé des deux gendarmes. Ce différend n'a rien à voir avec les événements d'aujourd'hui, je vous en donne ma parole !

— Donnez-nous quand même les coordonnées de celui qui a failli... « se colleter », selon votre propre expression, avec Michel Camenen.

Anna Pessel grimaça.

— Et voilà, j'aurais dû me taire ! J'essayais juste de vous aider, de vous expliquer qui était Michel par une anecdote sans importance, et vous allez vous imaginer des choses ! Bon, si vous y tenez. Il s'agit de Yannick Pierre. Il habite à moins d'un kilomètre. Ah ! Sûr qu'il va me bénir quand il saura que c'est à moi qu'il doit votre visite ! Et merde !

Sans un mot de plus, Anna Pessel s'éloigna.

— On dirait qu'ils ont du tempérament dans le coin, marmonna Menotti.

— Tu as remarqué, toi aussi ! D'après l'adjudant Le Dantec, ils sont tous à cran en ce moment.

Alors, as-tu trouvé quelque chose du côté de ce tertre rocheux ?

— Le tireur a effectivement dû se planquer à cet endroit, la découverte de la douille nous incite à le penser. Il y a aussi des traces de pas dans le sable. Le rapport de Piénel devrait nous éclairer.

— Espérons-le, répondit Colombel, regardant l'adjudant Le Dantec qui approchait.

— Nous partons. Mais, par mesure de précaution, je vais laisser une présence sur place, annonça ce dernier.

Colombel opina.

— Madame Camenen et Anna Pessel m'ont parlé d'individus qui auraient plus ou moins rôdé autour de la maison de Camenen, il y a environ un an. Pas de menaces précises, mais leur attitude pouvait passer pour une sorte d'intimidation latente. Êtes-vous au courant ?

— Non, répondit Le Dantec. En tout cas, nous n'avons pas eu de dépôt de plainte de la part de Camenen.

— Il paraît qu'il ne nous aimait pas beaucoup.

— Bof! Pour résumer, je dirais que Camenen appartenait à une mouvance écolo pour qui l'ordre n'est établi qu'au profit des puissants en place.

— Ces types dont je vous parle auraient pu intervenir à la demande de Ian Ségalo, le promoteur, qui n'appréciait pas que Camenen lui mette des bâtons dans les roues.

— Je peux rendre visite à Ségalo pour avoir sa version.

— Ce serait une bonne chose, dit Colombel. Je crois que c'est tout pour l'instant.

— Juste une dernière chose. J'ai reçu un appel de monsieur le maire de Carnac. Il souhaite vivement vous rencontrer. Dès ce soir, si possible. Il vous propose une réunion dans son bureau à la mairie à dix-neuf heures. Le maire de Plouharnel sera aussi présent. Cette fois, c'est sur le territoire de sa commune que le meurtre a eu lieu. Je vous donne son numéro de portable pour confirmation ?

— J'aimerais que vous y assistiez, vous aussi, dit Colombel.

Sortant un petit carnet de sa poche, François Colombel nota les coordonnées du premier magistrat carnacois. Puis, sur un dernier salut, Le Dantec les quitta pour monter dans le véhicule de gendarmerie.

*

Daniel Menotti déverrouilla les portières et ils s'installèrent dans la voiture. François Colombel venait d'appeler le maire pour lui donner son accord pour la réunion.

— Que vais-je bien pouvoir leur raconter ? grommela-t-il en déroulant la ceinture de sécurité. Que notre tueur fait preuve d'une audace inimaginable, qu'il prend des risques insensés, mais que fatalement, à son quatrième ou cinquième meurtre, il commettra une erreur qui nous permettra de le pincer ?

— Effectivement, la chance l'a plutôt servi jusqu'à présent.

— Trois crimes en moins d'une semaine et pas l'ombre d'un début de piste. J'en perds mon latin, que je n'ai jamais étudié, d'ailleurs. Je tourne en rond, et ça m'énerve ! Tiens, tu vois où j'en suis. En interrogeant la femme de Michel Camenen, je me suis mis à penser à Dupuy, à me demander comment lui aurait procédé.

— Là, vous m'inquiétez, chef ! Vous savez pourquoi, à mon avis, on n'avance pas ? C'est justement parce que nous butons sur cette histoire de mobile. Or, il n'y en a pas. Nous avons affaire à un fou, un fou qui tire au hasard.

— Ou bien est-ce précisément ce qu'on veut nous faire croire, murmura Colombel.

Daniel Menotti démarra sèchement et prit la direction de la mairie de Carnac.

XVII

Samedi 22 octobre, en soirée

Léa entra dans la salle de bains et fit couler l'eau de la baignoire. *Il sait. Cela ne fait aucun doute, toute son attitude le prouve.* Elle entendit le bruit des pas décroître dans l'escalier, la porte claquer, la moto qui démarrait. Il sait. Alan ne l'avait pas touchée, il n'avait fait aucune allusion à la façon dont elle était restée vêtue malgré sa demande, demeurant assis tandis qu'elle allait et venait dans la chambre, ne sachant quelle posture adopter. Il s'était contenté de la questionner d'une manière négligente, une jambe par-dessus l'autre, écoutant ses réponses avec une nonchalance affectée, inhabituelle chez lui, comme pour instaurer le ton badin de mise entre deux vieilles connaissances. Non, depuis leur dernière rencontre, elle n'avait pas bougé. Avait-elle reçu des visites ? Oui, quelques voisins venus tuer le temps dans sa galerie. Mais il était impossible qu'il n'ait pas remarqué sa gêne.

« Rien de neuf? », s'était-il contenté de demander en se levant sans la quitter des yeux. « Tu ne t'es pas trop ennuyée sans moi? Non, il ne semble pas. » Cette dernière remarque, avant qu'il s'en aille sans rien ajouter, avait tétanisé Léa. Comme elle haïssait le demi-sourire qui lui soulevait le coin des lèvres! Elle eût préféré qu'il lui lançât de franches menaces auxquelles elle aurait pu et su répondre. Sa bonhomie doucereuse n'appelait pas de réplique, elle n'était que le fard préludant à sa vengeance. Car, de toute évidence, il savait. Il savait qu'un homme était venu. Et elle avait été totalement incapable d'amorcer la discussion qu'elle voulait pourtant de tout son être. Un tremblement la saisit, elle sentit une sueur froide lui couler jusqu'au bas du dos.

Le visage de Marc Renard s'imposa. À cette heure, il avait rejoint Rennes et vaquait à ses occupations sans se douter de la situation à laquelle elle était confrontée. Serait-elle, au moins, un agréable souvenir?

Elle ferma les yeux, se laissa entièrement glisser sous l'eau; à bout de souffle, elle ramena le visage à la surface, puis s'immergea à nouveau.

*

L'édification de l'actuelle mairie de Carnac, au milieu des années 60, lors du premier mandat de Christian Bonnet, futur ministre de l'Intérieur, fit couler beaucoup d'encre et excita les controverses. D'aucuns estimaient que son architecture toute en angles, conçue selon les canons de la modernité en vigueur à l'époque, jurait avec l'authenticité du bourg. À présent, les esprits s'étaient calmés, difficilement pour certains, et l'on s'agaçait moins de son style baroque.

Les pensées de François Colombel et Daniel Menotti étaient néanmoins fort éloignées de ces considérations architecturales, lorsque le lieutenant gara leur véhicule sur la place de la Mairie. À quelques dizaines de mètres, ils distinguèrent, par-delà les murs du musée de la Préhistoire, la façade triangulaire du bâtiment municipal. Les lieux étaient déserts à cette heure.

— Pour moi, Carnac, c'est trop de monde l'été et pas assez l'hiver ! grogna Colombel.

— Je viens avec vous ? demanda Menotti.

Colombel surprit le regard plein d'espoir du lieutenant vers la brasserie dont les lumières éclairaient l'autre côté de la place.

— Va m'attendre là-bas. Le Dantec m'accompagne, cela suffira bien. Je te rejoindrai. Quelque chose me dit que j'aurai besoin d'une bonne bière.

Et Colombel, claquant sa portière, se dirigea vers la mairie.

L'adjudant Le Dantec l'attendait devant l'entrée. Les deux hommes pénétrèrent dans le hall.

— Du nouveau ? interrogea Colombel.

— Nous nous sommes rendus chez Ian Ségalo, mais l'oiseau s'était envolé. Nous y retournerons demain. Par contre, il y a une heure, j'ai reçu un appel d'une certaine Alexia Ropart. Elle tient à Rennes une agence d'enquêteurs privés avec un associé. Et c'est justement à cause de cet associé qu'elle m'a appelé : un certain Marc Renard. Il est arrivé à Carnac mardi dernier et devait être de retour ce matin à Rennes. Or, il n'est pas revenu. Elle a lancé plusieurs appels sur son portable, sans résultat.

— Vous ne croyez pas que nous avons d'autres préoccupations que celle qui consiste à s'inquiéter d'un type qui met du temps à rentrer chez lui ? répliqua Colombel en s'engageant dans l'escalier qui menait au bureau du maire.

— Et puis il y a autre chose, poursuivit Le Dantec. Nous avons été avisés en fin de matinée qu'une Opel Astra avait été trouvée abandonnée, les quatre pneus crevés, près de la chapelle de Coët-a-Tous. C'est à environ cinq kilomètres d'ici, sur la route d'Auray. Le véhicule est immatriculé au nom de Marc Renard. Nous avons effectué des recherches dans tout le secteur, mais sans trouver son propriétaire. La voiture stationnait à l'entrée du hameau. Personne n'a entendu quoi que ce soit de suspect.

— Il n'y a aucun moyen de savoir à quelle heure ce Marc Renard serait arrivé sur les lieux ?

— Non. Tout juste pouvons-nous supposer que c'était à la nuit tombée. Sinon, sa voiture aurait été repérée. D'autre part, d'après Alexia Ropart, Marc Renard était venu dans le secteur pour travailler à la demande de Ian Ségalo, ajouta Le Dantec.

Colombel s'immobilisa à mi-étage.

— Quel genre de travail ?

— Un job assez particulier. Ségalo devait faire face à de sérieuses oppositions à cause de son projet immobilier en baie de Plouharnel. Et *La Tribune du Morbihan*, avec notamment la journaliste que vous avez croisée cet après-midi devant le domicile des Camenen, avait pris le relais et menait la vie dure au promoteur. Alors, Ian Ségalo a fait appel à Marc Renard pour les contrer.

— Les contrer ?

— Oui. D'après son associée, Renard devait dénicher des faits dérangeants chez ses adversaires, histoire de leur faire comprendre que c'était donnant-donnant : vous me foutez la paix, et je garde pour moi ce que j'ai appris sur vous.

— Plutôt tordu comme système de défense, mais il y a des fois où ça marche. Quand a-t-on vu Renard pour la dernière fois ? demanda Colombel en montant les dernières marches vers l'étage.

— Hier soir, vers dix-neuf heures. Il est passé à son hôtel, L'Armoric, pour récupérer ses affaires.

— Et il devait rentrer ce matin à Rennes ? Il fallait que quelqu'un l'héberge pour la nuit. Ségalo ?

— Nous le lui demanderons lorsque nous pourrons le rencontrer.

Ils interrompirent leur conversation, car ils étaient arrivés devant le bureau du maire. Colombel frappa et une voix les invita à entrer. Les élus de Carnac et de Plouharnel se levèrent. Leurs visages étaient fermés, les mêmes rides sillonnaient leur front, et il était évident qu'ils s'étaient mis d'accord sur la position commune à adopter et la façon de conduire l'entretien. Leur tension était palpable et Colombel appréhenda la discussion qui allait suivre.

*

Alexia Ropart éteignit son téléphone portable. Pour la énième fois, elle avait tenté sans succès de joindre Marc Renard. L'inquiétude la tenaillait depuis l'appel de la gendarmerie lui révélant que la voiture de Marc avait été retrouvée, pneus crevés, à quelques kilomètres de Carnac. Que lui était-il arrivé ? Elle repensa aux échanges qu'elle avait eus avec lui au cours de la semaine. Rien dans ce qu'il lui avait dit ne laissait présager d'éventuels ennuis. Lorsqu'elle avait appelé Ian Ségalo en début d'après-midi, celui-ci lui avait indiqué que Marc l'avait quitté la veille, désireux de regagner au plus vite ses pénates. Hier soir, Marc lui-même lui avait affirmé qu'il rentrait. Elle le connaissait suffisamment pour savoir qu'il ne lui aurait pas raconté de bobards. S'il avait dit qu'il rentrait à Rennes, c'est que telle était son intention. Un événement indépendant de sa volonté avait dû le retenir là-bas.

Elle s'aperçut que Mick lui parlait depuis un certain temps. Elle s'arracha à ses préoccupations et le regarda.

— Excuse-moi, Mick. Je tentais encore d'appeler Marc. Je me fais énormément de souci pour lui.

— Oui, bien sûr, je te comprends. Mais tu n'y peux rien ! Dépêche-toi de te préparer, nous allons être en retard. Le film commence dans un quart d'heure.

Alex avait fait la connaissance de Mick deux mois auparavant, et aussitôt l'alchimie amoureuse avait opéré. Ils ne vivaient pas encore ensemble, mais ce n'était qu'une question de temps. Mick dirigeait une agence de voyages et tannait Alex pour qu'elle vienne travailler avec lui, étant plus ou moins jaloux de Marc Renard. Ce soir-là, il avait rejoint la jeune femme à son domicile pour une sortie au cinéma.

— Je me demande si je ne devrais pas aller sur place dès demain, dit Alex en enfilant son manteau.

— Laisse donc faire la police ! C'est son travail. Ton associé est un homme de ressources, tu me l'as assez répété. S'il lui était arrivé quelque chose de grave, on l'aurait déjà appris. Il n'est quand même pas perdu dans la jungle !

— Il a pu faire une mauvaise rencontre. Pourquoi ne m'appelle-t-il pas ?

— Parce que c'est le week-end.

Alex haussa les épaules.

— Tu ne connais pas Marc. Pour lui, ça ne fait aucune différence.

*

François Colombel repéra Menotti, attablé devant une bière, au fond du bar. Peu de tables étaient occupées. Au comptoir, maigre comme un rocker héroïnomane, un homme sans âge couvait son verre de muscadet d'un air accablé. Colombel, à son tour, commanda un demi et, après en avoir dégusté une bonne gorgée, relata son entrevue avec les édiles de Carnac et Plouharnel.

— Remarque que je les comprends, dit-il en conclusion. Avec trois personnes qui se font descendre en une semaine par ce qui semble être un tireur fou, la panique gagne la population. Je leur ai assuré que nous allions multiplier les rondes, mais ça ne les a pas convaincus. Et puis, ils s'inquiètent de la contre-publicité pour leurs communes.

— Là, stop, je vous arrête ! Vous verrez que lorsque les choses se seront tassées, une foule de vautours va rappliquer. C'est comme ça que fonctionne l'humain. L'été prochain, on va s'arracher les locations par ici !

— C'est ça ! Quand les choses se seront tassées ! En attendant, on est en plein brouillard.

— Bizarre, l'entrée en scène de ce Renard, remarqua Menotti. Son arrivée coïncide tout juste avec le premier meurtre. Et le voilà qui se volatilise après la mort de l'ostréiculteur, celui qui ne voulait pas entendre parler de cet investissement immobilier.

— Le maire de Plouharnel m'a affirmé que jamais Ségalo n'aurait obtenu son permis de construire. Quand bien même aurait-il voulu le lui accorder, ce qui, d'après lui, n'avait jamais été le cas, la loi de protection du littoral le lui interdisait. En fait, Ian Ségalo se serait lancé à l'aveugle dans son projet, c'était, paraît-il, une de ses spécialités.

— Hum, ouais. Il y en a quand même qui se sont bien débrouillés pour la contourner, cette loi Littoral ! Et il n'y aurait pas eu toutes ces manifs anti-Ségalo si les choses avaient été aussi claires.

Colombel esquissa une moue.

— Je résume la semaine ! Mardi, Stéphane Granier se fait tirer dessus pendant un match au Tennis-club des Menhirs de Carnac. Il faisait partie de ceux qui souhaitaient acheter un appartement dans cet Oceano Nox, l'ensemble immobilier que voulait édifier Ian Ségalo. Deux jours plus tard, Émilie Ravalec, à son tour, est victime du tireur pendant qu'elle courait sur la plage de Ty-Bihan. Elle était sur le point de se mettre en ménage avec Ian Ségalo. Cet après-midi, Michel Camenen, ostréiculteur de la baie de Plouharnel, farouche opposant au projet de Ian Ségalo, est également tué par balle. Et ce même Ian Ségalo requiert les services d'un détective privé, Marc Renard, qui disparaît mystérieusement. Bon sang ! À chaque fois, Ian Ségalo figure dans le décor ! Je n'ai aucun commencement de preuve, mais tout tourne autour de lui. Ce qu'il faut, c'est remettre les choses dans le bon ordre.

— La voiture de Marc Renard, abandonnée au pied de la chapelle de Coët-a-Tous, ce pourrait être un coup monté par son propriétaire, suggéra Menotti.

Colombel souffla profondément et longuement.

— Un coup monté pour qui et pour quoi, nous n'en savons rien, mais c'est du domaine du possible. Dans le cas présent, il ne faut négliger aucune hypothèse.

— Maintenant, que fait-on ?

— La brasserie est fermée le soir. Nous rentrons à Lorient. Et puis, il paraît que la nuit porte conseil. On vérifiera cet adage.

Menotti observa son supérieur. Les yeux cernés, le teint très pâle, celui-ci ne devait pas beaucoup dormir en ce moment. Pour la première fois, il lui parut faire plus que son âge. Il souffre, pensa-t-il. Il craint d'échouer dans ce qui sera peut-être sa dernière enquête.

— Alors, tu viens ? dit Colombel qui s'était déjà levé. À quoi es-tu en train de rêvasser ?

XVIII

Dimanche 23 octobre

Si la douleur à la nuque s'était atténuée, désormais des élancements semblables à des décharges électriques parcouraient son bras gauche emprisonné au-dessus de lui, et sa main lui paraissait enflée. L'odeur de son urine devenait insupportable et la faim le tenaillait. À nouveau, Marc Renard se souleva, le dos contre le mur. Avec une grimace de souffrance, il tourna la tête et tenta, avec les dents, de mordre dans ses liens. Mais il fut obligé de renoncer et, avec un cri sourd, s'affaissa sur le sol glacial. Pourtant, il fallait qu'il trouve le moyen de sortir de ce guêpier. Mille fois la même question se posait : à qui devait-il cette séquestration ? Certes, il se connaissait des ennemis. Les façons pas toujours orthodoxes d'accomplir son métier lui valaient un certain nombre de ressentiments. Il aurait pu, à la rigueur, redouter quelque action de représailles sur son champ d'action à Rennes. Mais ici, à Carnac ?

Il se repassa le film de son séjour. Qui avait-il pu indisposer au point de susciter un tel châtiment ? Il avait beau se martyriser les méninges, pas l'ombre d'une explication plausible n'émergeait.

Marc Renard tendit l'oreille. Il perçut un bruit de moteur, lointain, puis de plus en plus net. La moto était de retour. Bientôt, la porte s'ouvrit et, instinctivement, il se recroquevilla sur lui-même. Écarquillant les yeux, il essaya de distinguer son visiteur, mais une vive lumière l'éblouit. L'homme masqué brandissait vers son visage le faisceau aveuglant d'une lampe torche.

Les yeux clos, Renard l'interpella.

— Écoute-moi ! Je ne sais pas qui tu es ! Tu peux me libérer sans crainte ! Je serais bien incapable de te dénoncer ! J'ai de l'argent, je te paierai, si c'est cela que tu veux.

— Continue, tu m'intéresses, dit la voix assourdie par le masque.

— Combien veux-tu ? Donne-moi un prix, on discutera !

— Je ne veux pas de ton argent.

— Mais alors, que veux-tu ?

— Toi. Jouer avec toi. Je te l'ai déjà dit.

Un fou, je suis tombé sur un fou, pensa Renard, sentant la panique l'envahir.

— On va retrouver ma voiture ! Les flics vont faire des recherches, passer le coin au peigne fin. Ils vont obligatoirement me retrouver !

L'homme eut un petit rire.

— Oui, bien sûr, ils te trouveront. Mais pas tout de suite.

Renard sentit que la lumière éblouissante disparaissait.

Il ouvrit les yeux, l'homme avait posé la lampe sur le sol. Il allumait des bougies.

— Voilà, ainsi, ce sera plus intime, dit-il.

À présent, Renard pouvait le distinguer. Il lui parut une fois encore gigantesque, et impressionnante était son ombre projetée sur le mur.

— Tu vois, on va y aller progressivement. On commence par un petit jeu. Juste quelques minutes de patience.

Renard réfléchissait à toute allure, cherchant les mots, les arguments qui pourraient porter. Mais l'affolement le gagnait, anesthésiant ses réflexes de survie.

— C'est prêt. Je vois que tu grelottes, voici de quoi te réchauffer.

L'homme s'approcha et, inclinant une bougie, en fit couler la cire sur le torse de Renard qui hurla de douleur sous l'effet de la coulée brûlante qui descendait le long de son corps. Imperturbable, l'homme recommença avec une deuxième bougie, puis une troisième. Renard cria, se mordant la langue jusqu'au sang qui ourla de rouge ses lèvres. Instinctivement, il mit sa main droite sur son bas-ventre. L'homme rit à nouveau.

— Ah ! Je vois que tu prends soin de protéger ton énergie vitale ! N'aie crainte, je t'ai dit que nous progresserions par paliers. Nous passerons aux choses sérieuses la prochaine fois. Pour l'instant, ce n'est qu'un avant-goût. Quand j'en aurai fini avec toi, tu ne seras plus un homme. Mais tu vois, comme je tiens à te maintenir dans une forme correcte, je t'ai apporté à boire.

L'homme se tourna vers une sacoche qu'il avait posée derrière lui.

Il en sortit une bouteille d'eau et remplit le bol près de Renard.

— Je te laisse à tes pensées, dit-il. Elles doivent être bien noires. Essaie malgré tout de dormir. Si tu veux profiter de ce que je t'ai préparé, il te faut conserver un minimum de condition. Adieu.

Au moment où l'homme ouvrait la porte, Marc Renard poussa plusieurs hurlements.

— Vas-y ! Gueule plus fort ! Personne ne peut t'entendre, lui jeta l'homme en guise d'au revoir.

XIX

Dimanche 23 octobre

Manuel Graz posa la tasse de café noir sur la table et s'assit. Après le décès de sa femme, il avait vendu leur maison du Bono pour occuper le dernier étage de l'immeuble abritant les locaux de *La Tribune du Morbihan*. Il déplia les exemplaires dominicaux de la presse régionale que le porteur avait déposés dans la boîte à lettres. Il eut un sursaut. *Ouest-France* et *Le Télégramme* annonçaient en manchette de première page la décision surprise de Ian Ségalo. *Ouest-France*: « Ian Ségalo renonce à Oceano Nox », et *Le Télégramme*: « Baie de Plouharnel: Ian Ségalo jette l'éponge ».

Sans plus attendre, empreint à la fois de satisfaction et d'étonnement, le directeur de *La Tribune* prit connaissance des articles consacrés au promoteur. Puis il but son café et décrocha le téléphone. Il sonna longuement avant qu'une voix féminine réponde.

— Gaëlle ! C'est Manuel ! Je te réveille, peut-être ? Non ? As-tu regardé la presse ce matin ? Il y a du nouveau concernant notre petit ami Ian Ségalo… Oui, de l'inattendu… Si cela ne te dérange pas, je suis chez toi dans une demi-heure.

Manuel Graz raccrocha et se prépara à sortir. Ce dimanche matin, les rues de Saint-Goustan étaient encore désertes. Pour retrouver sa vieille Clio qu'il garait quai Franklin, il franchit le petit pont enjambant la rivière de Tréauray. Au lointain, le pont de Kerplouz esquissait avec peine ses contours dans la brume matinale. Il mit sa voiture en marche.

Gaëlle Madec le fit entrer. Elle avait revêtu une tenue de jogging. Une fois encore, Graz fut impressionné par le dynamisme qui émanait de ce petit bout de femme. Elle lui proposa un café qu'il accepta. Elle s'affaira quelques minutes dans la cuisine, puis revint au salon. Graz sortit de sa sacoche les deux exemplaires des journaux, les ouvrit et les tendit à Gaëlle. Les sourcils froncés, la jeune femme parcourut avidement les différents papiers. Quand elle eut terminé, elle lâcha simplement :

— Le salaud, il ne manque pas d'air !

— Qui ça ? demanda une voix derrière eux.

Amélie Viel se tenait appuyée au chambranle de la porte. En robe de chambre, l'avocate, les yeux lourdement cernés, n'affichait pas la même fraîcheur que son amie.

— Ségalo, répondit Gaëlle. Écoute-moi ça : « Je suis conscient que mon projet n'a pas été compris, peut-être souffrait-il d'un déficit d'explication de ma part. Avec Oceano Nox, je n'avais d'autre ambition que de doper l'économie locale, de créer de nombreux emplois, avec un investissement qui, contrairement à certaines idées reçues, s'inscrivait parfaitement dans le site. L'opposition est grande, je la prends en compte en abandonnant mon projet. Je crains simplement que le temps ne me donne un jour raison. »

— Quel fumier! jeta Amélie entre ses dents.

— Plus fort encore, poursuivit Gaëlle. « Je viens d'apprendre qu'une nouvelle tragédie a eu lieu avec l'assassinat de Michel Camenen. Celui-ci fut l'un de mes plus farouches opposants, mais s'est toujours montré loyal. Je respecte sa mémoire et présente toutes mes pensées attristées à sa famille. J'ai moi-même été touché par un drame similaire et je sais ce que l'on éprouve. Ce tragique événement pèse également dans ma décision. C'est une question de décence. »

— Faux cul! lança cette fois Amélie Viel. Tiens, sers-moi du café, j'espère qu'il est bien costaud! J'en ai besoin après ce que tu viens de me lire.

Elle s'assit près de Manuel Graz qui lui pressa le bras.

— C'était une journée à ouvrir le champagne, si ce pauvre Michel…

— Ségalo se donne le rôle du bon apôtre, joue à l'incompris et verse des larmes de crocodile après la mort de Michel! Alors qu'il veut simplement se refaire une virginité auprès du grand public! s'exclama Gaëlle.

— Et continuer à faire du fric! Dire qu'il y en aura pour gober tout ça, poursuivit Amélie en désignant les journaux étalés sur la table.

— Gaëlle, j'aimerais que tu me prépares un papier sur Ségalo et la fin de son projet Oceano Nox, intervint Manuel Graz. Je vais le contacter pour lui proposer que tu l'interviewes.

— Il refusera.

— Dans ce cas, tu prendras bien soin de l'annoncer au début de ton papier. Refuser de s'exprimer dans nos colonnes apparaîtra comme une dérobade bien paradoxale de la part d'un homme qui s'estime incompris.

Gaëlle grimaça.

— Je vais tenter le coup. J'irai voir du côté des élus, aussi. Le maire clame haut et fort qu'un tel projet n'aurait jamais pu voir le jour. Pourtant, sa position n'a pas toujours été aussi tranchée.

— Et puis, il y a le meurtre de Michel. Je me demande sous quel angle on pourrait l'aborder.

— Je ne me sens pas le courage de m'y atteler. Je ne me vois pas questionner Mado, l'importuner par mes questions. Ce dont elle a besoin, c'est de notre aide.

— Je suis d'accord avec toi. Mais nous ne pouvons rester à l'écart. Le jour où Michel est assassiné, Ségalo renonce à son projet. Il y a là une coïncidence troublante.

— Ségalo baisse les bras, mais fait supprimer son plus coriace adversaire ? interrogea Amélie Viel. Une sorte de sordide match nul ?

— Ségalo est capable de tout, mais sans doute pas de commanditer un crime, dit Gaëlle.

— J'ai assisté à des choses encore plus surprenantes depuis que j'exerce.

— Restons dans le concret, proposa Graz. N'écartons bien sûr aucune hypothèse, mais nous ne progresserons que sur des bases solides, des témoignages sûrs, des faits avérés, comme nous procédons habituellement. Gaëlle, essaie d'obtenir des renseignements du côté de la police. Ensuite, questionne les amis de Michel… ainsi que ceux qui n'étaient pas toujours d'accord avec lui. Ne nous précipitons pas. Nous ne faisons pas la chasse au scoop, ce n'est pas notre vocation. Mais nous avons soutenu le combat de Michel depuis ses débuts. Nous devons à Mado et à sa famille d'apporter tout notre possible dans la recherche de la vérité.

— Il y a une chose qui m'étonne, relança Amélie. Trois personnes, Stéphane Granier, Émilie Ravalec, puis Michel Camenen, sont assassinées selon le même mode opératoire. Cela pourrait laisser supposer qu'il existe des liens entre eux trois. Passe encore pour Granier et Ravalec, mais Michel ? Il n'appartenait pas au même monde et ne les connaissait pas.

— De cela il nous faudrait être sûrs, dit Manuel Graz.

*

La venue des deux hommes en uniforme bleu jusqu'à son domicile l'incita tout d'abord à penser qu'ils lui apportaient des informations relatives à la mort d'Émilie. Mais à sa question, l'adjudant Le Dantec répondit seulement que l'enquête se poursuivait sans qu'il soit possible de lui faire part d'un élément nouveau, « les pistes suivies devant faire l'objet de recoupements et de compléments d'investigation ».

— Dans ce cas, quelles sont les raisons de votre présence ici, à une heure si matinale ? questionna nerveusement Ian Ségalo.

— Quelques précisions que nous vous demandons d'apporter sur les enquêtes en cours. Nous sommes passés à votre domicile, hier, aux alentours de dix-sept heures, mais vous étiez absent.

— Et pour cause ! J'avais reçu des journalistes de la presse régionale. Je voulais informer le grand public de ma volonté de suspendre, ou plutôt d'abandonner, la construction de mon ensemble Oceano Nox. Nous sommes partis faire des photos, un peu plus loin sur la baie. Si vous voulez vérifier…

Ségalo désigna les exemplaires de la presse sur la table basse de son salon.

— Pour les articles, nous sommes au courant, répondit Le Dantec. Ce qui nous intéresse présentement concerne la mort de Michel Camenen.

Ségalo grimaça.

— Camenen ? Oui, j'ai appris ce qui lui est arrivé, justement par les journalistes venus m'interviewer.

— Où étiez-vous hier, en début d'après-midi ?

— Il ne me manquait plus que ça ! J'espère que vous ne me soupçonnez pas sérieusement d'avoir…

— Je répète : où étiez-vous hier, en début d'après-midi, monsieur Ségalo ?

— À quelle heure a été tué Camenen, car c'est bien de cela qu'il s'agit ?

— Aux environs de quatorze heures trente.

— Eh bien, j'étais ici, tout seul, je faisais la sieste. Depuis la mort d'Émilie Ravalec, je ne trouve plus le sommeil et j'ai de terribles coups de pompe l'après-midi.

— Michel Camenen fut un de vos adversaires déclarés par rapport à votre projet immobilier ?

— Un parmi beaucoup d'autres dans cette bande de guignols ! Mais c'était un des plus remontés, c'est vrai.

— Il avait bien repoussé votre offre d'acheter son habitation ?

— Et ce faisant, il avait laissé passer l'occasion de réaliser une bonne affaire.

— Son épouse et une ostréicultrice, Anna Pessel, ont fait état de quelques hommes qui auraient plus ou moins traîné dans le coin, il y a un an environ. Ils auraient filé Michel Camenen en voiture. Leur attitude, sans être ouvertement menaçante, était suffisamment équivoque pour que les époux Camenen y voient une tentative d'intimidation. Les deux femmes nous ont suggéré que vous pourriez ne pas être étranger à cette intervention.

Ian Ségalo se gratta la nuque, l'air pensif.

— Des hommes qui se seraient approchés de chez Camenen, dites-vous ? Non… Non, je ne vois pas… à moins… oui, c'est peut-être ça. J'avais chargé quelques techniciens d'effectuer des relevés et repérages sur le terrain. Leur mission était de courte durée. C'est probablement à ces derniers que les deux personnes que vous avez mentionnées faisaient allusion.

Ségalo eut un rire forcé et poursuivit :

— Pourtant, les Camenen n'avaient aucune raison de s'inquiéter ! Vous voyez, cet épisode est révélateur de la paranoïa qui s'était emparée de tout le secteur. Camenen, son association d'écolos et *La Tribune du Morbihan* ont tellement réussi à me diaboliser que… Eh bien, voilà le résultat !

Le promoteur, d'un geste las, désigna à nouveau les journaux.

— Fini, Ségalo ! Je les abandonne à leurs coquillages, et tant pis pour tous les gens à qui j'aurais donné du boulot !

— Monsieur Ségalo, dit Le Dantec, il nous faudrait les coordonnées de ces techniciens que vous aviez engagés pour faire ces relevés. D'autre part, avez-vous hébergé Marc Renard la nuit de vendredi à samedi ?

— Hébergé Marc Renard ? répéta Ségalo.

— Oui, Marc Renard, celui-là même qui travaillait pour vous.

— Marc est reparti pour Rennes vendredi.

— Et depuis son départ, vous n'avez pas eu de ses nouvelles ?

— Non, absolument aucune. Pourquoi me demandez-vous ça ? Il lui est arrivé quelque chose ?

*

Cette matinée dominicale n'augurait rien d'agréable pour François Colombel. Il avait eu de grandes difficultés à trouver le sommeil et, au réveil, ne se sentait pas en meilleure forme que la veille au soir. Son humeur était maussade et le crachin qui enveloppait Larmor-Plage mettait le paysage au diapason de son moral. Sa femme, Françoise, avait compris qu'ils devraient renoncer à leur sortie au restaurant. Elle connaissait suffisamment son mari pour savoir que sa lassitude était la conséquence directe de son enquête qui marquait le pas. Elle évita soigneusement de le questionner sachant qu'il détestait cela. Il n'évoquait son travail que lorsqu'il l'avait lui-même décidé. Elle sourit en pensant que quiconque le découvrirait, à l'instant, taciturne, enfoncé dans son fauteuil, croirait être en présence d'une espèce d'ours mal léché, ce qui était à mille lieues de sa véritable personnalité.

François Colombel relisait pour la énième fois le courriel que lui avait envoyé Piénel, le médecin légiste. La balle qui avait frappé Michel Camenen était identique à celles qui avaient tué Stéphane Granier et Émilie Ravalec. Piénel, avec la dérision qui était sa marque de fabrique, avait annoté la fin de son rapport d'un « Série en cours ? » qui n'avait pas amélioré l'humeur de Colombel.

La sonnerie de son portable le fit sursauter. L'adjudant Le Dantec l'appelait.

— Colombel. Quoi de neuf ?

— Nous nous sommes rendus tôt ce matin chez Ian Ségalo. Cette fois, il était à son domicile. Hier, en fin d'après-midi, il donnait une interview à la presse locale.

— Avait-il quelque chose à voir avec ces types qui rôdaillaient autour de Michel Camenen ?

— D'après lui, il s'agissait de simples prestataires qu'il avait embauchés pour faire des repérages sur le terrain. Nous avons leurs coordonnées, nous vérifierons.

— Il y avait aussi ce collègue avec qui Camenen aurait eu maille à partir ?

— Yannick Pierre. Nous l'avons également interrogé. Leur altercation avait pour origine l'implantation de naissains d'huîtres de laboratoire. Michel Camenen était totalement contre, Yannick Pierre avait une position beaucoup plus nuancée. Nous avons l'intime conviction que leur différend n'a absolument rien à voir avec la mort de Michel Camenen. Yannick Pierre, si tant est qu'il soit soupçonnable, est hors du coup. Il travaillait sur sa propre exploitation lorsque le meurtre a eu lieu. Plusieurs personnes peuvent en témoigner.

— Vous avez bien bossé.

— Merci. Hum… Il va nous falloir du renfort si l'on veut mettre en place toutes les rondes de surveillance que vous avez promises aux maires !

— Je m'en suis déjà occupé.

Colombel remercia encore Le Dantec et éteignit son portable. Songeur, il se passa le doigt sur les lèvres, avant de reprendre son portable et de composer un numéro.

— Daniel ? C'est moi, Colombel. Viens donc prendre le dessert à la maison, disons vers quatorze heures. Après, nous reprendrons l'historique des événements de la semaine par ordre chronologique.

Colombel fixa Françoise qui, à coups de stylo nerveux, faisait un sort à une grille de mots fléchés.

Elle l'interrogea du regard.

— Je me suis permis d'inviter Menotti à prendre le dessert. Tu as quelque chose à nous proposer ?

Françoise soupira.

— Je croyais que nous devions manger au restaurant ! Vu le changement de programme, je te signale que pas loin d'ici, il y a une excellente pâtisserie.

Colombel se leva et, passant près de sa femme, lui ébouriffa les cheveux de la main.

— Ce n'est plus qu'une question de semaines. Bientôt, je ne t'embêterai plus avec toutes ces histoires.

XX

Lundi 24 octobre

Selon ses estimations, il était enfermé depuis deux jours, mais de ce laps de temps il ne pouvait en être tout à fait sûr, car il s'était assoupi plusieurs fois ; au point qu'il se demandait si son cerbère n'avait pas versé quelques soporifiques dans son eau. Le jour blême, filtrant par la lucarne de son cachot, lui révélait qu'une journée supplémentaire d'emprisonnement débutait. À plusieurs reprises, il s'était égosillé dans des appels à l'aide désespérés qui n'avaient eu d'autre effet que de lui assécher la gorge et de l'irriter de plus en plus. Il en était réduit à presque souhaiter le retour de son tortionnaire. Il pourrait, pourquoi pas, l'amadouer, essayer de négocier. Cependant, cet espoir était vain, il le savait. Il avait déjà tenté, sans succès, de monnayer sa libération. Son bourreau ne le lâcherait pas. Ce type ne fonctionnait pas normalement. Comme il l'avait annoncé, il allait s'amuser avec lui. Renard avait eu un avant-goût de ces jeux et il préférait ne pas imaginer la suite. Et après lui avoir infligé toutes sortes de sévices, l'autre le tuerait.

La privation de nourriture lui déclenchait de douloureuses crampes d'estomac, et ses maigres forces, déjà entamées par le traitement qui lui avait été infligé, déclinaient. Il avait soif et prenait garde de ménager sa réserve, ne buvant qu'à petites gorgées. Il avala un peu de liquide et, brusquement, suspendit son geste. Une lueur d'espoir emballa son cœur. Comment n'y avait-il pas pensé plus tôt ? Il se força au calme, contrôlant sa respiration. Peut-être avait-il trouvé un moyen de s'évader ! C'était un pari risqué. En brisant son bol en verre, il récupérerait des morceaux pour sectionner la corde qui le retenait au mur. Mais si cette méthode se révélait inefficace, il ne lui serait plus possible de se désaltérer, il se déshydraterait peu à peu. Combien de temps pouvait-on demeurer sans boire ? Renard l'ignorait, probablement très peu. Sans plus réfléchir, il prit sa décision. Il empoigna le bol, ingurgita ce qui restait d'eau, et l'écrasa de toutes ses forces contre le mur de pierre. Le verre se brisa en plusieurs fragments s'éparpillant autour de lui.

Renard conserva entre les doigts un éclat de verre semi-circulaire. Il pivota et, de sa main libre, commença à attaquer avec rage la corde qui lui liait le poignet. Haletant, il s'arrêta pour mesurer les résultats, mais, désappointé, constata que la corde n'était qu'effilochée. Il s'acharna encore sur le lien avec toute la vigueur dont il était capable. Par moments, il tendait l'oreille, redoutant d'entendre un bruit de moteur. Désormais, un début d'entame apparaissait sur la corde.

Son bras droit commençait à le faire terriblement souffrir, il devait le laisser reposer avant de continuer son fastidieux travail de sciage. Après des efforts qui lui parurent interminables, le cordage finit par céder laissant son bras gauche retomber brutalement. Sous l'effet de la violence déployée pour couper les derniers fils de chanvre, il s'était tailladé le poignet. En sueur malgré l'humidité glaciale, il tenta de se redresser. Ses membres, ankylosés par l'immobilité forcée, se dérobaient, sa main gauche était le siège de démangeaisons qui lui faisaient venir les larmes aux yeux.

Renard s'appuya au mur, la tête lui tournait. Enfin, il se risqua à faire un pas, puis un deuxième vers ses vêtements qu'il distinguait, dispersés face à la porte. Il se sentit un peu plus solide sur ses jambes et, avec des gestes lents, se rhabilla. Il frotta son poignet meurtri contre le pan de sa chemise. Le sang suintait encore, mais la blessure ne paraissait pas profonde. Il s'approcha de la porte, tourna la poignée, sans illusions. Elle était verrouillée et Renard ne disposait d'aucun moyen pour la forcer. Il réfléchit à sa situation. Il pouvait attendre le retour de l'homme et, jouant de l'effet de surprise, le bousculer et s'enfuir. Mais, dans son état de faiblesse, l'autre le rattraperait sans mal. Quant à l'affronter physiquement, il n'y fallait pas songer.

Marc Renard leva les yeux vers le soupirail. Se hissant sur la pointe des pieds, il tenta, sans résultat, d'amener à lui les deux targettes qui le maintenaient fermé. Il n'avait pas dû être ouvert depuis longtemps, et la rouille devait bloquer le mécanisme. Renard retira une de ses chaussures et, la saisissant par le bout, en assena un coup violent sur le vasistas.

À son troisième essai, celui-ci explosa. Renard s'appuya à nouveau contre la muraille, reprenant son souffle. Aux aguets, il se figea. Il lui avait semblé entendre le bruit d'un engin motorisé. Il demeura quelques secondes sans bouger, mais le silence régnait ; ses sens, aiguisés par la terreur d'être surpris, l'avaient probablement abusé. Utilisant toujours sa chaussure, Renard nettoya le pourtour du soupirail des éclats de verre subsistants. Il posa ses deux mains en appui sur le rebord et essaya de se soulever. Mais sa main gauche était encore trop engourdie et il retomba sur le sol. Il l'ouvrit, la referma plusieurs fois pour activer la circulation sanguine. De longues minutes s'écoulèrent avant que les fourmillements ne s'estompent. Renard examina la surface du mur. Une des pierres était disjointe à une cinquantaine de centimètres du sol. Il y posa le pied et, s'en servant comme d'un maigre, mais malgré tout utile support, il parvint cette fois à engager la tête à travers l'ouverture. Il déchanta. Celle-ci était trop étroite et ne lui permettrait jamais de laisser passer son corps en totalité. Il se laissa choir. Le découragement le reprit à la perspective que la seule issue résidait en une bagarre avec son geôlier. Pourtant, il ne fallait pas qu'il baisse les bras. L'autre encagoulé l'avait nargué, maltraité, brutalisé, il n'était pas question de l'attendre en victime.

Renard, du regard, fit le tour de son cachot. Hormis la timide lueur provenant du soupirail, le restant était plongé dans l'obscurité. Cela valait la peine d'en explorer les limites. Il longea le mur en tâtonnant des doigts. Au bout d'un moment, ses mains ne rencontrèrent que du vide. La muraille se creusait en ce qu'il prit tout d'abord pour une sorte de fissure. En fait, il s'agissait d'une ouverture qui se révéla assez large pour le passage d'un homme. Il s'y engouffra et se retrouva dans une autre pièce murée. Sur sa gauche, il découvrit avec surprise une échelle en bois qui pouvait mener à un grenier. L'espoir d'une délivrance peut-être imminente s'empara de lui. Il gravit un à un les barreaux de l'échelle. À mesure qu'il montait, l'obscurité diminuait, et lorsqu'il parvint au faîte, la lumière du jour filtrait par une porte-fenêtre. Il souleva le loquet qui la fermait et, après quelques ébranlements, elle s'ouvrit. Renard se pencha, il se trouvait à environ trois ou quatre mètres d'un sol tapissé de fougères. Avec des gestes précautionneux, il s'agrippa aux rebords de la porte-fenêtre avant de se laisser tomber. Au contact de la terre, ses jambes se dérobèrent et il roula sur lui-même. Le choc avait réveillé la douleur derrière sa nuque et Renard resta quelques instants sur le dos, les yeux au ciel. Respirant par larges saccades, il récupéra lentement l'énergie nécessaire pour s'enfuir. Il ne devait pas traîner. L'« autre » pouvait surgir à n'importe quel moment.

Se redressant, il constata qu'il était au milieu d'une petite clairière bordée de châtaigniers. Il n'avait aucune idée de l'endroit où il se trouvait. Il fit le tour de la grange. Des sillons creusés par des pneus étaient visibles. Son bourreau avait donc réellement utilisé une moto. Il décida de suivre les traces à rebours, au moindre vrombissement, il se tapirait dans le sous-bois. Ses pas le menèrent à un étroit passage entre les arbres pouvant permettre à une moto de s'y faufiler. Les empreintes de pneus demeuraient apparentes, elles le conduiraient sans doute jusqu'à un chemin carrossable ou une route. Il progressa ainsi, interrompant sa marche pénible à plusieurs reprises. Il s'arrêta soudain. Au loin, il venait de reconnaître, s'amplifiant puis régressant, le bruit d'une voiture, signe qu'il approchait d'une voie de circulation. De fait, les fourrés et la futaie se clairsemèrent progressivement et il aperçut droit devant lui l'asphalte d'une route.

Marc Renard hésita sur la direction à suivre. S'il avait reconnu le bruit du passage d'une voiture, c'est que la voie devait être, de temps à autre, fréquentée. Il choisit de rester sur place.

Il n'eut pas longtemps à attendre. Face à lui, une voiture grise se présentait. Renard se plaça au milieu de la route, bras écartés. La voiture freina, mais, parvenue à sa hauteur, fit un brutal écart pour le contourner et accélérer en poursuivant son chemin. Renard maudit intérieurement le conducteur avant de se retourner, car un autre véhicule arrivait. L'Opel ralentit son allure jusqu'à stopper à quelques mètres de lui. Il s'approcha, tandis que la jeune conductrice abaissait sa vitre. Renard se pencha vers elle.

— J'ai été victime d'un accident. Ce serait sympa de me conduire jusqu'à la localité la plus proche.

La femme le dévisagea, porta la main à son visage, puis poussa un cri étouffé avant d'embrayer et d'abandonner Renard au bord de la route. Cette fois, c'est à voix haute qu'il lâcha une flopée de jurons. Il reprit sa route, conscient qu'avec son faciès barbu et balafré, sa chemise tachée de sang et ses vêtements crottés de boue, il fallait disposer d'un bon capital d'empathie pour le prendre en stop. Durant de longues minutes, il se traîna le long de la chaussée sans plus croiser de voiture, angoissé à la pensée que l'homme à la moto pouvait surgir à tout moment. Pour ajouter à son infortune, une pluie froide lui tenait à présent compagnie et il commença à claquer des dents. Enfin, derrière lui, un ronflement de moteur s'amplifia, une camionnette jaune venait à lui. À nouveau, il se tint au milieu de l'asphalte, agitant les bras. Le véhicule postal freina et se gara sur le bas-côté. Renard vint se placer du côté du conducteur, un homme entre deux âges à l'allure débonnaire.

— Je sais que je ne suis pas très présentable, attaqua Renard d'une voix précipitée. J'ai eu un accident.

— Ça m'en a tout l'air, vu votre aspect, répondit le postier. Mais où est votre voiture ?

— Heu… Je l'ai laissée à Coët-a-Tous. Je vais vous poser une question idiote : où sommes-nous ?

L'homme observa Renard, l'air perplexe.

— Moi, je vais vers le Rosnual pour rejoindre la route de Carnac.

Renard ferma les yeux, incrédule. Il n'était donc qu'à quelques kilomètres de Coët-a-Tous, là où il avait garé sa voiture, le samedi matin, avant son agression.

— J'ai une autre question aussi bête : nous sommes bien lundi ?

— Jusqu'à ce soir minuit.

— Puis-je monter avec vous ? demanda Renard.

Le postier, scrutant Renard comme un spécimen débarquant d'une autre planète, prit son temps avant de le questionner à son tour.

— Vous allez où ?

— À la sortie de Plouharnel, en direction de Quiberon. J'ai un ami dans le secteur.

— Moi, je m'arrête à Carnac. Je peux vous avancer.

Renard fit le tour de la camionnette et s'installa côté passager.

— Je vais dégueulasser votre siège, dit-il.

— Pas grave, on nettoiera.

— Dites… Avez-vous un téléphone portable ?

L'homme acquiesça.

— Puis-je vous l'emprunter ? Juste pour deux appels.

— Bon, allez-y. À circonstances exceptionnelles…

— Merci.

Marc Renard composa le numéro de son agence à Rennes. Presque aussitôt, la voix d'Alexia Ropart retentit.

— Agence Renard ! Alexia Ropart !

— Alex ! C'est moi, Marc.

— Marc ! Mais où es-tu ? Ça fait trois jours que je te cherche, impossible de te joindre sur ton portable ! Tu as eu un accident ? Tu es malade ? J'ai prévenu la gendarmerie de ta disparition ! Et puis…

Marc Renard l'interrompit.

— Je ne peux pas t'expliquer maintenant, ce serait trop long. Je te rappellerai plus tard. Je veux simplement que tu me donnes le numéro de Ian Ségalo. Je ne m'en souviens plus.

— Le numéro de Ian Ségalo ? Oui, une minute, je regarde dans mon calepin. Mais dis-moi, comment vas-tu ?

— Ça va, ça va, ne t'inquiète pas ! Je t'en prie, ne pose plus de questions. Le temps presse.

Alexia Ropart lui communiqua le numéro du téléphone fixe de Ségalo. Renard la remercia, puis composa l'indicatif. Par chance, celui-ci était à son domicile.

— Ian, c'est Marc, oui, Marc Renard ! J'ai besoin de toi. J'ai eu un accident, si tu pouvais venir me récupérer…

Renard regarda le postier.

— Je peux vous laisser à Carnac.

— Non, je préfère un endroit plus retiré.

— Bon alors, près du Nignol, par exemple, proposa le postier en soupirant. Sur le terre-plein, à proximité du bar et des hangars.

Renard fit oui de la tête et remit le portable à l'oreille.

— Ian, tu me trouveras au Nignol, sur la route d'Auray. Tu vois où c'est ? OK. Merci à toi.

Il rendit le téléphone à son propriétaire. L'homme bougonna et mit son véhicule en route.

— Vous vous êtes fait agresser ?

— Qu'est-ce qui vous fait dire ça ?

— Ben, c'est votre balafre sur la joue…

— Merci de vous être arrêté. Avant vous, deux automobilistes ont stoppé, puis redémarré à toute allure en me voyant.

— Faut dire que… enfin, je ne voudrais pas me montrer désagréable, mais lorsque je vous ai aperçu au milieu de la route les bras écartés, j'ai cru avoir affaire à un épouvantail !

L'homme pouffa et ils roulèrent en silence. Parvenu à un carrefour, le véhicule tourna sur la droite, puis s'arrêta au bout d'une centaine de mètres.

— Voilà, le Nignol, c'est en face !

— Merci encore, dit Renard en descendant de la camionnette.

Le conducteur eut un geste d'adieu et, après un demi-tour, prit la direction de Carnac.

*

Ian Ségalo stoppa son coupé 407 à hauteur de Marc Renard, puis ouvrit la portière côté passager.

— Je t'ai connu plus fringant ! Je te croyais reparti à Rennes ?

— Un impondérable !

— Ça m'en a tout l'air. Où veux-tu que je te conduise ?

— Chez toi, si ça ne te dérange pas. J'ai besoin de manger et de me laver.

— Je ne pensais pas qu'on se reverrait si tôt.

Ségalo démarra et les deux hommes n'échangèrent plus une parole. De temps en temps, Ségalo lançait un coup d'œil furtif vers Renard, tassé sur son siège, les yeux clos. Une vilaine cicatrice lui balafrait la joue.

— Nous sommes arrivés, annonça Ségalo, touchant le bras de Marc Renard.

Ce dernier cligna des yeux, l'air égaré, avant de prendre conscience de l'endroit où il se trouvait.

— Ça va aller ?

Renard hocha la tête et tous deux se dirigèrent vers la grande bâtisse blanche.

Avant même de s'être lavé et d'avoir revêtu les vêtements propres prêtés par Ian Ségalo, Marc Renard engloutit les victuailles rapidement préparées par son hôte. Il se sentait un peu mieux, toujours fatigué, mais immensément soulagé d'avoir échappé à la folie meurtrière de son geôlier. Il rejoignit Ségalo au salon. Accroché à son téléphone, celui-ci semblait particulièrement remonté.

— Non, non, mille fois non ! Vous m'avez cassé les pieds pendant des mois, ne comptez pas sur moi pour remplir une fois encore les colonnes de votre torchon ! Et contribuer à vous faire gagner du fric, en plus ! Dans quelle langue faut-il vous le dire ?

Il reposa brutalement le combiné.

— Merde ! C'était Graz, le directeur de *La Tribune du Morbihan*. Cet enfoiré ne manque pas de culot ! Il me demandait une interview. Connard ! S'il me croit assez barge pour lui faire ce plaisir !

Il mit fin à sa logorrhée et examina Renard.

— Te voici présentable, apprécia-t-il. Et cette balafre te donne l'air plus viril.

Renard haussa les épaules et s'assit.

— Je te remercie pour tout, surtout que je n'ai pas été très sympa avec toi l'autre jour.

Ségalo eut une mimique d'indifférence.

— Marc, je sais que tu cultives le goût du mystère, mais je n'aurai rien contre le fait que tu m'expliques ce qui t'est arrivé !

À son tour, Renard dévisagea Ségalo. Il lui devait bien ça. Sans lui, vers qui aurait-il pu se tourner ? Léa, peut-être ? Non, pas question de l'embêter avec ses problèmes. Il lui fit une narration complète des événements, depuis son agression à Coët-a-Tous jusqu'à leurs retrouvailles au Nignol.

— Bon Dieu ! Quelle histoire ! s'exclama Ségalo quand Renard eut fini son récit. Qui a pu t'attaquer ? Il fallait qu'il ait une sacrée dent contre toi !

— Je n'en ai vraiment aucune idée, répondit le détective. C'est incompréhensible. Je n'ai pas un début d'explication. Et il fallait que le type connaisse mon numéro de portable pour m'adresser son message. Or, ici, il n'y a que toi qui le possèdes.

Renard scruta un instant Ségalo puis détourna les yeux.

— Tu vas aller voir la police ? demanda ce dernier.

— Oui, je crois que je ne peux y échapper.

— Tu vas être bien reçu ! Il ne leur manquait plus que ton affaire ! Un troisième meurtre a été commis, mais, bien sûr, tu ne dois pas être au courant. Après Granier et Émilie Ravalec, un type du coin, un ostréiculteur, s'est fait flinguer.

Ce fut au tour de Ségalo de renseigner Renard.

— C'est complètement dingue, conclut-il. Il ne peut s'agir que d'un fou furieux qui tire au hasard. Les gens d'ici commencent à avoir sérieusement la trouille.

— Les flics n'ont aucune piste ?

— Puisque tu vas les voir, tu n'auras qu'à les interroger, ricana Ségalo.

— Il faut que j'appelle Alex, mon associée à Rennes. J'ai besoin d'elle pour récupérer mes papiers.

Ségalo eut un geste vers le téléphone, posé sur une tablette près de l'entrée.

— Elle m'a téléphoné samedi dernier. Elle se demandait où tu pouvais bien être et s'inquiétait.

Renard se leva, affichant un rictus de douleur. Ses membres engourdis le faisaient toujours souffrir. Alexia Ropart répondit dès la seconde sonnerie. Renard devina son impatience. Il lui fit un récit similaire à celui qu'il venait de relater à Ségalo et répondit, autant qu'il le put, à ses nombreuses interrogations.

— Non, Alex, il est inutile que tu viennes. Ce dont j'ai besoin, c'est que tu envoies par courriel la photocopie du double de mes papiers d'identité et de mon permis de conduire. Je suis dans l'obligation de m'en faire établir de nouveaux, ainsi qu'une carte de crédit… Je suis désolé, je ne sais pas quand je rentrerai. Je dois récupérer ma voiture et porter plainte. Ne t'inquiète pas, ce ne devrait pas être long.

Après avoir encore tenté de rassurer son associée, Renard raccrocha et revint près de Ségalo.

— Tu me conduiras au poste de gendarmerie ?

— Je n'ai pas vocation à faire le taxi. Je te propose ma camionnette Ford. Je te passerais bien la 407 ou la Jaguar, mais avec la vie que tu mènes, tu vas me les ramener en pièces détachées. Tiens, voici les clés, tu trouveras la fourgonnette derrière la maison, près du chenil.

— Heu… J'aurais besoin de t'emprunter un peu de liquide en attendant de récupérer ma carte Visa.

Ségalo eut un large sourire et sortit trois billets de deux cents euros de son portefeuille. Il les remit à Renard.

— Tu ne me demandes plus si mon compte est provisionné ?

Renard se mordit les lèvres.

— Encore une fois, merci pour tout, Ian. Je te revaudrai ça. Et… au fait… ton projet ? Où en est-il ?

— À l'eau, Marc ! Noyé dans la baie avant même que la première pierre n'ait été posée. J'arrête Oceano Nox. Beaucoup de choses ont changé pour moi depuis la mort de Miel. C'est fou comme elle me manque. C'était comme par osmose, elle me communiquait sa force, son énergie. Alors, oui, je laisse tomber. Seul contre tous, le combat est inégal.

Renard fit signe qu'il comprenait et se dirigea vers la porte, mais Ségalo l'interpella :

— Un instant, Marc ! Tu as une mine de déterré. Repose-toi donc quelques heures. Après, seulement, tu pourras aller à la gendarmerie.

Renard s'arrêta, la main sur la poignée de la porte d'entrée.

— Oui. Peut-être as-tu raison. Je vais d'abord essayer de dormir et on verra ensuite.

XXI

Lundi 24 octobre

François Colombel abandonna, tôt dans l'après-midi, son bureau de Lorient après avoir prévenu Ian Ségalo qu'il désirait lui rendre visite. Il souhaitait aborder certains points concernant les meurtres de Carnac et Plouharnel. Le promoteur, pas spécialement enchanté de sa venue, l'avait quand même assuré de sa présence à son domicile. Colombel avait passé une partie de la matinée avec le procureur, Brindhomme. Celui-ci, comme à son habitude, s'impatientait devant une enquête qui ne débouchait « sur rien, en dépit des moyens mis à votre disposition ». Colombel imputait la nervosité du procureur, plus tangible encore que de coutume, au point presse qu'il s'était engagé à tenir en fin d'après-midi. Brindhomme devrait s'en tenir à des formules toutes faites du type :

« Notre enquête progresse grâce à de nouveaux indices dont nous sommes en train de vérifier la fiabilité… mais je ne peux vous en dire davantage pour le moment. » Cela ne suffirait évidemment pas à calmer l'ardeur des journalistes. La presse nationale s'était désormais emparée des triples meurtres et ses unes rivalisaient dans le superlatif : « Le *serial killer* frappe à nouveau », « Carnage à Carnac », « La population prise pour cible par un tireur fou ». Les journaux télévisés de la mi-journée et du soir n'étaient pas en reste et ouvraient aussi sur ce triptyque mortel. Les diverses interviews auprès de la population locale étaient soigneusement sélectionnées dans le but évident de n'en retenir que les plus pittoresques. Ainsi Colombel avait-il entendu une brave femme, sur le marché de Carnac, demander « à qui le tour ? » et un couple, répondre à travers sa porte à peine entrouverte : « Nous avons fait des provisions et nous ne sortirons que lorsque tout cela se sera calmé. »

Ses relations avec le procureur n'avaient jamais été faciles sans que Colombel en sache la raison. Question de caractère, sans doute. Pourtant, en ces circonstances difficiles, l'important était de faire bloc. Jusqu'à son successeur qui lui avait jeté que c'était encore son affaire… Colombel eut l'impression désagréable que certains ne seraient pas mécontents de le voir échouer dans sa dernière mission. Ben quoi ! Il était fatigué, le pauvre Colombel ! Il était temps qu'il tire sa révérence ! Il se traita aussitôt de parano. Son naturel méfiant exagérait probablement la portée des réflexions glanées ici ou là.

À la vérité, il ne s'était jamais senti aussi démuni que face à ce triple assassinat. Sa conviction que Ian Ségalo était au cœur de l'affaire ne reposait sur rien de concret, sinon que le promoteur connaissait les trois victimes. La veille, en compagnie de Menotti, il avait épluché les différents procès-verbaux d'interrogatoire. Vraisemblablement, Ian Ségalo était hors de cause. La visite de Colombel relevait donc plus de l'instinct que d'un cheminement déductif.

Il repéra sur sa droite l'imposante demeure blanche du promoteur et s'immobilisa sur le bas-côté, le long du mur d'enceinte, lui aussi immaculé. Une camionnette, avec un seul occupant, franchissait la grille. Colombel laissa le véhicule s'engager sur la route et marcha vers la résidence, près de laquelle un coupé 407 était garé. D'emblée, elle lui parut tape-à-l'œil et prétentieuse, mais peut-être était-il victime d'un a priori défavorable. Ce qu'il savait des projets de l'individu sur la baie n'inclinait pas à le lui rendre sympathique.

Colombel sonna à la porte d'entrée qui s'ouvrit aussitôt. Le commandant déclina son identité, présenta sa carte, et Ségalo l'invita à entrer. Tous deux prirent place dans le salon.

À l'offre de Ségalo de se désaltérer, Colombel opposa un refus poli. Il remarqua les nombreux trophées de chasse et ressentit à nouveau la même impression de fatuité qu'en découvrant la maison. Il pensa brièvement à celle qu'il espérait s'offrir, bientôt, à Étel. Rien à voir avec ce clinquant ostentatoire. Ségalo l'arracha à ses considérations.

— Vous savez, j'ai été interrogé un nombre incalculable de fois ! Les gendarmes se sont encore pointés chez moi pas plus tard qu'hier. Je ne vois pas ce que je peux vous apprendre de neuf.

Colombel considéra le promoteur. Un fils à papa qui n'avait jamais eu à se préoccuper du lendemain.

Encore jeune, mais déjà l'amorce de pattes d'oie au coin des yeux. Faussement décontracté. Il désigna les têtes de cervidés et une hure de sanglier fixées au mur.

— Vous devez être bon tireur si j'en juge par ces trophées ?

Ségalo se contenta de marmonner une sorte d'acquiescement. Colombel croisa les jambes et s'enfonça confortablement dans son fauteuil.

— Bon. Parlons de Michel Camenen.

— Quoi encore avec Camenen ?

— Il ne vous appréciait pas beaucoup et vous le lui rendiez bien.

— Eh ! Vous n'allez pas me mettre son meurtre sur le dos ?

— Est-ce que j'ai dit quelque chose de ce genre ? Monsieur Ségalo, il y a un an, vous avez engagé des hommes. Pendant une dizaine de jours, plusieurs personnes, prêtes à en témoigner, les ont vus aller et venir près de la maison de Michel Camenen. Sa femme nous a même dit que son mari avait été l'objet d'une filature en voiture. Vous avez indiqué à mes collègues que leur présence se justifiait par des reconnaissances sur le terrain. Des sortes de géomètres, en quelque sorte ! Bien. Nous avons fait des recherches, puisque vous avez eu l'obligeance de nous communiquer les coordonnées de vos prestataires. L'un d'entre eux est à l'étranger, au Brésil, nous n'avons pu le joindre. Par contre, nous avons retrouvé les deux autres. (Colombel consulta un carnet.) Un Tchèque, Milan Radec, et un Français, Sébastien Gouache. Tous deux ont reconnu avoir travaillé pour vous, mais pas vraiment pour effectuer des repérages. Ils avaient plutôt pour mission de surveiller Michel Camenen, de « lui coller aux fesses », selon leur propre expression, et si possible de l'impressionner, mais sans jamais entrer en contact direct avec lui. Une sorte de harcèlement sournois, insidieux. Qu'en dites-vous ?

Colombel vit Ian Ségalo déglutir, puis serrer les dents.

— Il faut replacer les choses dans leur contexte, finit-il par dire. Il y a un an, j'étais victime d'une attaque en règle de la part de la presse et de groupes écologistes qui avaient pris fait et cause pour Camenen et sa clique de bouffeurs d'huîtres ! Je subissais attaque sur attaque, notamment dans ce putain de canard, *La Tribune du Morbihan*. *La Tribune* ! Plutôt un tribunal, qui m'avait condamné sans appel ! Presque toutes les semaines, j'avais droit à une manif, jusque devant chez moi. Manifs bon enfant, selon la presse. Tu parles ! J'ai eu droit à des dépôts de varech puant sur le pas de ma porte. J'ai même retrouvé ma voiture taguée ! Alors, je vous le demande, moi : qui était harcelé ? Camenen ou Ségalo ? J'ai eu la trouille que cela ne dégénère davantage, qu'ils s'en prennent physiquement à moi. Oui, j'ai fait venir trois types pour me protéger et surveiller Camenen qui était l'artisan de cette cabale. Mais ils ne sont pas restés bien longtemps.

— Jusqu'à ce que la presse locale signale leur présence et que vous preniez conscience que cela risquait de vous desservir encore davantage auprès de l'opinion publique.

— J'en ai rien à foutre de l'opinion publique.

— Ce n'est pas ce que vous venez de raconter dans les journaux.

— Disons qu'à l'époque, j'en avais rien à foutre.

— Pourquoi ne pas nous avoir immédiatement dit la vérité sur ces hommes, plutôt que de nous parler de prétendus repérages sur le terrain ?

— Parce que c'étaient des repérages… au sens large, répondit Ségalo d'un ton railleur.

— Monsieur Ségalo ! Ne jouez pas sur les mots. Une telle tentative d'intimidation pourrait vous coûter très cher.

— Vous voyez, vous aussi, vous leur donnez raison ! s'exclama le promoteur, soudain rouge de colère. Vous êtes tous dans le même camp !

— Je ne suis d'aucun camp. Je cherche tout simplement la vérité ! martela Colombel, haussant le ton. Cela devrait vous intéresser au premier chef, non ?

— Bien sûr ! Je n'ai qu'une envie, c'est que vous mettiez la main sur celui qui a tué Émilie, dit Ségalo d'un ton exaspéré.

— Vous connaissiez Stéphane Granier, la première victime de cette série de meurtres ?

— Ça aussi, je l'ai déjà dit, répondit Ségalo, toujours sur le mode de l'agacement. Je l'avais croisé à l'occasion de soirées.

— C'est en vous croisant qu'il vous a dit être intéressé par votre nouveau projet ? Au point de mettre une option sur un des futurs appartements.

— Oh ! Il n'y avait encore rien d'officiel.

— Vous saviez également qu'il faisait partie des relations de celle qui devait devenir votre compagne ?

— Évidemment. Ils devaient jouer au tennis ensemble.

— Regardez ça.

François Colombel ouvrit son portefeuille et en sortit la photo prise au séminaire de La Baule.

Il la présenta à Ségalo.

— La Baule, septembre 2009. Séminaire de chirurgie plastique, dit-il en guettant la réaction de Ségalo du coin de l'œil. Votre future compagne et Granier ont l'air de bien s'entendre. Vous fréquentiez déjà Émilie Ravalec à cette époque ?

— Qu'est-ce que vous appelez « fréquenter » ? Si je la connaissais, oui, je l'avais vue au resto de son mari. Si on avait couché ensemble, non. Où voulez-vous en venir ?

— C'est que... Je repense aux déclarations de Jean Bérot, l'ex-mari d'Émilie Ravalec. Il vous soupçonnait d'avoir entretenu des relations avec sa femme avant que leur divorce ne soit prononcé. Or, selon vous, ce n'est qu'après ce divorce que vos relations ont débuté. Mettons que vous ayez raison.

— Mais oui, je suis quand même capable de m'en souvenir ! Ou alors, faut inscrire débile, là-haut.

Il pointa l'index sur son front.

— Dans ce cas... On peut faire dire beaucoup à une simple photo. Mais plusieurs témoignages concordent pour nous indiquer que Stéphane Granier était très intéressé par Émilie Ravalec. Admettons qu'il se soit passé quelque chose entre eux avant votre rencontre. La liaison que son mari lui soupçonnait d'entretenir avec vous serait en fait une liaison avec Granier. Ensuite, vous rencontrez Émilie Ravalec, mais celle-ci ne rompt pas avec Granier. Pour quelqu'un qui, comme vous, tombe éperdument amoureux, ce serait terrible d'apprendre que l'élue de son cœur continue à fricoter avec un autre. Cela pourrait déclencher de mauvaises pensées...

— Stop ! Là, vous n'avez pas le droit ! Je vous ai reçu pour vous permettre d'éclaircir « certains points », pas pour me faire accuser de je ne sais quoi. Pour ça, j'attends une convocation en bonne et due forme, pourquoi pas une mise en examen tant que vous y êtes ! En tout cas, je vais tout de suite consulter mon avocat. Pour l'instant, je n'ai plus rien à vous dire.

— Qu'en est-il de votre situation financière ?

— Je croyais avoir été clair ! Je ne répondrai plus à une seule de vos questions. D'autant que vous vous êtes renseigné avant de venir. Inutile que je vous confirme ce que vous savez déjà.

Ian Ségalo, le regard noir, se leva. Colombel l'imita.

— Eh bien, je vous remercie néanmoins de votre accueil. Quant à recourir aux services d'un avocat, à votre place, j'attendrais un peu. Ces gens-là sont assez chers. Dans votre situation, j'y regarderais à deux fois, surtout si vous n'avez rien à vous reprocher.

*

Irrité, Colombel reprit son véhicule garé devant le mur de la propriété de Ian Ségalo. Malgré ses provocations, ses questions à brûle-pourpoint, certaines relevant du domaine de la vie intime, Ian Ségalo n'avait rien révélé qu'il ne sût déjà. Colombel ne croyait pas sérieusement à sa culpabilité, mais il avait espéré que le promoteur lâcherait au cours de leurs échanges un élément inédit concernant l'une des trois victimes. Mais l'homme était un habitué des joutes verbales, Colombel le sentait assez habile pour, même sous la pression, dissimuler des faits gênants.

L'après-midi n'était pas très avancé. Il décida de revisiter les scènes de crime avant de rejoindre son bureau lorientais. Il traversa Plouharnel, puis s'engagea sur la route sinuant vers le Pô et les champs d'huîtres. Succédant à la pluie du matin, le soleil pointait à travers des échancrures nuageuses, l'obligeant à plisser les yeux quand il se mirait dans les flaques d'eau du macadam. L'océan, à sa surface, scintillait d'une myriade d'éclats luminescents. Il regretta de ne pas avoir pris ses lunettes de soleil. Il parvint aux exploitations ostréicoles, ralentit devant le domaine des Camenen. Les volets étaient clos, l'établissement semblait fermé. Colombel continua son chemin, passa devant L'Odyssée. Quelques voitures étaient garées sur le parking, de l'autre côté du restaurant. Au carrefour de la Croix-des-Émigrés, il prit la route de Saint-Colomban et suivit la plage. Malgré le vent favorable, les habituels véliplanchistes et autres adeptes du kite étaient absents. Puis il longea Ty-Bihan, là où, quelques jours auparavant, Émilie Ravalec, courant sur le sable, avait été foudroyée. Il poursuivit vers la plage de Légenèse. Si fréquentée en plein été en raison de son exposition la protégeant des vents de noroît, elle était aussi déserte que sa voisine de Ty-Bihan. Les gens ont peur, songea Colombel, peur de ce dingue qui tue au hasard. Au hasard ? Il ne parvenait toujours pas à y croire.

Il lui restait à rejoindre les terrains de tennis où Stéphane Granier avait inauguré cette série tragique. Le Tennis-club des Menhirs était installé au bourg de Carnac, au sein de l'ensemble sportif. Colombel gara sa voiture le long des grillages des terrains inoccupés. C'est là que tout avait commencé. Colombel se représenta la scène. Capet, dos au tueur, attendant que Granier lui envoie la balle. Granier qui s'effondre, touché en plein front. De l'avis général, le tireur avait bénéficié de circonstances très favorables. Pas si sûr. Il avait forcément planifié son crime, prévu de quelle façon s'enfuir. Il avait mis à profit l'agitation qui avait succédé à son coup de feu, l'attention des personnes présentes étant concentrée sur le terrain où Granier s'était écroulé et où Capet hurlait pour réclamer du secours. Colombel avait lu de nombreux rapports relatifs à des attentats terroristes. Lorsqu'il ne s'agissait pas d'attentats suicides, leurs auteurs parvenaient parfois à s'éclipser, devenus quasi invisibles dans le brouhaha et la confusion. Terroriste ? Un personnage accomplissant un acte de violence pour créer un climat d'insécurité, de peur. C'était bien le cas ici. Le tueur cherchait à semer la panique, mais dans quel but ? La réponse à cette question le conduirait au coupable. Telle était sa conviction.

Il redémarra, se demandant s'il s'arrêterait à la gendarmerie de Carnac. Elle se trouvait justement sur sa route pour regagner Lorient. Les collègues devaient être sur les dents. Il estima sa visite inutile, n'ayant pas d'éléments nouveaux à leur apporter.

À hauteur de la gendarmerie, il changea pourtant d'avis. Il apercevait un véhicule utilitaire Ford, stationné à proximité du poste.

Son instinct lui souffla qu'il s'agissait de la même camionnette que celle croisée au moment d'entrer chez Ian Ségalo.

*

Colombel pénétra dans les locaux. Le caporal en faction l'informa que l'adjudant Le Dantec était saisi d'un dépôt de plainte. Colombel frappa à sa porte et attendit d'être invité à entrer. Le Dantec était à son bureau, un homme assis face à lui, tournant le dos. Dans un coin, une jeune gendarme avait ouvert un ordinateur portable. Daniel Menotti se trouvait présent lui aussi, un peu à l'écart, mâchonnant un chewing-gum.

— Continuez. Ne vous interrompez pas à cause de moi, dit Colombel.

— Nous commencions tout juste. Nous enregistrons une plainte pour vol de véhicule et… également pour enlèvement et séquestration, l'informa Le Dantec.

— Enlèvement ?

Colombel contourna le bureau et vint se placer à côté de l'adjudant.

Vu de face, l'homme, plutôt grand, paraissait avoir entre trente et quarante ans. Une vilaine cicatrice lui barrait la joue gauche.

— Marc Renard, dit Le Dantec à l'intention de Colombel.

— Est-ce l'homme dont vous m'avez entretenu samedi soir, avant notre rencontre avec les élus ?

Le Dantec acquiesça.

— Un enquêteur privé, ajouta Menotti.

Colombel questionna Renard.

— Êtes-vous le propriétaire de la camionnette Ford garée à l'extérieur ?

— Non. On me l'a prêtée.

— J'ai croisé la même, il y a une heure environ, sortant d'une propriété à Plouharnel.

— C'était moi.

— Vous veniez de chez Ian Ségalo. Est-ce lui qui vous a fourni ce véhicule ?

— Exact. C'est justement ce que j'allais vous raconter. Ian Ségalo a recouru à mes services.

Renard relata les circonstances de son arrivée dans le Morbihan et la nature du travail que lui avait confié Ségalo.

— J'ai considéré que mon boulot était terminé ; je m'apprêtais à rentrer à Rennes lorsque j'ai reçu un texto.

Tandis que la gendarmette enregistrait sa déposition, Renard fit un récit complet depuis son agression à Coët-a-Tous jusqu'à son emprisonnement, sa fugue et son retour chez Ségalo. Lorsqu'il eut terminé, un lourd silence enveloppait la pièce. Les gendarmes échangeaient des regards où la perplexité le disputait à la défiance.

— Extravagant ! Difficile à croire ! s'exclama Menotti, rompant le silence.

Renard se tourna vers le lieutenant.

— Je ne demande pas mieux que de vous apporter les preuves. Allons sur place.

Colombel vit Menotti hausser les épaules. Le Dantec tenait entre ses mains la déposition de Renard.

Ce qui intriguait Colombel au plus haut point, c'est que ce type faisait partie lui aussi de la galaxie Ségalo. Il n'avait pas l'air d'un mythomane.

— On y va, décida Colombel. Daniel, tu viens aussi.

— Il vous faudra l'aide d'un serrurier, dit Renard. La porte sera fermée à clé. Mais si vous disposez d'une échelle, il sera possible d'entrer par l'ouverture à l'étage.

— Nous allons prendre le camion, répondit Le Dantec tout en tendant un stylo à Renard pour qu'il paraphe sa déclaration.

— Juste une chose, dit celui-ci. Où pourrai-je récupérer ma voiture ?

— Elle a été envoyée à la fourrière d'Auray.

— Et tous les frais sont à ma charge ?

— Évidemment, c'est vous le propriétaire, dit Le Dantec.

— J'ai hâte de présenter la facture à qui de droit, grogna Renard entre ses dents.

Le Dantec invita Renard, Colombel et Menotti à le suivre. Menotti lui fit signe qu'il passait, au préalable, un appel depuis son portable.

— Allô ! Léon ? C'est Daniel ! Daniel Menotti. Cherche tout ce que tu peux trouver sur un dénommé Marc Renard, détective privé ! Son agence est située rue Dupont-des-Loges, à Rennes. Moi, je pars à la campagne. Tu me rappelles dès que tu as quelque chose. Oui, Renard, comme l'animal ! Quoi, quoi, guilé ?

— Narguilé, répondit Léon Bérard, Renard-guilé !

Menotti jura et mit fin à la communication. Sans en comprendre les raisons, la gendarme le vit porter un index à sa tempe, tandis qu'au pas de course il rejoignait le camion de gendarmerie.

XXII

Sur les indications de Marc Renard, ils abandonnèrent la route d'Auray pour la direction du Moustoir. Au bout d'un kilomètre, Renard, assis à l'avant près de Le Dantec, fit signe de ralentir. Peu après, il montra une brèche, à travers les arbres.

— C'est là, dit-il. Il faut stationner dès que vous pouvez. On ne peut y aller qu'à pied.

Le Dantec parcourut quelques dizaines de mètres encore, vers un terre-plein formant une sorte de parking naturel sur le bas-côté. Ils sortirent du véhicule. Le Dantec prit la double échelle pliable et ils se rendirent à la trouée.

— Voyez. Ce sont les traces de pneus que j'ai suivies pour retrouver la route. Elles appartiennent à une moto dont je reconnaissais le bruit du moteur depuis mon cachot.

— Les ornières paraissent récentes, constata Colombel. Quelqu'un a emprunté ce sentier il y a peu.

Les quatre hommes cheminèrent dans le sous-bois feuillu aboutissant à une large clairière. En son milieu se dressait un petit bâtiment en pierre.

— Voilà, c'est là-dedans que j'étais enfermé, dit Renard.

— Une sorte de grange, murmura Le Dantec, en tout cas, en bien mauvais état.

Ils firent le tour de la construction autour de laquelle les empreintes de la moto étaient nettement visibles.

— C'est par cette fenêtre que vous vous êtes échappé ? demanda Colombel en désignant le haut de la façade.

— Oui. C'est de là que je me suis laissé tomber.

Le Dantec déplia l'échelle et l'apposa contre le mur.

— Eh bien, allons visiter les lieux, dit Colombel en commençant à grimper. Daniel, attends-nous près du camion au cas où quelqu'un surviendrait.

Renard et Le Dantec le suivirent. Parvenu dans la grange, Colombel alluma sa lampe torche et la pointa sur l'échelle en bois permettant de descendre à l'intérieur.

— Prudence, prévint-il, elle m'a l'air pas mal vermoulue. Allons-y avec précaution, chacun notre tour.

À l'extérieur, le portable de Daniel Menotti crépita. Léon Bérard le rappelait. Colombel reparut à la fenêtre.

— Tout est conforme à sa déposition, dit-il à l'adresse de Menotti. Il semble bien avoir été séquestré. Le plus fort, c'est qu'il est incapable de s'en expliquer les raisons.

Il redescendit.

Puis ce fut le tour de Renard et de Le Dantec. Aussitôt, Menotti pointa son index vers Renard.

— Dites, monsieur Renard, vous nous aviez caché que nous sommes de vieilles connaissances. Saint-Malo, il y a trois ans, ça doit vous rappeler quelque chose !

Renard resta muet. Colombel interrogea Menotti du regard.

— Monsieur s'est introduit frauduleusement dans les locaux d'une entreprise pour photocopier des documents confidentiels. Malheureusement pour lui, une caméra l'a filmé. Il a été mis en examen et a failli se faire sucrer sa licence.

— Mon client était dans son droit, répondit Renard. Sa boîte l'avait licencié sur la foi de faux témoignages et de preuves fabriquées de toutes pièces. C'est ce que j'ai démontré.

— Deux autres affaires du même acabit ont été portées à notre connaissance. Une fois de plus, vous étiez à la limite de la régularité. Je n'apprécie pas beaucoup les gens comme vous, monsieur Renard, et encore moins leurs façons de s'essuyer les pieds sur nos plates-bandes. Avec votre style bien à vous, pas étonnant que vous vous attiriez des ennuis ! Alors, pour ce qui est, ensuite, de venir se plaindre…

Colombel intervint :

— Ça suffit ! Restons-en là ! Nous n'avons plus rien à faire ici. Nous rentrons.

Il s'adressa à Le Dantec.

— Il faudra visiter les habitations les plus proches. Peut-être qu'un quidam aura repéré les allées et venues d'une moto.

Le Dantec grimaça.

— Nous ferons pour le mieux, mais les effectifs sont déjà bien occupés à rechercher notre tireur et à rassurer la population locale.

— Et c'est la priorité des priorités, martela Menotti.

*

Marc Renard ne s'attarda pas à la gendarmerie et reprit la camionnette Ford. Colombel et Menotti le regardèrent partir.

— Pour moi, ça pue le règlement de compte, dit Menotti. Ce Marc Renard n'a pas dû se faire que des copains. Qui sème le vent…

— S'il a porté plainte, c'est qu'il s'estimait dans son bon droit.

— Il avait aussi besoin de récupérer sa voiture à la fourrière et, donc, du bon de sortie que Le Dantec lui a donné. Le mieux pour lui serait de retourner à Rennes. C'est d'ailleurs ce que je lui ai suggéré. Apparemment, il prévoit de rester dans le secteur, et ça ne me plaît pas.

— Je me demande… commença Colombel.

— Oui ?

— … si Renard n'en sait pas plus qu'il ne nous en a dit. Il travaillait pour le compte de Ian Ségalo. Peut-être a-t-il découvert des trucs pas catholiques dans l'entourage de son employeur.

— En relation avec les trois meurtres ?

— Possible.

— Hum ! Pour ma part, je pense plutôt à une sorte de vengeance. Renard aura méchamment causé du tort à quelqu'un qui n'aura pas apprécié. Ça lui sera retombé sur le nez.

En retournant chez Ian Ségalo, Marc Renard fit l'inventaire des démarches à accomplir. Il allait à nouveau mettre Ségalo à contribution pour récupérer son Astra à la fourrière, après qu'un dépanneur en aurait changé le train de pneus. Comme Alex lui avait adressé la copie des documents dont il avait besoin, il irait dès le lendemain faire une demande de carte de crédit. Il aurait aussi besoin d'un nouveau téléphone portable. Rayon santé, il consulterait un médecin, car son cou le faisait toujours souffrir.

Pour ce soir, il allait reprendre une chambre à L'Armoric. Il se souvint que lorsqu'il avait quitté cet hôtel, c'était pour se rendre chez Léa Delcourt. Des images de la jeune femme lui revinrent aussitôt. Pour plusieurs raisons, il lui était indispensable de la revoir. Mais, avant tout, il avait besoin d'une bonne nuit de sommeil.

XXIII

Mardi 25 octobre

Avec une grimace générée par l'effort que requérait cette opération, Mélanie Sauviat acheva d'enfiler sa seconde botte. Elle se coiffa de sa bombe et se campa devant la glace monumentale qui ornait un des murs de l'entrée. Elle se présenta de profil, puis de face, tapotant d'un geste critique le haut de ses hanches. La tenue de cavalière, au pantalon étroit, mettait en évidence ses rondeurs que la courte veste ne parvenait pas à dissimuler. Elle devrait se surveiller. Son dernier passage sur la balance révélait une nouvelle embellie de presque deux kilos. Il lui fallait faire preuve de vigilance. Elle avait surpris Gil à loucher sur des femmes de son âge, mais aux formes nettement plus intéressantes.

La pensée de suivre un régime la déprima. Quant à pratiquer le jogging comme cette malheureuse Émilie, il en était hors de question. Elle, son domaine, c'était l'équitation ; ce n'était qu'en chevauchant sa monture qu'elle éprouvait des sensations fortes, comparables à nulles autres.

Elle sortit et se dirigea vers l'écurie où Ariana l'attendait, la tête à l'extérieur de la stalle. Elle caressa et flatta la jument, puis colla sa joue contre son museau, lui murmurant des mots doux. Ce ne fut qu'après cette démonstration de tendresse qu'elle harnacha et sella l'animal. Elle mit le pied gauche dans l'étrier, et d'une impulsion, se retrouva à califourchon sur la jument. D'une simple pression des cuisses, elle l'incita à avancer au pas. Mélanie Sauviat traversa la route et longea le centre équestre. Ben, un des employés qui de temps à autre venait à domicile s'occuper d'Ariana, lui adressa un salut de la main.

Mélanie mit sa jument au trot et s'engagea dans l'allée forestière. En ce milieu de matinée, Celle-ci était déserte, un boulevard s'ouvrait devant la jeune femme. Mélanie relâcha les rênes, s'accrocha fortement à l'encolure et pressa les cuisses contre les flancs de sa monture. Obéissant à la volonté de sa maîtresse, l'animal allongea sa foulée et prit progressivement le galop. Une bouffée de chaleur pénétra Mélanie. L'ivresse du galop la saisissait et elle sourit de bonheur. Ce fut à cet instant précis que la balle la percuta entre les deux yeux. Mélanie bascula en arrière, puis sur le côté. Le pied coincé dans l'étrier, elle fut traînée sur plusieurs mètres avant que son corps ne se désolidarise de la jument pour demeurer, inerte, sur le sol. Au bout de quelques secondes, Ariana stoppa sa course. Indécise, elle tourna sur elle-même avant de venir flairer le corps de sa maîtresse.

XXIV

Ben entra dans l'écurie du centre équestre et s'approcha de Brigadier, le cheval bai. C'était l'heure de la promenade journalière. Il participerait à un concours de sauts d'obstacles le prochain week-end et son maître devait venir s'entraîner dans la journée. Il tira sur la longe, et l'animal répondit à son invite. Brigadier était un des chevaux préférés du palefrenier. Il n'était pas sujet aux sautes d'humeur comme certains de ses autres pensionnaires. À l'air libre, Ben examina les sabots et se rendit compte qu'une intervention sur l'antérieur droit s'imposait afin de remplacer le fer. Tenant le cheval par le licol, il se dirigea vers l'atelier.

Il aperçut alors Ariana qui, d'une allure tranquille, rentrait seule au bercail. Il s'en étonna et regarda sa montre. Il avait salué Mélanie Sauviat trois quarts d'heure plus tôt. Qu'avait-il pu lui arriver ? C'était certes une cavalière chevronnée, mais une chute était toujours possible. Ben n'hésita pas longtemps.

Il escalada l'enclos du centre équestre et saisit la jument par la bride. La première chose à faire était de la ramener dans son box, chez les Sauviat.

Gil Sauviat était dans son jardin. Il vint à la rencontre du jeune homme.

— Que se passe-t-il ? Où donc est Mélanie ?

— Tout à l'heure, je l'ai vue passer devant le centre et s'engager dans le chemin. Et voilà que la jument revient seule !

— Bon sang ! Il lui est sûrement arrivé quelque chose, il faut vite aller voir ! Tu sais l'itinéraire qu'elle a pu suivre ?

— Je pense qu'elle allait vers le menhir géant. C'est sa promenade habituelle.

— Ne perdons pas de temps. Tu peux m'accompagner ? J'ai des vélos.

— Oui, il y a quelqu'un de garde au centre. J'arrive, le temps de rentrer Ariana.

— Fais vite ! Je suis plus qu'inquiet. Je vais chercher les VTT.

Quelques instants plus tard, les deux hommes pédalaient du plus vite qu'ils le pouvaient sur le chemin fangeux. Ils débouchèrent sur une longue ligne droite et accélérèrent encore l'allure.

Mais soudain, Gil Sauviat, qui était en tête, ralentit. Il venait d'apercevoir une forme humaine étendue. Une traînée sanglante maculait le chemin et menait au corps sans vie de Mélanie.

Gil Sauviat jeta son vélo sur le côté et s'agenouilla près de sa femme. Ben le rejoignit, se couvrant le visage des mains.

— Mon Dieu, Mélanie ! s'écria Gil. Elle aussi…

Il leva la tête vers le garçon d'écurie.

— Elle a reçu une balle en plein front.

Gil Sauviat se redressa promptement, regardant tout autour de lui. Il fit quelques pas dans le chemin.

— Le salaud ! Il devait être planqué quelque part, bien à l'abri des arbres.

— Il est peut-être encore dans le coin, murmura Ben, guère rassuré.

— Je ne pense pas qu'il soit dans son intérêt de traîner dans les parages. Il faut prévenir la police. Dans la précipitation, j'ai oublié de prendre mon portable. Peux-tu retourner au centre et téléphoner à la gendarmerie ? Moi, je reste ici.

Sauviat se pencha et posa la main sur la joue de sa femme.

— Pauvre Méla ! Elle n'aurait pas fait de mal à une mouche.

Ben enfourcha le vélo. Il entendit Gil Sauviat qui murmurait des paroles inintelligibles à l'adresse de sa femme et s'éloigna sans plus attendre.

*

— Aïe ! Là, vous me faites mal.

La doctoresse relâcha la pression de ses doigts sur la nuque de Renard.

— Pas étonnant avec le coup que vous avez encaissé sur l'occiput. Vous ne souffrez pas de vertiges ?

— Non. J'ai eu des troubles visuels après avoir été frappé.

— Et à présent ?

— Non, de ce côté-là, ça va. À part cette raideur derrière le crâne, tout le reste est OK.

— On vous a bien arrangé !

— Détrompez-vous. En réalité, je ne m'en suis pas trop mal sorti.

— Vous pouvez vous rhabiller.

Elle l'examina du coin de l'œil tandis que Renard revêtait sa chemise. *Ce gars n'est pas un simple bagarreur du samedi soir. Non, lui, c'est différent, il lui est certainement arrivé quelque chose de beaucoup plus sérieux.*

— Vos brûlures sur la poitrine et le ventre ne seront que de mauvais souvenirs, les marques vont disparaître progressivement. Par contre, il vous restera une cicatrice sur la joue.

— Et ma nuque ?

— Vous avez une bonne entorse cervicale. Il faudrait être sûr qu'il n'y a pas eu un déplacement ou une lésion des disques. Je vais vous donner des anti-inflammatoires. L'idéal serait que je vous prescrive une minerve, mais j'ai comme l'impression que vous ne la porterez pas. Enfin, si dans quelques jours vous ne sentez pas d'amélioration, revenez me voir, ou bien consultez votre médecin traitant. Il faudra passer une radio ou mieux encore une IRM.

— J'y songerai, dit Renard, en mettant la main à la poche pour régler sa consultation.

— Surtout, pas d'efforts violents dans les jours qui viennent.

Renard la remercia, puis gagna la sortie du cabinet, tandis que la doctoresse ouvrait la porte de la salle d'attente.

— Madame Quichard ! appela-t-elle.

Une octogénaire, soutenue par le bras de sa fille, se souleva de sa chaise avec peine.

*

L'étroitesse du chemin n'autorisait pas le passage de l'ambulance. Les gendarmes procédèrent à la prise de clichés du corps de Mélanie Sauviat, sous plusieurs angles, puis ils le transportèrent sur une civière jusqu'à la route, où stationnait le véhicule médical.

Une rage difficilement contenue habitait François Colombel, et aussi la colère ; la colère envers celui qui venait encore de supprimer une vie. Il s'en voulait également de n'avoir pas réussi à éviter ce nouvel homicide. Son impuissance face à cet enchaînement de violences lui était tout simplement insupportable.

Les gendarmes poursuivaient leur battue autour du lieu du crime, mais Colombel pressentait qu'elle ne donnerait aucun résultat.

— Le type devait la guetter sous le couvert des arbres, dit Menotti. Encore fallait-il qu'il ait connaissance de son itinéraire.

— Il ne doit pas y avoir trente-six possibilités de promenades à cheval. Il faudra se renseigner auprès du centre équestre. Peut-être avait-elle ses habitudes.

Colombel désigna le sentier.

— Le sol est suffisamment boueux. On voit nettement les marques fraîches de sabots et celles des pneus des vélos utilisés par Sauviat et le palefrenier. Par contre, rien ne nous indique la façon dont le meurtrier est reparti.

— Il a pu dégager à pied. Mais quant à distinguer ses propres empreintes des nôtres… Peut-être Gil Sauviat aura-t-il remarqué quelque chose.

— Lorsqu'un homme trouve sa femme froidement abattue au milieu d'un chemin, il n'a pas forcément les bons réflexes, ceux qui nous engageraient sur la bonne voie, dit Colombel. Mais qui sait ? Tiens, revoilà Piénel.

Le médecin légiste venait à leur rencontre.

— J'accompagne ma cliente à Vannes. Vous aurez les résultats de l'autopsie dans la soirée. Mais je vous parie la chemise que ma femme vient de m'offrir pour mon anniversaire que le projectile qui l'a mortellement atteinte est similaire à celui qui a expédié *ad patres* Stéphane Granier, Émilie Ravalec et Michel Camenen !

— Sans blague ! Ça, c'est une info ! ricana Menotti.

— Ce n'est pas le boulot qui manque avec vous ! rétorqua le légiste. Le taux de mortalité est en train de s'envoler dans le coin.

— Parce que vous croyez que nous restons les bras croisés ? s'énerva Menotti.

— Ça va comme ça, intervint Colombel. On est tous fatigués. Pas la peine d'en rajouter dans le blablabla inutile. Faites votre boulot, Piénel. J'attends vos conclusions officielles. Viens, Daniel, allons voir Gil Sauviat.

Gil Sauviat les reçut dans une petite pièce lambrissée qui lui servait de bureau. Les murs étaient décorés de nombreuses photos de scènes de guerre. Derrière son bureau, une porte était close.

— J'étais reporter photographe avant de connaître Mélanie, expliqua Gil Sauviat. Je travaillais pour de grands hebdos français et anglo-saxons. J'ai dû poser mes guêtres dans presque tous les points chauds de la planète.

Colombel évalua du regard les clichés guerriers. Puis il débuta tandis que Menotti ouvrait un carnet.

— Depuis combien de temps étiez-vous marié, monsieur Sauviat ?

— Six ans. J'ai rencontré ma femme à Nantes, à l'occasion d'un stage d'initiation à la photo que j'animais alors. Mélanie se piquait de photographie, à l'époque.

Il s'interrompit, passa la main devant ses yeux.

— Ma pauvre Méla n'était pas très douée, mais elle avait tellement le désir de bien faire !

— Et vous avez quitté Nantes…

— Nous sommes arrivés ici il y a cinq ans, à peu près. Mon beau-père venait de décéder et ma femme héritait d'une somme importante. Nous souhaitions, l'un et l'autre, vivre à la campagne. Nous sommes tombés sous le charme de cet endroit. Je crois que c'est surtout la proximité du club d'équitation qui a emballé Mélanie. Monter à cheval était sa grande passion, ce n'est pas du tout mon cas. Elle s'occupait de la propriété, et moi, j'ai ouvert un magasin de photographie à Carnac-Plage.

À nouveau, Gil Sauviat se tut, baissant les yeux.

— Vous savez, j'ai peine à réaliser ce qui vient de m'arriver, ou plutôt ce qui est arrivé à Méla. Qui pouvait donc lui en vouloir ?

— Avant le meurtre perpétré sur votre épouse, trois personnes ont trouvé la mort, également victimes d'un tireur isolé. Étiez-vous en relation avec elles ?

Sauviat releva la tête.

— En relation avec elles ? Oui, je vois. C'est cela, vous recherchez un tueur en série. Nous connaissions Émilie Ravalec. Ian Ségalo nous l'avait présentée comme sa future épouse. Pour ce chirurgien, Granier, peut-être l'avons-nous aperçu à une ou deux occasions, lors de réceptions à Carnac, mais nous ne le fréquentions pas. Quant à l'ostréiculteur, je ne me souviens même pas de son nom, il nous était tout à fait inconnu.

— Vous venez d'évoquer Ian Ségalo. Vous êtes proches ?

— Je peux dire que Ian est un ami. Il va être très touché lorsqu'il apprendra… (Gil Sauviat inspira une large bouffée d'air et termina sa phrase) lorsqu'il apprendra ce drame.

Il se tut. Colombel eut la vision de Ian Ségalo et de sa grande demeure blanche. Les Sauviat nageaient dans les mêmes eaux que le promoteur. Rien d'étonnant à ce qu'ils aient sympathisé. Il reprit le fil de l'entretien.

— Votre femme pouvait-elle faire l'objet de menaces ? Lui en voulait-on ou bien à vous-même ?

— Non, je ne le pense pas, car depuis que nous vivons à Carnac, c'est le calme plat. Autrefois, lors de mes reportages, j'ai été amené à côtoyer des gens pas toujours recommandables. Mais c'est du passé.

— Et vous n'avez rien remarqué d'anormal durant ces derniers jours ? Pas d'allées et venues suspectes ?

Gil Sauviat secoua négativement la tête.

— Savez-vous si votre femme avait l'habitude d'emprunter le même itinéraire lors de ses promenades, ou bien si elle en changeait fréquemment ?

— Je vous l'ai dit, l'équitation, ce n'est pas mon truc. Je n'ai jamais accompagné Mélanie. Vous devriez questionner le personnel du centre équestre.

Daniel Menotti intervint à son tour.

— Où étiez-vous ce matin ?

Un bref sourire étira les lèvres de Gil Sauviat, qui prit un air navré.

— Je suppose que vous êtes obligés de poser ce genre de question malgré les circonstances ? C'est difficile à admettre quand on est sous l'emprise du chagrin, mais je vous comprends. J'ai déjà tout raconté à vos collègues de la gendarmerie de Carnac. J'étais tout simplement à la maison. À cette époque de l'année, mon magasin est fermé le matin, je n'ouvre que l'après-midi. En fait, je suis descendu au jardin pour bricoler. Ben, le garçon d'écurie, m'y a rejoint. Il tenait la jument de ma femme par la bride. Il l'avait trouvée trottinant seule vers notre propriété. D'abord surpris, puis inquiet, j'ai pressenti un problème sérieux. Bien que Méla fût une cavalière émérite, je la soupçonnais d'aller parfois au-delà de ses limites et de prendre des risques excessifs. Tout de suite, j'ai pensé qu'elle avait fait une chute et qu'elle avait pu se blesser. Aussitôt, j'ai sorti deux VTT et j'ai demandé à Ben de m'accompagner pour partir à sa recherche.

— Quelle heure était-il ?

— Je dirais un peu plus de dix heures, mais je n'ai pas consulté ma montre.

— Et à quelle heure avez-vous découvert le corps de votre femme ?

— Je n'en sais fichtrement rien ! Quand on découvre sa femme étendue au milieu d'un chemin forestier, une balle en pleine tête, on ne pense pas forcément à regarder l'heure ! Que voulez-vous que je vous dise ? Nous avons dû pédaler pendant, peut-être, une vingtaine de minutes.

— Je vous prie de m'excuser, monsieur Sauviat, mais ces précisions d'horaires sont de la première importance pour notre enquête. Sur le sujet, j'ai encore une question à vous poser : à quelle heure votre femme est-elle partie en promenade ?

Gil Sauviat soupira.

— Cette fois, je peux être plus précis. Sans doute vers neuf heures trente ; pour ses promenades à cheval, c'était son heure de sortie habituelle.

— Quelqu'un peut-il confirmer vos dires ?

— Difficilement, car j'étais seul avec elle.

— Je n'ai pas été suffisamment explicite, monsieur Sauviat. Je voulais aussi savoir si quelqu'un pouvait témoigner de votre présence lorsque votre femme est partie à cheval. Mais vous venez de me donner la réponse.

Gil Sauviat eut un geste qui semblait signifier son incompréhension.

— Avez-vous des enfants ? interrogea Colombel.

— Non, au grand regret de ma femme, répondit Sauviat. Nous occupons seuls cette propriété. Nous utilisons les services d'une cuisinière pour préparer nos repas, Marthe Guérard. Elle vit à deux pas d'ici, dans le village. Nous avons également une femme de ménage, qui vient deux heures chaque matin, sauf le mardi, comme aujourd'hui, et le dimanche.

— Pour le moment, nous ne vous dérangerons pas davantage, monsieur Sauviat, dit Colombel. Mais nous vous demanderons de venir confirmer vos déclarations auprès de la gendarmerie.

— J'espère ne pas avoir été trop incohérent dans mes réponses. J'ai pris des cachets qui commencent sérieusement à produire leurs effets. Je vais aller me reposer quelques instants avant de réfléchir aux démarches qui m'attendent.

François Colombel et Daniel Menotti se levèrent.

— Surtout, tenez-moi au courant dès que vous avez du nouveau.

— Vous pouvez y compter, répondit Menotti.

XXV

Colombel et Menotti sortirent de la propriété, traversèrent la route vers l'entrée du centre équestre. Une pléiade de photographes et cameramen de la presse écrite et télévisée s'affairait, et les gendarmes contenaient avec peine cette troupe dont le zèle n'était pas toujours compatible avec les impératifs de l'enquête. Une bande jaune était déroulée, bloquant l'accès au sentier où Mélanie Sauviat avait trouvé la mort. Précaution supplémentaire, un gendarme en interdisait le passage. Au milieu d'un groupe de journalistes, Colombel reconnut Gaëlle Madec qu'il avait croisée sortant de chez Michel Camenen.

Ils rejoignirent l'adjudant Le Dantec qui s'entretenait avec un jeune homme en vêtements de travail et bottes de cuir. Le Dantec le présenta.

— Benjamin Rouzic, employé dans ce centre. Il a assisté au départ de madame Sauviat pour sa promenade. C'est lui qui a ramené la jument et suivi Gil Sauviat à vélo. C'est également lui qui nous a prévenus.

Le jeune homme ne semblait pas remis de ses émotions et avait le plus grand mal à conserver son calme. Ses yeux couraient de l'un à l'autre sans parvenir à se fixer. Colombel lui adressa un sourire encourageant.

— Dites-moi, Benjamin, je fais appel à votre mémoire et j'aimerais que vous soyez le plus précis possible. À quelle heure madame Sauviat est-elle partie pour sa promenade ?

Le garçon déglutit avant de répondre.

— Un peu plus de neuf heures et demie. Je sortais Brigadier de l'écurie, c'est l'heure à laquelle je vais le chercher habituellement.

— Et lorsque vous avez récupéré sa jument ?

— Il était dix heures et quart, j'ai instinctivement regardé ma montre.

— Vous êtes alors allé chez les Sauviat pour ramener la jument.

— Immédiatement.

Colombel tourna la tête vers la propriété des Sauviat qu'il apercevait de l'autre côté de la route.

— Il ne faut pas plus de cinq minutes pour s'y rendre, dit-il comme en se parlant à lui-même. Où était monsieur Sauviat ?

— Dans son jardin. Il ramassait des feuilles mortes. Je lui ai dit que je venais de trouver Ariana rentrant sans madame Sauviat.

— Comment a-t-il réagi ?

— Il était très inquiet, bien sûr ! Il a aussitôt sorti deux vélos et m'a demandé de l'accompagner pour rechercher sa femme. On a foncé dans la direction où elle s'était engagée.

— Vous étiez sur place avec monsieur Sauviat quand le corps a été découvert ?

Ben baissa la tête.

— Oui et c'était horrible. Il y avait du sang le long du chemin, madame Sauviat a dû être traînée par Ariana. Vous savez, c'est la première fois de ma vie que je vois quelqu'un de mort.

— Bien sûr, ça n'a pas dû être facile pour vous, mais vous avez été courageux. Juste une dernière question : quel a été le comportement de monsieur Sauviat lorsqu'il a trouvé le corps de sa femme ?

— Eh bien, il a sauté de son VTT et s'est accroupi auprès d'elle. Il a dit qu'elle avait reçu une balle en plein front. Ensuite, il s'est levé, a regardé tout autour de lui, comme s'il cherchait où était caché celui qui avait tiré. Je ne suis pas resté longtemps. Il m'a demandé d'aller d'urgence au centre pour prévenir la gendarmerie, car il avait oublié de prendre son téléphone portable.

— C'est bien. Je vous remercie, Benjamin. Ce sera tout.

Après leur avoir adressé un sourire timide, le garçon s'éclipsa.

— Nous allons poursuivre les recherches toute la journée, si nécessaire, observa Le Dantec.

Nous avons affaire à un as du camouflage.

— Oui et c'est bien ce qui m'inquiète ! répondit Colombel. Une sorte d'homme invisible.

— J'ai lu un jour une nouvelle d'Edgar Poe, dit Menotti. Une lettre contenant des informations confidentielles avait disparu chez un particulier et la retrouver relevait d'une nécessité quasiment vitale. Tout le monde s'affaire, met la maison sens dessus dessous, jusqu'à ce qu'un détective, une sorte de précurseur de Sherlock Holmes, la découvre posée, bien en évidence, sur le manteau de la cheminée ;

tellement visible que personne ne songeait à regarder à cet endroit !

— Où veux-tu en venir, avec cette histoire ?

— Simplement que nous ne cherchons pas là où il le faudrait ! Nous partons du principe que l'assassin n'a qu'un but, s'enfuir au plus loin et au plus vite. Or, il est possible qu'il demeure dans les parages immédiats.

— Pas d'accord ! Nous y avons déjà pensé.

Menotti désigna les journalistes qui grouillaient aux alentours.

— A-t-on vérifié toutes leurs cartes de presse ?

Colombel secoua la tête.

— Bientôt, tu vas me sortir les vieilles lunes du genre : « L'assassin revient toujours sur les lieux de son crime. » Pas si c'est un pro, et nous avons affaire à un pro ou peut-être à des pros !

Il marqua une pause avant de poursuivre :

— Pour le moment, l'important est déjà de s'assurer que nous pouvons écarter Gil Sauviat de la liste des suspects. Il était malgré tout aux premières loges. En voilà au moins un à qui profite le crime, voilà qui diffère sensiblement des autres cas : il hérite de sa femme un beau pactole, enfin, c'est un point à vérifier.

— Bah ! Il en profitait déjà, riposta Menotti. Il devait avoir la belle vie. Et puis, pourquoi…

— Oui, je sais ce que tu vas me dire ! le coupa Colombel d'une voix mordante. Pour quelle raison aurait-il commis trois meurtres au préalable ? Mais je viens de te le dire, peut-être avons-nous affaire à plusieurs meurtriers !

Colombel se tourna vers Le Dantec.

— Bon. Nous allons déjà essayer d'éliminer un

suspect. Pour cela, je vais avoir besoin de vous. En partant du témoignage du jeune Ben, nous pouvons retenir qu'il était à peu de chose près dix heures vingt lorsqu'il a rejoint Gil Sauviat dans son jardin. Nous connaissons l'heure du départ de madame Sauviat, neuf heures trente. Faites-vous aider par les gens du club équestre. Demandez-leur d'estimer le temps qu'il lui a fallu pour se rendre jusqu'à l'endroit où elle a été retrouvée morte. Quand vous aurez le renseignement, tentez de savoir s'il était possible à Gil Sauviat d'être revenu chez lui à dix heures vingt. Ceci dans l'hypothèse où il se serait embusqué dans la forêt pour attendre sa femme et lui tendre un piège.

— Entendu, dit Le Dantec.

— Daniel ! Toi, fais le tour du voisinage, histoire de savoir comment le couple Sauviat était perçu, si les deux époux s'entendaient bien. Leur maison est relativement isolée, mais on ne sait jamais, tu peux apprendre quelque chose d'intéressant. De mon côté, je vais charger Léon Bérard d'effectuer des recherches sur le passé de photographe de guerre de Gil Sauviat. Vous me prévenez dès que vous avez du nouveau.

*

Les rouleaux gris de l'océan finissaient en langues d'écume jaunâtre sur la grève. Aujourd'hui, la mer lui apparaissait sale, comme souillée par une pourriture jaillie de ses bas-fonds. Voilà ce qu'elle aurait essayé de transposer sur sa toile si elle s'était placée devant son chevalet. Mais elle n'avait aucun désir de peindre. Debout, près de sa fenêtre, contemplant ce paysage presque hivernal, Léa avait peur.

Mélanie Sauviat, à son tour, avait été assassinée ! La nouvelle lui était parvenue à midi en écoutant la radio. Sur le coup, Léa était restée pétrifiée, refoulant en vain les soupçons atroces qui s'insinuaient en elle. Elle se força à réfléchir calmement, procédant mentalement à des recoupements, s'accrochant au moindre signe qui infirmerait l'horrible vérité qu'elle pressentait. Frissonnant, elle s'éloigna de la fenêtre et saisit son portable. Personne ne répondit à son appel. Elle hésita à laisser un message, mais préféra s'abstenir. Il lui fallait encore réfléchir.

*

À présent qu'il se mettait en chasse, Marc Renard prenait conscience de la difficulté de son entreprise. Pour découvrir l'identité de son agresseur, il ne disposait que de peu d'indices. Son physique était celui d'un homme grand, solidement bâti, qui possédait une moto et avait un goût certain pour la violence et la torture. C'était maigre. D'autant plus que, s'il était amené à le croiser à visage découvert, il ne pourrait le reconnaître. Marc Renard choisit, pour débuter, de revoir les lieux où il avait été séquestré.

Il fit le tour de la vieille grange. Devant la bâtisse à moitié délabrée, il mesura le caractère invraisemblable de son aventure. Pourtant, les traces de la moto utilisée par son tortionnaire étaient encore visibles. Il regarda la petite clairière bordée d'un rideau d'arbres. Quel cerveau avait pu concevoir un plan aussi tordu ? Renard ne s'attarda pas. Il était évident qu'il ne découvrirait rien de nouveau. Il rejoignit ensuite les bois de Coët-a-Tous, repassant dans sa mémoire le film de son agression et de son enfermement. Tout était parti de ce message sibyllin auquel il avait eu la naïveté de croire et qui l'avait conduit près de la chapelle Saint-Guénolé, trois jours plus tôt, au petit matin. Peu à peu, une hypothèse émergea, la seule susceptible de lui fournir une explication. Il la laissa mûrir, estimant sa plausibilité. Et il décida soudain de ne plus différer davantage sa visite à Léa Delcourt.

Parvenu devant Algues Marines, il vit la Fiesta rouge de Léa garée dans la cour. Elle devait donc être à son domicile. Renard frappa et, sans attendre, entra, accompagné d'un courant d'air frais. Il appela. Il entendit une porte s'ouvrir, un bruit de pas. Léa apparut. Elle s'immobilisa dans l'escalier, les yeux agrandis par la surprise.

— Marc ! Tu es revenu ! Ça alors ! Si je m'attendais !

— Je ne suis jamais parti, Léa. Puis-je monter ? J'aimerais que nous parlions tous les deux.

Léa acquiesça lentement et il la suivit dans l'escalier qui conduisait à sa chambre. Ils restèrent face à face, près du grand lit, se jaugeant du regard. Renard fut impressionné par la pâleur du visage de la jeune femme.

— Tu m'as l'air bien nerveuse, Léa. C'est ma venue qui te fait cet effet ?

Elle répondit en faisant un effort visible pour se contrôler.

— Non, tu n'y es pour rien, évidemment. Mais j'ai appris tout à l'heure qu'un nouveau meurtre avait été commis et ça m'a fait un choc.

— Je suis au courant. Mélanie Sauviat. Tu la connaissais ?

— Elle était venue avec son mari au vernissage de mon exposition. Tu les as peut-être vus ce soir-là.

— Oui, je m'en souviens. Tous deux étaient également au domicile de Ian Ségalo pour le soutenir après la mort de sa compagne. Mais je ne suis pas venu pour te parler de ces meurtres.

Renard s'arrêta, plantant son regard dans celui de Léa qui détourna brièvement les yeux.

— Tu m'as dit que tu n'étais pas rentré à Rennes ? questionna-t-elle. Tu as donc changé d'avis ?

— À mon corps défendant. J'ai été agressé, puis séquestré.

— Séquestré ! Mais qu'as-tu sur la joue, tu es blessé ?

— Vendredi dernier, j'ai reçu un SMS me demandant de me rendre le lendemain matin à une chapelle. On me promettait des infos de premier ordre concernant Ian Ségalo. Samedi, après t'avoir quittée, j'ai donc commis la bêtise de me rendre à ce rendez-vous. Quelqu'un m'y attendait. J'ai été assommé sans rien voir venir. Je me suis retrouvé à poil, attaché à un mur, à l'intérieur d'une grange isolée. Ensuite, j'ai eu droit à la visite d'un type masqué. Une espèce de dingue qui m'a prévenu qu'il allait s'occuper de moi. La première fois, j'ai reçu un coup de cravache sur le visage, voilà l'origine de cette cicatrice ! La seconde, ce fou furieux m'a fait couler de la cire brûlante sur le torse ! Sans attendre sa troisième apparition, j'ai réussi à me faire la malle. Au total, je suis resté deux jours enfermé.

Abasourdie, Léa porta les mains devant sa bouche, incapable de proférer un son.

— Je ne sais rien de cet énergumène, sauf qu'il utilisait une moto pour me rendre visite.

— Tu ne sais rien d'autre ? articula difficilement la jeune femme.

— Non et c'est pourquoi je suis ici.

— Que veux-tu dire ?

— J'ai beaucoup gambergé, comme tu peux t'en douter. Je ne vois personne à qui j'ai pu causer suffisamment de tort pour me valoir une telle correction. Sauf… C'est drôle les méandres de la pensée, Léa ! Tout à l'heure, je me suis souvenu des menottes que j'avais aperçues dans un de tes tiroirs. Elles laissaient entendre qu'il y avait, au moins de temps en temps, quelqu'un qui partageait de drôles de petits jeux avec toi. Envisageons que cet homme soit d'une jalousie morbide et qu'il ait découvert que j'avais passé l'après-midi et la nuit chez toi. M'ayant identifié, il aurait pu avoir envie de se venger et m'attirer dans ce traquenard. Qu'en dis-tu ?

Léa resta muette, sa poitrine se soulevant au rythme de sa respiration oppressée. Renard lui posa les deux mains sur les épaules.

— Réponds-moi sincèrement, Léa ! Je me souviens que tu m'avais demandé de partir tôt le matin. Était-ce parce que tu craignais que cet autre ne fasse son apparition ? Mais qui est cet homme ?

Comme Léa ne disait mot, Renard resserra son étreinte autour de ses épaules, son visage tout près du sien.

— Tu es terrorisée ! Qu'est-ce qui t'épouvante à ce point ? Ou qui ? Mais parle, bon sang !

D'une poussée, il la rejeta, la faisant tomber en arrière sur le lit. Dans le mouvement, la robe de Léa se releva haut sur les cuisses, et Renard ressentit une brusque montée de désir. Il fut tenté de s'allonger sur la jeune femme, de la caresser, de l'enlacer.

— Excuse-moi de ma réaction, Léa. J'ai du mal à comprendre ton silence. Mais je ne t'en veux pas.

Je te dois les seuls bons moments de cette foutue semaine. Il faut simplement que je coince ce type. Tu ne veux donc rien me dire ? Il te fait si peur ? Ou bien veux-tu le protéger ?

Léa se redressa et resta assise au bord du lit. Elle regarda Renard, les yeux brouillés de larmes. Ému par son désarroi, mais comprenant qu'elle resterait muette, il fit volte-face et se dirigea vers la porte. Sur le seuil, il se retourna. Léa sanglotait, le visage entre les mains. Il s'en alla sans un mot.

Après son départ, Léa demeura un long moment sans bouger. Ainsi, il s'en était pris à Marc, dans des conditions épouvantables. Le récit qu'il venait de lui faire renforçait le sentiment d'horreur qui s'était emparé d'elle à l'annonce de la mort de Mélanie. Mais elle n'avait rien voulu dire à Marc. Pas tant qu'elle n'aurait pas la preuve que ses soupçons étaient fondés.

« Bientôt, je serai libre », lui avait-il dit. Était-ce par le crime qu'il avait gagné sa liberté ? Mais pourquoi Stéphane Granier, Émilie Ravalec, Michel Camenen ? À moins… à moins qu'ils n'aient fait partie d'un plan diabolique. Elle savait ce qu'il lui restait à faire. Elle ne pouvait plus hésiter. Il fallait qu'elle sache, quoi qu'il lui en coûtât.

XXVI

— Gil Sauviat a collaboré comme photographe free-lance pendant deux ans. Surtout en Afghanistan. Il vendait ses reportages aux meilleurs hebdos français et anglo-saxons. Il existe deux sortes de photographes free-lance. Ceux qui n'ont pas le choix, car trop mauvais pour être recrutés par un journal. Et, à l'autre bout de l'échelle, le dessus du panier qui trouve avantage à rester indépendant pour monnayer ses prestations au prix fort. Sauviat appartenait indubitablement à la deuxième catégorie.

Le lieutenant Léon Bérard posa un ensemble de photos et coupures de journaux sur le bureau de François Colombel, à Lorient. « Indubitablement », se répéta mentalement Colombel. Il n'y avait que Bérard pour user de tels termes.

— Il a interrompu ses activités journalistiques, il y a six ans, en rentrant en France. À Nantes, il s'est fait embaucher par une boîte spécialisée dans la communication et l'événementiel, poursuivit Bérard. Il a rencontré sa future femme alors qu'il animait un stage d'initiation à la photographie. Bref, tout concorde avec ses déclarations.

— Menotti m'a appelé un peu plus tôt pour me faire part des résultats de son enquête de voisinage. RAS. Les époux Sauviat menaient une existence sans histoire, soupira Colombel. Mélanie Sauviat, en dehors de ses sorties à cheval, passait l'essentiel de son temps à s'occuper de son jardin et de sa maison. Elle nous est décrite comme une femme distinguée, facile à vivre, toujours prête à rendre service.

— Pourquoi s'en prendre à une femme facile à vivre, toujours prête à rendre service ?

— *That's the question*, Bérard. Si nous avions la réponse…

— Gil Sauviat et sa femme formaient un couple disparate. L'ancien baroudeur devait trouver le temps long dans sa retraite carnacoise.

Colombel haussa les épaules.

— C'est ce que j'ai pensé. Mais sans doute en avait-il eu assez de risquer sa peau.

Il se leva.

— Je vais me servir un café. Tu m'accompagnes ?

— Non, merci. Dix-huit heures, c'est trop tard pour moi !

Bérard montra les documents qu'il avait apportés.

— Je vous les confie ?

— Bien sûr. Je vais les examiner.

Colombel retira le gobelet de la machine à café. À pas lents, il regagna son bureau. Il lui restait à rédiger son rapport à l'intention du procureur. Il était incapable, contrairement à certains, de laisser croire, à l'aide de tournures ampoulées, qu'en dépit des apparences l'enquête progressait, alors qu'en réalité elle faisait du surplace. Il était direct, sans fioritures, s'en tenait simplement aux faits.

Le timbre du téléphone l'interrompit au milieu de sa rédaction. Menotti l'appelait depuis la gendarmerie de Carnac.

— Nous pouvons rayer Gil Sauviat de la liste des suspects ! s'exclama le lieutenant. Le Dantec a reconstitué le parcours de Mélanie Sauviat. Il lui a fallu au moins vingt minutes pour parvenir à l'endroit où elle s'est fait tuer. Il était donc aux environs de neuf heures cinquante, neuf heures cinquante-cinq. Son mari, dans l'hypothèse où il serait notre tireur, ne pouvait être rentré chez lui à dix heures vingt, heure à laquelle le garçon d'écurie l'a retrouvé. Même en utilisant son VTT à travers bois.

— Bon. Il valait mieux vérifier. Je te remercie, Daniel.

— Ça n'arrange pas nos affaires.

— Non, pas vraiment.

François Colombel raccrocha.

*

Marc Renard fit signe au barman de lui servir un deuxième whisky. Celui-ci s'empressa, heureux d'échapper pour quelques instants à la monotonie de cette fin de journée.

— Tristounet, n'est-ce pas ? Ce n'est déjà pas la meilleure saison, et avec tous ces mitraillages, les gens ont peur de sortir !

Renard était seul au comptoir de L'Armoric. Dans un coin, un couple âgé, engoncé dans des fauteuils en cuir, sirotait en silence une tasse de thé.

— On se demande ce que fait la police ! Ils attendent combien de morts pour le pincer ?

Le barman s'accouda au bar, face à Renard, dans l'espoir d'engager la conversation. Mais Renard n'avait nulle envie de parler.

— Parce que, quand même, quatre meurtres en une semaine, c'est plus fort que tout ! Qui plus est à Carnac ! On n'a jamais vu ça !

Marc Renard fit pivoter son siège sur le côté, et le serveur, dépité, rejoignit le bout de son comptoir. Renard absorba une nouvelle gorgée d'alcool et s'enfonça dans ses pensées. Celles-ci étaient amères. Tant qu'il s'était trouvé enfermé, aux prises avec l'homme masqué, l'appétit de vengeance l'avait soutenu, l'avait aidé à ne pas perdre pied. À présent qu'il pouvait agir, le découragement le gagnait. Il avait beaucoup attendu de sa visite à Léa, ayant fini par se persuader que sa relation avec la jeune femme était à l'origine de ses ennuis. Mais celle-ci n'avait rien voulu lui apprendre. Désormais, il se sentait démuni, ne sachant comment poursuivre. Il se souvint qu'Alexia Ropart, plus tôt dans la journée, lui avait laissé un message lui demandant de la rappeler rapidement. Il avait totalement oublié son associée.

Il vida son verre, descendit de son tabouret de bar, franchit les portes automatiques de l'hôtel et s'arrêta sur le seuil. Il alluma son nouveau portable et appuya sur la touche Alex.

— Bonsoir, Alex.

— Enfin ! Mieux vaut tard que jamais !

— J'ai été occupé.

— As-tu récupéré ta voiture ? As-tu déposé ta plainte ?

— Oui, c'est fait.

— Alors, quand donc rentres-tu ? C'est au moins la cinquantième fois que je te pose cette question ! J'ai besoin de toi ici ! J'en ai marre de tenir la baraque toute seule ! Je t'annonce déjà que Person nous a laissés tomber. Tu devais le rappeler et tu n'en as rien fait ! Par contre, j'ai reçu deux nouveaux clients potentiels. Une affaire de chantage et une filature.

— Tu peux t'en occuper ?

— Non, pas question ! J'ai déjà monté les dossiers. Maintenant, c'est à toi de prendre la suite, j'ai suffisamment de travail, même trop, depuis ton départ. Et puis… Il faut que je te parle d'autre chose.

— De quoi donc, Alex ?

— De ma situation personnelle. Elle pourrait prochainement évoluer.

— Que veux-tu dire ?

— Je t'expliquerai lorsque tu te seras décidé à rentrer !

— Demain au plus tard.

— Mouais ! J'ai déjà entendu ça. Au cas où tu l'ignorerais, je me suis fait un sang d'encre pour toi !

— Je m'en doute, mais ne t'inquiète plus, ça va. Je voulais simplement retrouver l'abruti qui m'est tombé dessus.

— Tu n'arriveras à rien tout seul ! Il y a la police pour s'occuper de ce genre de truc. Elle est payée pour ça. Pourquoi t'obstines-tu ?

— Oui, peut-être as-tu raison.

— Pas peut-être !

— OK, reste zen. Tu auras le plaisir de revoir ton associé préféré demain après-midi.

— Je voudrais en être sûre. Bonsoir, Marc.

— Salut, Alex.

Marc Renard rentra dans le hall. Alex était dans le vrai. Continuer ses recherches sur place revenait à poursuivre une quête probablement vouée à l'échec. Son amour-propre en prenait un coup. Devoir baisser les bras lui était insupportable. Pourtant, il lui fallait se résigner à quitter Carnac. Du travail l'attendait à Rennes. Il revint s'asseoir au bar. Après tout, pourquoi ne pas faire un brin de causette avec le barman ?

XXVII

Mercredi 26 octobre

La bourrasque suivie d'une averse soudaine réveilla Marc Renard. Des tombereaux de pluie pilonnaient le balcon de sa chambre. Il ouvrit la fenêtre et reçut de plein fouet le vent de sud-ouest. Des nuages filandreux s'engageaient dans une course sans fin. Renard s'était couché tard, s'attardant au bar, assailli de sombres pensées que seule l'image de Léa, malgré la part d'ombre qu'elle contenait, parvenait à dissiper de temps à autre. Il prit une douche, maintenant le jet d'eau très chaude sur sa nuque, et se sentit mieux, mais pas au point d'avaler un petit-déjeuner. Il remisa ses affaires dans son sac de voyage et descendit régler sa note. Il rentrait, c'était décidé, il n'avait plus rien à faire à Carnac. Mais auparavant, il irait saluer Ian Ségalo. Il lui devait bien ça.

Il se gara tout en haut de l'allée, face à la maison blanche du promoteur. Il entendit des aboiements et se fit la réflexion que Ian Ségalo avait récupéré ses chiens de chasse. Cette fois, le promoteur ne l'attendait pas sur le seuil, comme lors de son arrivée, il y avait huit jours de cela. Renard releva le col de sa veste et, sous la pluie battante, gravit quatre à quatre les marches du perron qui menaient à la porte. Il frappa à deux ou trois reprises avant que Ségalo paraisse et l'invite à entrer.

— Salut, Marc ! Viens vite, il ne fait pas un temps à laisser les copains traînailler dehors.

— Je suis venu te dire au revoir, commença Renard en pénétrant dans le salon.

— Assieds-toi d'abord un instant. Tu veux boire quelque chose ?

— Non, merci, rien du tout.

— Comme tu voudras. Ainsi, tu mets les voiles ! As-tu du nouveau concernant celui qui t'a attaqué ?

— Non. Tu sais, j'avais vraiment envie, j'ai toujours envie, d'ailleurs, de le retrouver pour m'expliquer avec lui. Mais je dois retourner à Rennes. Des affaires m'attendent là-bas. Mon associée commence sérieusement à s'énerver et je la comprends. Par conséquent, jusqu'à nouvel ordre, je fais confiance à la police pour mener l'enquête. Mais si l'occasion se présente, je reviendrai par ici sans hésiter. Je n'aurai pas de repos tant qu'on n'aura pas mis la main sur ce taré.

Ségalo se servit un fond de whisky.

— Et puis, tous ces morts en série… Hier, c'est cette pauvre Mélanie Sauviat qui a été la victime du « tireur fantôme », comme l'appelle la presse. Dire que je l'avais eue au téléphone la veille au soir. Elle me demandait si j'allais mieux et si j'avais besoin de quelque chose. Elle avait le cœur sur la main !

— Oui, personne n'y comprend rien et les gendarmes sont dans la mouise.

— Tout a débuté lors de ton arrivée ici.

— Eh ! Ne va pas le chanter auprès des flics ! Ils seraient trop contents. Ils n'ont pas encore pensé à moi.

— Donc, tu vas reprendre tes activités de détective privé ? Tu n'as pas d'autres projets ?

— Apparemment, il n'y a que ça que je sache bien faire et ça me permet de gagner correctement ma vie. Je regrette seulement de ne pas avoir pu t'être d'un grand secours.

— Bah ! Ne regrette rien. Je te l'ai dit, j'abandonne Oceano Nox. D'ailleurs, je mets fin à toutes mes activités de promoteur.

Interloqué, Marc Renard dévisagea Ségalo.

— Quoi ? Tu veux dire que tu arrêtes définitivement l'immobilier ?

— *Yes* ! J'ai eu trop d'emmerdes. Toutes ces campagnes de presse ont réussi à salir ma réputation. Je suis grillé, notamment du côté des élus. J'ai besoin de dégotter d'autres occupations, de me changer les idées. La mort de Miel y est aussi pour beaucoup. De plus, j'ai des problèmes de fric, de très gros problèmes. Alors, j'envisage ma reconversion.

— Que vas-tu faire ?

Ségalo frappa ses mains l'une contre l'autre.

— Les marchés financiers ! Ça peut rapporter gros ! Avec Internet, tout est possible. J'ai un pote qui spécule. Il se lève à trois heures du matin pour faire l'ouverture à la Bourse de Shanghai, le midi il est à la City de Londres et il termine le soir à Wall Street. En deux ans, il s'est fait cent vingt mille euros. Qu'est-ce que tu en penses ?

— Qu'il ne faut pas craindre le décalage horaire !

Ian Ségalo demeura coi quelques secondes, puis éclata de rire.

— Sacré Marc ! C'est con la vie ! On n'aurait jamais dû se perdre de vue. Quand se reverra-t-on ?

— Qui sait ? dit Renard en se levant.

Les deux hommes se regardèrent, hésitants, et finirent par s'étreindre.

— Malgré tout ce merdier, je suis heureux de t'avoir revu, Marc. Je croyais que ce serait comme avant.

— Ça ne peut jamais être comme avant, Ian.

— Alors, au revoir et fais gaffe à toi.

Ian Ségalo raccompagna Renard à la porte, et le détective descendit les marches jusqu'à sa voiture. La pluie avait cessé, faisant place à un soleil que les lourds nuages noirs au sud-ouest annonçaient éphémère. Les chiens aboyèrent à nouveau.

— Tu as récupéré tes setters ? demanda Renard.

— Oui, Gil Sauviat me les a ramenés du chenil, répondit Ségalo.

Soudain, il descendit à son tour l'escalier et vint tambouriner à la vitre de Renard.

— Je me rappelle à présent ! C'est en parlant de mes chiens que la mémoire m'est revenue. L'autre jour, tu m'as dit que j'étais le seul à posséder ton numéro de portable. Je viens de me souvenir que quelqu'un me l'avait demandé : Gil Sauviat, le mari de Mélanie.

Renard hocha la tête et mit le contact. Il démarra et passa la main par la vitre en signe d'adieu. Il longea la côte et se trouva bientôt à hauteur d'Algues Marines. Il vint se ranger devant l'atelier de Léa Delcourt. Il sortit de son Astra, la Fiesta de

Léa n'était pas là. Il frappa néanmoins à la porte, sans obtenir de réponse. Léa était absente. Déçu, il repartirait donc sans l'avoir revue.

Il rentra dans sa voiture et, soudain incrédule, agrippa ses mains sur le volant, concentrant son attention sur les dernières paroles de Ian Ségalo. Gil Sauviat lui avait réclamé son numéro de téléphone portable. Pourtant, il ne l'avait jamais appelé. Alors, pour quelle raison en avait-il besoin ? Sans plus attendre, Renard composa le numéro de Ian Ségalo.

— Ian, c'est encore moi. Dis-moi, où habite donc Gil Sauviat ?

— Tu veux lui rendre visite ? Il vient de perdre sa femme dans les circonstances que tu connais, ce n'est peut-être pas le moment le mieux indiqué. Enfin, si le cœur t'en dit… Il vit à Kerlescan, un lieu-dit après les alignements du Manio. Il habite dans une grande longère, Fetan-Coët, juste devant le centre équestre. Tu remarqueras dans le jardin un four à pain et une fontaine. Tu ne peux pas te tromper.

*

Marc Renard ne savait pas comment aborder Gil Sauviat. C'est l'instinct qui le guidait dans une ultime tentative d'entrevoir la vérité. À vive allure, il traversa Plouharnel. Avant d'arriver à Carnac, il dépassa sur la droite les bâtiments de la gendarmerie et, peu après, tourna à gauche en direction des alignements du Ménec. Il fonça le long des pierres sagement dressées derrière le grillage qui délimitait leur territoire. Il franchit le carrefour sur la route d'Auray et continua tout droit, longeant les menhirs plus imposants de Kermario. Il n'était plus très loin et ralentit l'allure. Bientôt, une pancarte indiqua Kerlescan. À la sortie d'un virage, il repéra sur sa droite la grande longère.

Marc Renard ralentit encore et son cœur s'emballa. Plus loin, sur le bas-côté, il distinguait la Ford Fiesta de Léa. Il se gara à son tour. Que faisait Léa chez Gil Sauviat ? Ses pensées se bousculèrent. Sauviat possédait son numéro de téléphone. Sauviat était donc cet homme qui l'avait entraîné dans un piège et cet autre qu'il soupçonnait d'être l'amant de Léa. Voilà pourquoi la jeune femme ne voulait rien lui dire. Un scénario se dessina dans son esprit, mais tellement confus et lourd de conséquences qu'il préféra l'évacuer. Il valait mieux se rendre compte sur place et s'expliquer. Pourtant, bien qu'il fût partisan de l'action, Marc Renard hésita. S'il se trompait ? Il se couvrirait de ridicule. Et alors ? Où était le problème ? Mettant les choses en balance, cette fois il ne tergiversa plus, ouvrit la barrière et se dirigea vers l'entrée.

Il actionna la sonnette à plusieurs reprises avec l'impression désagréable que quelqu'un l'observait. Enfin, la porte s'entrebâilla sur la personne de Gil Sauviat. Marc Renard la repoussa vivement pour en agrandir l'ouverture.

— Bonjour, monsieur Sauviat. Je suis Marc Renard. Vous me remettez ?

Sauviat, l'air surpris, le dévisagea attentivement.

— Oui, oui, c'est cela, je vous ai rencontré l'autre jour chez Ian Ségalo.

— Et aussi lors du vernissage de Léa Delcourt.

— Peut-être bien.

Sans en demander la permission, Renard pénétra dans le hall.

— C'est ça, ne vous gênez pas ! s'exclama Sauviat, soudain peu amène.

— J'ai besoin de quelques explications.

— Faites vite, alors ! Je pars en voyage pour quelques jours.

Renard remarqua une valise et un attaché-case déposés le long du mur.

— Hum… Je comprends votre étonnement. Mais j'ai besoin de changer d'air après le décès de ma femme. La police va procéder à une autopsie, cela retarde d'autant la date des obsèques. Mais, bien entendu, je serai rentré à temps.

— Ça m'est complètement égal que vous assistiez ou non aux obsèques de votre femme, monsieur Sauviat ! Par contre, je ne quitterai pas les lieux avant que vous n'ayez répondu à mes questions.

Le ton de Renard était glacial, sans appel. Sauviat comprit qu'il ne couperait pas à une discussion.

— Dans ce cas, allons dans mon bureau, dit-il.

Marc Renard le suivit dans la pièce lambrissée où Sauviat avait reçu François Colombel et Daniel Menotti. Il parcourut du regard les photographies prises sur les sites de conflits et remarqua une porte derrière le meuble de bureau. Gil Sauviat passa de l'autre côté de la table, comme pour mettre une barrière entre eux, mais ni l'un ni l'autre ne s'assirent.

— Alors ? questionna simplement Sauviat.

— L'autre jour, vous avez demandé à Ian Ségalo mon numéro de téléphone portable. Pour quelle raison, puisque vous ne m'avez pas contacté ?

Sauviat ouvrit de grands yeux, puis haussa les épaules.

— Et c'est pour ça que vous rappliquez ici ? Parce que vous croyez ce que raconte Ian Ségalo ! Je ne sais pas si vous avez remarqué, mais il a tendance à perdre la boule en ce moment. Je n'ai pas l'intention de gaspiller davantage mon temps. Vous voyez bien que j'ai autre chose à faire !

— Ségalo était très lucide quand il m'en a parlé. Pourquoi aurait-il inventé cette fable ?

— Je n'en sais strictement rien et je n'en ai rien à foutre ! s'exclama Sauviat.

Renard ne quittait pas son interlocuteur des yeux. La stature concordait. Il essayait de l'imaginer le visage recouvert d'un masque.

— Où est Léa ? demanda Renard.

Gil Sauviat se raidit.

— Léa ? Quoi Léa ?

— Léa Delcourt, la propriétaire d'Algues Marines, la jeune femme qui exposait dans la galerie où nous nous sommes rencontrés la première fois.

— Pourquoi serait-elle ici ?

— Sa voiture est garée dehors, à quelques pas de votre propriété.

— Ça prouve quoi ?

— Je sais qu'elle est ici, Sauviat. Je veux la voir.

Sauviat se détendit imperceptiblement, avec un début de sourire goguenard.

— Qu'est-ce que tu lui veux au juste ?

— Tiens, on se tutoie maintenant ?

— Peut-être parce que nous avons partagé quelque chose ensemble.

Sauviat se rapprocha de Renard qui recula d'un pas et se tint sur ses gardes.

— Oui, Léa est bien ici, continua Sauviat. Tu veux la voir ?

Il désigna la porte derrière son bureau.

— Elle est là, derrière. Vas-y. Ouvre donc cette porte puisque tu es si pressé de la retrouver.

Marc Renard passa devant Gil Sauviat s'attendant à quelque coup tordu, mais celui-ci ne fit pas un geste. Renard s'immobilisa devant la porte.

— Allez, qu'est-ce que tu attends ?

Renard tourna la poignée.

*

Le lieutenant Léon Bérard ne faisait jamais les choses à moitié et il avait même pour habitude de pousser au-delà de ce qui lui était demandé. Pour son collègue Daniel Menotti, ce perfectionnisme était synonyme de retard prévisible dans le déroulement d'une enquête. Pour l'instant, le lieutenant, qui s'était plongé dans le passé de photographe de guerre de Gil Sauviat en Afghanistan, poursuivait sa remontée dans le temps. Il en était rendu au début des années 2000. Il épluchait sur le Net des images et documents d'archives top secret que le ministère de la Défense lui avait transmis. Les reportages réalisés par Gil Sauviat avaient surtout pour cadre la province de Helmand, au sud de l'Afghanistan. Bérard concentrait ses recherches sur cette zone. Un cliché retint toute son attention, il l'agrandit plein écran. Il l'observa attentivement pendant de longues minutes, sifflotant doucement. Puis il sauvegarda la photo. Un travail délicat l'attendait.

Une petite heure plus tard, Léon Bérard en avait terminé et restait pantois devant le résultat. Il se leva et, une fois n'est pas coutume, parcourut en courant la distance qui séparait son bureau de celui de François Colombel. Celui-ci était absent et, une fois n'est pas coutume non plus, Léon Bérard laissa échapper un juron sonore.

La secrétaire du service sortit de son bureau.

— Ce n'est pas beau ce que je viens d'entendre ! Vous cherchez le chef ? Il vient de partir chez le procureur.

Aussitôt, Bérard prit son téléphone portable. La sonnerie retentit au moment où Colombel entrait dans son véhicule.

— Urgent ? À ce point ? Bon, d'accord, je monte.

François Colombel avait pleine confiance en Léon Bérard. S'il disait que c'était urgent, c'est que ça l'était. Un peu essoufflé, il retrouva Bérard dans son bureau et lui jeta un regard interrogateur.

— Regardez bien, lui dit ce dernier.

Jamais Colombel n'avait vu Bérard dans un tel état d'excitation. Il se pencha sur l'écran de l'ordinateur. Un homme aux traits durs, barbu, en tenue kaki, était photographié au milieu d'une vallée caillouteuse. Il se tenait devant un char de l'armée anglaise.

— Cet homme s'appelle Alan Deyckens, dit Bérard. Un Belge embauché dans les auxiliaires de l'armée anglaise en Afghanistan. Tireur d'élite. Maintenant, voyez, je me suis livré à quelques manips. J'ai supprimé la barbe, rallongé les cheveux que j'ai colorés en brun et modifié la couleur des yeux. Qui reconnaissez-vous ?

— Bon Dieu ! s'exclama Colombel, stupéfait.

Il n'ajouta rien d'autre et se saisit de son téléphone.

— Menotti ? Tu es à la gendarmerie de Carnac ? Bien. Voici ce que tu vas faire. Tu prends Le Dantec et un groupe d'hommes avec toi. Foncez immédiatement au domicile de Gil Sauviat. Nous tenons notre sniper.

*

Renard stoppa son geste et retira la main de la poignée. Le sourire qu'affichait Sauviat ne lui plaisait pas. Son instinct lui soufflait qu'il y avait danger. Il le fixa dans les yeux.

— Que lui as-tu fait ?

— Rien qu'elle n'ait demandé. Nous avons signé un pacte, Léa et moi. Elle m'appartient et ça, tu l'ignorais.

— Il y a un moment que l'esclavage a été aboli. Mais tu en as peut-être la nostalgie… Tu as bien une moto, n'est-ce pas ? C'est toi, le maboul qui m'a agressé et enfermé dans cette grange !

— Continue, c'est passionnant ton histoire !

— Oui, j'aurais dû m'en douter plus tôt. On peut s'attendre à tout de la part d'un mec qui nettoie sa voiture à l'eau d'Évian !

Sauviat se crispa. Cette fois, Renard eut l'impression que l'attaque était imminente et il se recroquevilla sur lui-même, prêt à riposter. Mais Gil Sauviat se détendit et sourit à nouveau.

— Tu n'aurais jamais dû venir ici, connard.

Il porta la main à sa veste et sortit un automatique de son holster.

— Dommage pour toi, tu vas mourir sans l'avoir revue.

À cet instant, on entendit des bruits de moteurs provenant de la route toute proche, des pneus crissèrent sur le gravier de la cour. Sauviat détourna la tête, et Renard choisit ce moment pour se jeter en avant. Il ne fut pas assez rapide, Sauviat recula et appuya sur la détente. Renard s'effondra sur le parquet, les mains plaquées sur le ventre. La porte s'ouvrit à toute volée, Sauviat fit feu à nouveau et le projectile atteignit un gendarme au bras. À son tour, Menotti tira et Sauviat lâcha son arme, touché à l'épaule.

Le gendarme blessé fit signe à Menotti que ça irait. Gil Sauviat fut immobilisé et conduit à l'extérieur. Menotti se précipita vers Marc Renard. Étendu sur le dos, celui-ci avait le teint livide et une tache rouge s'élargissait sur le milieu de son corps. Menotti prit son portable.

— Vite ! Une ambulance ! Il y a extrême urgence ! Nous sommes à Kerlescan, à l'intérieur d'une propriété nommée Fetan-Coët, en face du domaine équestre. Trois blessés, dont un dans un état grave.

Menotti se pencha sur Renard.

— Tenez le coup, les secours arrivent. Il ne faut pas vous laisser aller ! On va vous tirer de là, mais gardez les yeux ouverts.

L'adjudant Le Dantec vint aux côtés de Menotti.

— Nous allons fouiller la maison, voir s'il est seul.

Le Dantec se dirigea vers la porte du fond, passant près du corps de Renard, mais s'immobilisa.

Le blessé, avec ce qu'il lui restait de force, avait accroché le bas de son pantalon.

— On dirait qu'il veut m'empêcher d'ouvrir cette porte. Pourquoi ?

— Il doit avoir ses raisons, répondit Menotti. Regardez s'il n'existe pas un autre moyen d'accéder à cette pièce.

Puis, anxieux, il se pencha à nouveau vers Renard.

Les hommes de Le Dantec commencèrent à passer la demeure de Gil Sauviat au peigne fin. Le Dantec avisa une porte dans le couloir central. Il eut l'intuition qu'elle desservait la pièce située derrière le bureau de Sauviat, celle-là même dans laquelle Renard avait essayé de le dissuader d'entrer. La porte n'était pas fermée à clé. Le Dantec pénétra dans une grande bibliothèque, mais ce ne furent pas les rangées de livres qui retinrent son attention. Au milieu de la pièce, une jeune femme, bâillonnée, était juchée en équilibre précaire, les pieds sur un tabouret, les mains liées derrière le dos. Une corde était passée autour de son cou et reliée à un crochet au-dessus d'elle. Une autre corde, tendue à l'extrême, reliait le tabouret à la porte. En tirant celle-ci pour l'ouvrir, le tabouret aurait été immanquablement renversé, entraînant la pendaison.

— Vous ne craignez plus rien ! cria Le Dantec. Tenez bon juste encore quelques instants !

Il sortit et revint muni d'un poignard à large lame. Avec précaution, il cisailla la corde qui la maintenait au plafond et l'aida à descendre du tabouret. Chancelante, elle dut s'agripper à son bras. Il la libéra de la corde qui lui enserrait le cou, lui ôta son bâillon et lui détacha les mains.

La sirène d'une ambulance résonnait dans le lointain. Menotti avait déposé sa veste sur le torse de Marc Renard qui grelottait. Le Dantec et Léa Delcourt revinrent dans le bureau. Bousculant les hommes présents, elle s'agenouilla auprès de Renard en hurlant.

— Marc ! Marc ! C'est moi, Léa ! Mon Dieu, tout ce sang…

Elle leva la tête vers Menotti.
— Il va s'en sortir, dites-moi qu'il va s'en sortir ?
Menotti ne put que lui rendre un regard inquiet. Il approcha son visage de celui de Renard.
— Reste avec nous, mon vieux, ne nous lâche pas ! Écoute, l'ambulance arrive, ce n'est pas le moment de flancher. Tu l'entends ? Tu m'entends ?

XXVIII

Jeudi 27 octobre, Lorient, direction départementale de gendarmerie

— Je viens de finir mon rapport et pense avoir fait le tour de la question, débuta François Colombel. Sur les conseils de son avocat, Gil Sauviat ne nous a pas caché grand-chose. À tous les coups, la défense va plaider la thèse de l'irresponsabilité partielle en raison de ce qu'il a subi durant son engagement en Afghanistan. Une névrose de guerre, le syndrome du stress post-traumatique.

Daniel Menotti eut un geste fataliste, Léon Bérard émit un petit soupir. Colombel consulta sa montre.

— Dupuy devrait être arrivé ! Tant pis pour lui, il nous rattrapera en route. Tout commence au tout début des années 2000. Alan Deyckens, un ressortissant belge, s'occupe dans son pays de la protection rapprochée de quelques personnalités. C'est un garde du corps très efficace. Il est contacté par une société militaire privée, une SMP. Ces groupements, surtout américains et anglais, forment des hommes de troupe, triés sur le volet, aptes à toutes les formes de combat. Puis ils louent leurs services auprès des armées régulières. Alan Deyckens est embauché par WorldCorp, une SMP anglaise, et se retrouve, quelques mois plus tard, en Afghanistan. C'est un tireur d'élite. Il accompagne des commandos lors de missions de reconnaissance en montagne, son rôle étant d'éliminer les tireurs talibans embusqués dans les étroits goulets qui mènent au sommet des cols. Il s'acquitte à merveille de son rôle. Bientôt, on lui confie d'autres tâches, notamment celles de procéder à l'interrogatoire de prisonniers suspectés d'actions terroristes ou de complicités avec les talibans. Deyckens assure des séances musclées qui vont rapidement dégénérer. Il invente des tas de petits amusements sadiques. Par exemple, il adore se livrer au petit jeu qui consiste à convier les proches de prisonniers à leur rendre visite. Il leur demande d'ouvrir une porte derrière laquelle ils pourront le rencontrer. Quand ceux-ci tirent la porte vers eux, cela provoque une tension sur une corde rattachée à la chaise où est perché le détenu. La chaise ripe et le type se retrouve pendu sous le nez de ses parents ou amis.

— C'est ce qu'il préparait pour Léa Delcourt, intervint Menotti.

— Exactement, confirma Colombel. Deyckens n'en reste pas là et se retrouve au centre d'une affaire de viols. Les scandales, sévices sur prisonniers, viols multiples, etc. éclatent les uns après les autres. L'armée anglaise réagit enfin, il est trop gênant, elle décide de s'en séparer. Revenu à la vie civile, il commence par modifier son aspect physique. Il se rase, se teint les cheveux en brun, maquille ses yeux bleus avec des lentilles de contact de couleur marron. Il se fait ensuite établir de faux papiers au nom de Gil Sauviat, de nationalité française. Il paraît que c'est monnaie courante là-bas pour tous ceux qui, victimes d'un passé encombrant, veulent se refaire une virginité. De retour en Europe, il se fait embaucher par une boîte de communication néerlandaise, et travaille un moment aux Pays Bas et en Belgique. Puis ses patrons l'envoient dans une de leurs antennes en France, à Nantes. Il donne pendant quelques semaines des cours d'initiation à la photographie.

— Où il rencontre sa future femme, dit Menotti.

— Oui, cela nous a été confirmé. Mélanie Ferraudeau est une jeune femme passionnée de photo, dont le père, veuf et homme d'affaires nantais, possède une grosse fortune personnelle. Celui qui est devenu Gil Sauviat flaire le bon coup. Il séduit sans trop de mal Mélanie, dont il a vite deviné la naïveté. Le mariage est bientôt célébré. Peu après, le père de Mélanie décède, la voici à la tête d'un bel héritage. Mais Mélanie ne se plaît pas à Nantes. Avec Gil, elle cherche une résidence à la campagne, et ils finissent par atterrir à Carnac, où ils font l'acquisition d'un domaine près des bois de Kerlescan. De crainte que son mari ne s'ennuie, Mélanie lui paye un magasin de photographie à Carnac-Plage. Le temps passe, et, effectivement, Gil s'ennuie à mourir entre une femme, disons très conventionnelle, et son magasin. Il fait alors la connaissance d'une jeune artiste peintre, Léa Delcourt, qui possède un atelier à Plouharnel. Il lui rend plusieurs visites. Elle répond à ses avances et ils ne tardent pas à devenir amants. Léa Delcourt n'est pas dupe de la situation maritale de Gil Sauviat, mais ignore tout de son passé. Deykens-Sauviat décide alors de supprimer sa femme. Celle-ci est un obstacle à sa relation avec Léa et, surtout, elle possède un solide compte en banque. En tuant Mélanie, il gagne sa liberté et met la main sur la fortune de sa femme.

— Jusqu'à quel point Léa Delcourt ignorait-elle les intentions de Sauviat? questionna Léon Bérard.

— Elle n'était au courant de rien, et je la crois. Gil Sauviat lui-même me l'a confirmé, alors qu'il aurait pu la charger, histoire de partager la responsabilité des meurtres. Mais revenons au projet criminel de Sauviat. Notre homme est parfaitement conscient qu'il sera en première ligne sur la liste des suspects lorsque l'on apprendra que sa femme a été assassinée. Il fomente alors un projet fou: tuer des gens au hasard, des gens qui n'ont aucune relation entre eux. Il brouillera ainsi les pistes et nous incitera à mettre tous ces crimes sur le dos d'un tueur en série. Quant à la méthode utilisée, il va se souvenir de son passé de guerre, et c'est tout naturellement qu'il va employer le calibre 7,62 mm à longue portée qu'il a rapporté d'Afghanistan. Cependant, il ne va pas vraiment choisir ses cibles complètement au hasard, il va les sélectionner parmi ceux qui forment l'entourage plus ou moins immédiat de Ian Ségalo: Stéphane Granier, le chirurgien, Émilie Ravalec, la compagne de Ian Segalo, Michel Camenen, l'ostréiculteur opposé au projet immobilier de ce même Ségalo. Pour abandonner au plus vite les lieux de ses forfaits, il se sert en général de sa Kawasaki qu'il remise dans un vieil appentis non loin de la grange où il enfermera Marc Renard.

Le téléphone posé sur le bureau de Colombel sonna.

— C'était Dupuy, soupira le commandant en raccrochant. Il est coincé dans des embouteillages à l'entrée de Lorient ! Bon. Je poursuis. Le crime qui importe le plus à Gil Sauviat, celui qui est à l'origine de son implacable scénario de destruction, reste à accomplir, l'assassinat de son épouse, Mélanie. Contrairement à ce qu'il nous a raconté, il connaît par cœur le chemin emprunté par sa femme lors de ses promenades à cheval. Il la devance et, à l'abri des fourrés, attend tranquillement son arrivée pour la tuer froidement. La chance va le servir. Avisant la jument de sa femme demeurée sur place, il décide de l'enfourcher. Il lance sa monture au galop à travers les bois, l'abandonne à proximité du centre équestre et regagne sa maison. Ben, le garçon d'écurie, ramenant la jument peu de temps après, lui fournira un alibi de premier ordre. D'après nos chronométrages, Gil Sauviat ne pouvait avoir supprimé sa femme et être rentré à temps pour accueillir Ben, mais nous n'avions pas pensé qu'il pouvait utiliser la jument comme monture. Voilà donc Sauviat au bout de son sinistre parcours. Il hérite de la fortune de son épouse et Léa Delcourt sera toute à lui. Mais celle-ci ne l'entend pas ainsi. Elle ne supporte plus le type de relation que lui impose Sauviat. La mort de Mélanie lui met soudain la puce à l'oreille. Elle se remémore ses promesses selon lesquelles il serait bientôt libre, que l'argent ne viendrait jamais à leur manquer. Elle doute encore de l'effroyable vérité lorsque Marc Renard lui fait le récit de son agression, de son emprisonnement et des tortures qu'on lui a infligées. Elle soupçonne immédiatement Alan-Gil Sauviat d'en être l'auteur. En soirée, elle se rend chez Sauviat dans le but d'avoir des explications. Il lui avoue tout puis lui demande de fuir avec lui. Elle refuse, alors Sauviat la frappe et l'enferme jusqu'au matin. Devant son nouveau refus de se lier à lui, il prépare ce piège dont nous allons la sortir in extremis. Il existe deux portes d'accès à cette bibliothèque. Sauviat lui avait dit qu'elle possédait une chance sur deux de s'en sortir. Il jouait ainsi la vie de Léa à quitte ou double, ce qui correspond tout à fait à son mental tordu. Sauviat procède à des virements bancaires sur des comptes que son couple avait ouverts aux Canaries, réserve un billet d'avion pour Las Palmas au départ de Nantes et s'apprête à mettre les voiles. Mais, à son tour, Marc Renard vient lui rendre visite. La suite, vous la connaissez.

François Colombel se recula dans son fauteuil.

— Nous nous ingéniions à découvrir la cohérence entre ces différents crimes dont nous avions la quasi-certitude qu'ils étaient commis par une seule et même personne. Pris un par un, il nous était impossible d'échafauder une hypothèse réaliste quant à leur auteur.

— Les trois premiers n'étaient que des leurres, observa Léon Bérard.

— Un moment, j'avais envisagé cette hypothèse, mais cela ne m'avait malheureusement pas permis de progresser dans la recherche de la vérité.

— Sauviat avait appris en Afghanistan l'art du camouflage. Demeurer planqué à l'affût de ses proies ne devait lui poser aucun problème, ajouta Menotti.

Colombel se leva. Son soulagement était palpable. Pourtant, ses paroles furent amères.

— Messieurs, je ne pense pas que nous ayons lieu de nous montrer satisfaits alors que nous n'avons pu éviter toutes ces morts brutales.

Épilogue

Trois mois plus tard, Rennes, clinique Saint-Laurent

Elle l'aperçut de dos, assis sur un banc. Il était le seul occupant du parc. Sous le vent frisquet de cet après-midi de janvier, il avait relevé le col de son pardessus. Sans faire de bruit, elle s'approcha. Lorsqu'elle fut juste devant lui, Marc Renard ébaucha un sourire. Elle s'assit à ses côtés et déposa un baiser sur sa joue.

— Comment te sens-tu ? demanda-t-elle.

Il désigna la canne posée près de lui.

— Avec un peu de chance, je n'en aurai plus besoin d'ici une quinzaine. Le médecin envisage aussi de me diminuer les antalgiques. Par contre, je vais traîner la jambe pendant un bon bout de temps. Enfin, il paraît que je m'en tire bien.

Alexia Ropart lui pressa le bras.

— Je te connais. Ne brûle pas les étapes avant de reprendre le boulot.

— Oh, pour ça ! Je me rends compte que ça ne

va pas être évident. Et toi, tu maintiens toujours ta décision ?

— Oui, Marc. Je quitte la France. Mick vient d'obtenir le poste de responsable de tout le Pacifique Sud pour son agence de voyages. Nous prenons l'avion demain pour Nouméa.

— Ça va te changer de climat.

— Si ce n'était que ça ! Mick va avoir un travail super intéressant là-bas, et ce qu'on me propose est tout aussi passionnant.

— Bien payé ?

Alexia se mit à rire.

— Tu ne changeras jamais ! Oui, mieux payé qu'à l'agence Marc Renard si tu veux savoir !

— Tant mieux pour toi.

Renard posa la main sur celle d'Alex.

— J'espère que tu ne vas pas t'ennuyer.

— Ce sera différent. Tu sais, Marc… Il faut quand même que je te le dise. À l'agence, j'ai vécu des moments que je n'oublierai jamais, car nous formions une bonne équipe tous les deux. Ce qui fait qu'un travail est intéressant, c'est surtout les gens avec qui on le fait, et, avec toi, j'ai été particulièrement bien servie.

— Je vais avoir du mal à te remplacer.

— Mais non. Là encore, ce sera différent. Tu trouveras bien quelqu'un pour te seconder.

— Tu faisais bien plus que me seconder, Alex. Et puis, j'ai conscience aussi que je n'étais sans doute pas toujours facile à supporter. Réflexion faite, je crois que je vais continuer seul.

— Pendant que j'y pense ! J'ai reçu un appel de ton copain Ian Ségalo. Il est à Londres, mais, dès qu'il aura un moment, il passera te voir.

— Ian Ségalo n'a jamais un moment, remarqua Renard.

— Autre chose. Puisque tu vas quand même mieux, sache qu'une certaine Léa Delcourt a pris régulièrement de tes nouvelles. Tout récemment, elle m'a avoué, après bien des hésitations, qu'elle serait heureuse que tu l'appelles, elle n'ose pas te contacter. Elle a changé d'adresse et de numéro de téléphone, elle me les a communiqués au cas où.

Alexia Ropart lui tendit le papier contenant les renseignements.

— Tu l'appelleras ?

Renard secoua la tête d'un air las.

— Je n'en sais rien. J'ai failli laisser ma peau à Carnac. J'ai envie de tirer un trait sur tout ça. Enfin, je verrai plus tard…

— Bon, bon, comme tu voudras. Mais j'avais l'impression que…

Alexia cessa de regarder Marc et fixa les yeux droit devant elle.

— C'est toi qui m'as souvent répété qu'il fallait savoir prendre les bonnes décisions au moment opportun.

Comme il ne répondait pas, Alexia Ropart se leva. Elle se pencha et, cette fois, lui effleura les lèvres, tout en passant délicatement le doigt sur sa cicatrice.

— Au revoir, Marc. Surtout, donne-moi de tes nouvelles. Et sois prudent.

— Bonne chance à toi, Alex.

Avec un petit signe de la main, Alexia Ropart s'éloigna. Marc Renard la regarda marcher vers la sortie du parc jusqu'à ce qu'elle disparaisse de son champ de vision. La pensée lui vint qu'il la voyait pour la dernière fois. Machinalement, il porta son regard sur le petit papier où Alexia avait noté les coordonnées de Léa Delcourt. Au bout d'un moment, il mit la main dans la poche intérieure de sa veste, mais se souvint qu'il avait laissé son téléphone dans sa chambre.

FIN

Inscrivez-vous gratuitement,
et sans aucun engagement de votre part,
à notre bulletin d'information
en nous retournant le coupon ci-contre.

Vous serez averti(e) des parutions en exclusivité,
pourrez bénéficier d'offres spéciales,
de cadeaux, etc.

Chaque nouvel inscrit recevra
une petite surprise…

Rejoignez-nous vite !

Et n'hésitez pas à proposer l'inscription
à vos parents et amis…

Je désire m'abonner gratuitement
au bulletin d'information des Éditions du Palémon :
je serai informé(e) des parutions
de Jean-Marc Perret,
ainsi que de l'actualité et des offres Palémon.

Nom ....

Prénom ....

Adresse ....

....

Code Postal .... Ville ....

Pour encore plus d'offres et d'infos,
indiquez votre adresse e-mail :

E-mail ....@......................

Bon à compléter ou à recopier
et à retourner par courrier à l'adresse suivante :

ÉDITIONS DU PALÉMON
ZI de Kernevez
11B rue Röntgen
29000 QUIMPER

Vos données sont collectées par les éditions du Palémon afin de vous inscrire à notre lettre d'information. Le recueil des données est facultatif et limité à ce qui est strictement nécessaire pour vous faire parvenir notre catalogue et/ou notre newsletter. Vous pouvez à tout moment accéder à vos données, les rectifier, demander leur suppression ou la limitation de leur traitement. En cas de question, vous pouvez nous contacter au 02 98 94 62 44 ou sur **contact@palemon.fr.**

❐ Je consens à l'utilisation de mes données.

❐ Je souhaite m'inscrire à la newsletter.

JMP05